젠슈의
발소리

젠슈의
발소리

ぜんしゅの凳

사와무라 이치 소설 이선희 옮김

arte

차례

일러두기

주석은 모두 옮긴이의 것이며, 본문 하단에 각주로 표기했습니다.

거울

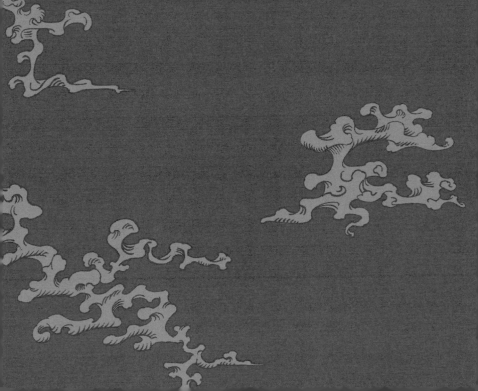

1

요란스럽게 울리는 자명종 시계를 멈추고, 침대에서 몸을 떼어 내듯 간신히 일어났다.

오전 10시.

평소 같으면 일요일에는 해가 중천에 뜰 때까지 이불 속에서 꼼지락거리지만, 오늘은 그럴 수 없다. 세수하고 이를 닦은 뒤 거실로 향했다. 아내가 어제 준비해놓은 예복으로 갈아입으면서 무심코 얼굴을 만진 순간, 수염을 깎지 않았다는 사실을 알아차렸다. 아직 잠에서 완전히 깨지 않은 모양이다.

세면대에 미지근한 물이 차오르기를 멍하니 기다리고 있는데 쿡쿡거리는 웃음소리가 들렸다.

잠옷 차림의 아내가 복도 벽에 기대서 나를 향해 피곤한 얼굴로 미소를 지었다. 두 팔로 커다란 배를 소중하게 감싸 안고 있다.

임신 7개월. 딸이라고 한다. 입덧은 이미 나았는데 안색은 좋지
않다.

"왜?"

거울 너머로 눈을 맞추면서 물어보자 아내가 기묘한 질문으로
대꾸했다.

"미래의 결혼 상대를 보고 싶어?"

아직 잠에 취한 걸까? 아니면 흔히 말하는 임신 우울증에 걸려,
에둘러 비아냥거린 걸까? 세면대에 떨어지는 물소리가 유난히
크게 울려서 귀에 거슬렸다.

"그게 무슨⋯⋯."

"그 얘기 몰라? 면도칼을 입에 물고 물거울을 들여다보면 결혼
상대의 얼굴이 보이거든."

"뭐?"

고개를 갸웃거린 순간, 내가 면도칼을 입술 밑에 댄 채 멍하니
서 있었다는 걸 알아차렸다.

"그러니까, 당신 눈에는 내가 면도칼을 입에 물고 물을 들여다
보는 것처럼 보였다는 거야?"

"그래. 그 모습을 보니 옛날 생각이 났어. 중학교 때 그런 주술
이 유행했거든."

"난 또 뭐라고."

입술 끝에서 웃음이 새어나왔다.

아직 보지 못한 결혼 상대의 얼굴을 보기 위한 주술. 어렸을 때
들은 적이 있다. 교실에서 여자애들이 그런 이야기를 했던 것이
똑똑히 기억난다.

"하지만 그건 한밤중이 아니었던가? 축시(丑時)⋯⋯ 그러니까

새벽 2시였을 거야." 나는 수도꼭지를 돌려 물을 잠근 뒤, 면도 크림을 뺨에 덕지덕지 바르면서 말했다.

"우리 학교 여자애들 사이에서는 밤 12시였어. 정식으론 쟁반을 사용해야 하지만, 쟁반이 없으면 세면기나 깊이가 있는 접시도 괜찮다더라고."

그라탱 접시도 괜찮으려나, 라고 덧붙인 뒤, 아내는 가벼운 미소를 지으며 배를 어루만졌다.

나는 수염을 깎으면서 웃음이 섞인 콧김으로 대꾸했다. 일요일 아침부터 옛날을 떠올리며 시시한 주술의 지역 차이에 관해 부부가 대화를 나누고 있다. 그런 우리가 우스꽝스럽게 여겨졌고, 그와 동시에 이 순간이 너무도 사랑스러웠다.

거울에 비친 아내의 얼굴은 반전된 탓에 조금 부자연스럽게 보였다. 사람의 얼굴이 좌우 대칭이 아니라는 증거다. 아내의 눈과 코, 입, 골격. 약간 일그러진 아내의 모습을 거울은 잔혹하리만큼 생생하게 비추었다. 그래도 아내는 나에게 가장 소중한 존재다. 내가 세상에서 가장 사랑하는 사람이니까. 또한 이 집은 가장 행복한 곳이다.

이제 몇 달 후에는 이 집에 새로운 식구가 한 명 추가된다. 생각만 해도 가슴이 두근거렸다.

"오늘은 누구 결혼식이라고 했더라?"

아내의 목소리를 듣고 정신이 들었다. 무의식중에 수염을 다 깎았다는 사실도 알아차렸다.

"거래처 높은 분의 아들 부부. 몇 년 전에 딱 한 번 만난 적이 있어. 이름은 그러니까…… 뭐였더라?"

어쨌든 이것도 일이다.

잘 보여야 할 상대의 경사스러운 일에 얼굴을 내밀어서 눈도장을 찍은 후 미래의 일로 연결시키는 것. 결코 신랑, 신부의 아름다운 모습을 보기 위해서가 아니다. 사랑하는 남녀가 결혼하는 건 축하할 만한 일이지만 그 이상의 느낌은 털끝만큼도 들지 않는다.

우리 결혼식이나 피로연도 비슷했다. 제대로 말도 해본 적이 없는 회장님이나 거래처 사람들을 몇 명이나 초대했다. 친한 동료나 서비스 정신이 왕성한 대학 시절의 친구를 초대하지 않았다면 피로연은 굉장히 어색했으리라. 어쩌면 인생에서 한 번뿐인 결혼식이 의례적이고 공허했을지 모른다. 아내도 그토록 밝고 환한 웃음을 짓지 않았을지 모른다.

"그럼 난 다시 한숨 잘까? 오늘은 좀 힘드네."

그 말을 남긴 채 침실로 가려고 하는 아내를 나는 재빨리 불러 세웠다.

"잠깐만, 그 전에 아침 좀 부탁해. 아니, 지금 시간엔 브런치인가? 오늘은 빵으로 해줘."

쿵!

발소리를 울리며 아내가 멈춰 섰다.

그 상태에서 꼼짝도 하지 않는다. 등을 돌리고 있어서 표정은 알 수 없다.

왜 그러는 걸까? 한순간 고개를 갸웃거렸지만 어쨌든 몸이 무거워서 곧바로 움직일 수 있는 상태는 아닐 것이다.

나는 아내의 등에 몸을 바짝 붙인 채 뒤에서 껴안고는 손을 쭉 내밀어 불룩한 배를 만졌다.

"왜 그래? 뭐 기분 나쁜 일이라도 있었어?" 고개를 숙이고 있는 아내의 뺨에 내 뺨을 비비며 덧붙였다. "엄마가 우울해하면 아기도 걱정해."

"……괜찮아. 아무것도 아니야."

뺨에 전해지는 느낌으로 아내가 미소를 지었다는 걸 알 수 있었다.

"그래?" 가슴을 쓸어내리고 나는 아내의 배에, 아니…… 그 안에서 매일 조금씩 성장하고 있는 새로운 생명에게 말을 걸었다. "이제 슬슬 네 이름을 정해야 할 텐데, 뭐가 좋을까요옹."

아내가 작은…… 아주 작은 소리로 웃었다.

정오가 조금 지난 시각.

JR 다카다노바바 역에서 내린 뒤, 로터리에서 무료 셔틀버스를 탔다. 초록색 셔틀버스는 만석이었다. 아는 얼굴은 보이지 않는다. 버스 안에서 흔들린 지 10분, 신메지로도오리 연변에 있는 최고급 시티호텔인 '아베니르로열호텔 도쿄'에 도착해 큼지막한 유리문을 통과했다.

1층 로비에는 수많은 사람들이 북적거렸다. 의자나 소파에는 빈자리가 하나도 없었고, 차 마시는 공간도 만석이었다. 예복 차림의 남성과 드레스 차림의 여성이 많았다. 일요일에다 길일이기 때문이다. 안내판을 보니 오늘 이 호텔에서만 결혼식과 피로연이 여러 건 있는 모양이다. 높은 천장에서는 거대한 샹들리에가 빛을 뿌리고 있었다. 다섯 살쯤 된 남자아이 몇 명이 커다란 파란색 천을 들고 까르르까르르 웃으면서 계단을 뛰어 내려왔다. 깃발일까. 보이스카우트 같은 데서 행사라도 하는 걸까.

에스컬레이터를 타고 2층으로 올라가자 소란스러움이 멀어졌다. 두꺼운 카펫 덕분에 발소리가 거의 나지 않고, 오가는 사람도

1층과 달리 작은 목소리로 속삭이듯 말했다.

어디로 가야 하지? 아마 대기실이 있을 것이다. 두리번두리번 주변을 살펴보면서 걸어가자 벽 쪽에 방치된 물건이 눈에 들어왔다. 벨보이가 손님의 짐을 운반할 때 사용하는, 앞뒤에 굵직한 금색 파이프가 붙어 있는 카트다.

카트 위에는 예스러운 큼지막한 거울이 실려 있었다.

몸거울이라고 하는 편이 좋을까? 높이는 2미터가 훌쩍 넘고, 폭은 1미터가 조금 넘는 타원형 거울이다. 파이프에 기댄 채 카트 위에서 균형을 유지하고 있다. 칙칙하고 두꺼운 금속 테두리는 화려하게 장식되어 있다. 문자처럼도 보이고 불꽃을 본뜬 것처럼도 보였다. 거울 면은 반짝반짝하게 닦여 있었다.

빨려 들어갈 듯 쳐다보니 넥타이가 비뚤어진 게 보였다. 꼼꼼히 확인하자 예복의 여기저기에 먼지가 묻어 있다. 어제 아내에게 예복을 깔끔하게 해놓으라고 말했는데.

하여간 뭐든 대충 한다니까, 가나는.

무심코 입에서 불평이 흘러나왔다.

가슴과 팔에 묻은 먼지를 털어내고 넥타이를 바로잡았다. 거울 속의 나와 눈을 맞춘 순간, 등 뒤에서…… 멀리 뒤쪽에서 무언가가 흔들렸다.

작은 동물일까.

고양이나 작은 강아지. 아니면 밤길에서 우연히 만나는 흰코사향고양이*……

그 정도 크기의 검은 물체가 높이 뚫려 있는 계단통을 사이에

---

* 일본 도심에서 번식 및 자생하고 있는 유해동물.

두고 맞은편 난간 위에 웅크리고 있는 것처럼 보였다. 이런 곳에 어떻게 동물이…… 손님이 깜빡하고 반려동물을 놓고 간 걸까. 하지만 어떤 동물인지는 알 수 없었다.

눈을 가늘게 뜨고 자세히 보려고 했을 때 검은 물체가 움직였다. 아니, 움직였다기보다 일그러졌다. 왼쪽의 윗부분이 움푹 들어가고, 아래쪽 표면이 밑으로 축 늘어졌다. 그때까지 거의 타원이었던 윤곽이, 과장해서 그린 쌀알처럼 바뀌었다.

눈을 크게 뜬 순간, 색깔도 달라졌다. 검은색이었던 물체가 빨간색으로 번들번들 빛났다. 움푹 들어간 곳에서 흘러넘친 빨간 액체가 전체를 적시고 있었다. 적어도 내 눈에는 그렇게 보였다.

아래쪽에서 무언가가 움직이고 있다.

뻐끔뻐끔 열리거나 닫히고 있다.

꼭…… 입 같다.

안에서 보이는 희끄무레한 색은 이빨이다.

코가 보였다.

눈이 있는 것도 보였다.

손은 난간에 놓여 있었다.

생각하기보다 먼저 뇌가 또렷하게 인식했다.

저것은 사내다.

얼굴의 절반 정도가 보이지 않는다, 마치 도려낸 것처럼.

머리에 큰 부상을 입고 얼굴이 피범벅이 된 사내가, 난간을 잡은 손 위에 턱을 얹고 내 쪽을 쳐다보았다. 끊어질 듯 숨을 헐떡이면서 뭐라고 호소했다. 소리 없는 소리로 내게 말을 걸었다. 화려하고 소란스러운 시티호텔의 계단통에서.

나는 지금 현실에서는 있을 수 없는 장면을 보고 있다.

목덜미와 등줄기에 소름이 돋았다. 내장이 솟구치고 몸이 허공에 뜨는 듯한 감각에 사로잡혔다. 순식간에 입안이 바싹 마르고 목에 통증이 내달렸다.

눈을 피하고 싶은데 피할 수 없다. 오히려 돌아보고 직접 확인하고 싶다. 하지만 그렇게 해서는 안 된다고 몸 안쪽에서 소리치고 있다. 본능이 "보지 마!", "당장 이 자리를 떠나!"라고 명령하고 있다. 그럼에도 몸은 멋대로 돌아보려 하고 있다.

얼굴 일부가 도려내진 사내가 몸을 비틀었다.

이를 악물고 입을 크게 벌렸다. 다시 이를 악물고 다시 입을 벌렸다. 똑같은 행동을 네 번 반복했을 때, 견디기 힘들 만큼 강렬한 공포와 호기심이 동시에 솟구쳤다.

저건 뭐지?

무슨 말인가 하려고 한다.

내게 무언가를 전하려고 한다.

그보다 애당초 저건 무엇인가.

보고 싶다. 보지 마라.

확인하고 싶다. 확인하지 마라.

아니, 역시…….

"제가 좀 늦었죠? 죄송합니다."

아는 목소리가 귀에 닿았다.

낯익은 남자가 내 옆에 서 있었다. 착하게 생긴 둥근 얼굴. 건강한 피부. 약간 통통한 몸.

직장 후배인 다카나시 시게아키였다. 지난달에 경력직으로 입사해 우리 부서에 온 청년이다.

"정말 죄송합니다." 그는 손수건으로 이마의 땀을 닦으면서 말했다. "하필 축의금 가져오는 걸 깜빡해서 다시 가지러 갔다 왔지 뭡니까? 대체 뭐하러 온다고 생각한 걸까요?"

크하하, 하고 웃는다. 예복이 지금이라도 단추가 튕겨나갈 것처럼 몸에 꽉 끼여서 답답해 보였다.

"……아냐, 괜찮아." 나는 어정쩡하게 대답했다.

태연함을 가장하면서 기억을 더듬었다.

다카나시와 둘이 참석한다는 것을 지금 이 순간까지 까맣게 잊고 있었다. 그와 아직 친해지지 않은 탓도 있겠지만, 그래도 이렇게까지 까맣게 잊은 것은 처음이다. 이상하다. 나 자신을 믿을 수가 없다. 뭐가 어떻게 된 걸까?

더구나 조금 전에 거울에 비쳤던 그 사내는…….

슬며시 계단통 반대편을 쳐다보았지만 젊은 벨보이가 걸어갈 따름이었다. 그럴 만한 사람은 보이지 않고 거울에도 비치지 않았다.

나는 어느새 뒷걸음질 치면서 거울에서 거리를 두었다. 심장이 쿵쾅쿵쾅 세차게 방망이질해서 오른손으로 눌렀다.

"왜 그러세요?"

가볍게 묻는 다카나시를 보면서 나도 역시 가볍게 대꾸했다.

"아무것도 아니야."

그는 별로 신경 쓰는 기색도 없이 걸음을 내디뎠다.

"그럼 가시죠."

거울에도 관심을 보이지 않는다. 그곳에 거울이 존재하지 않는 듯 신경도 쓰지 않는 것이다.

나는 의아하게 여기면서 다카나시의 뒤를 따라갔다. 조금 전에 봤던 거울 너머의 광경을 떠올리지 않도록 의식적으로 그의 넓은 등만을 바라보았다.

거침없이 걸어가는 그를 따라서 모퉁이를 몇 번 돌았다. 생각한 것보다 훨씬 멀다. 이 호텔은 밖에서 본 것보다 더 넓은 걸까? 아무리 걸어도 목적지에 도착하지 않는다. 이쪽이 맞느냐고 물으려던 찰나.

"겨우 도착했네요. 저기입니다." 다카나시가 막다른 곳을 가리키면서 말했다.

활짝 열린 거대한 문 안쪽에서 사람들의 그림자가 보였다. 둥근 테이블도, 그 위에 장식된 화려한 꽃도 보였다. 문 왼쪽에 하얀 테이블보가 덮인 기다란 책상이 있고, 그 안쪽에 젊은 남녀가 서 있었다. 접수처다. 나는 안주머니에 손을 넣고, 비단 보자기의 감촉과 그것이 감싸고 있는 축의금 봉투를 확인했다.

접수처에 있는 두 사람의 얼굴이 똑똑히 보였을 무렵, 내 시선은 문 오른쪽에 있는 안내판에서 멈추었다.

다음 순간, 내 입에서 작은 목소리가 새어나왔다. "아!"

안내판에는 붓글씨로 이렇게 쓰여 있었다.

아이자와 가문
수(壽) 연회장
사가와 가문

신부의 성인 '사가와'는 아내의 옛날 성과 똑같았다. 세상에는 기이한 우연도 있는 법이라고 여기면서 나는 안주머니에서 축의금을 꺼냈다.

2

의자의 앉는 부분에 놓인 답례품 쇼핑백을 밑으로 내려놓고 자리에 앉았다. 접시 위의 이름표에는 '다하라 히데키'라고 내 이름이 쓰여 있었다.

틀림없다. 여기다.

다카나시가 내 오른쪽에 앉았다.

둥근 테이블에는 우리를 포함해 다섯 남녀가 있었다. 내 왼쪽에는 흰머리에 삐삐 마른 장년 남성이, 맞은편에는 통통한 중년 여성이 앉아 있었다. 두 여성은 친밀하게 대화를 나누었지만 남성은 떨떠름한 얼굴로 허공을 바라보았다.

레이스 커튼이 걸린 큰 창문 너머에는 일본식도 서양식도 아닌 광대한 정원이 펼쳐져 있었다. 새파란 잔디와 공처럼 둥글게 깎아놓은 나무들이 오후의 밝은 햇살을 받고 있었다. 햇빛을 받고 맑게 빛나는 것은 연못일까?

대강 주변을 둘러보니 높은 천장의 넓은 연회장에 자리한 사람은 200여 명쯤 되는 듯했다. 상당한 규모다. 나는 자리표를 보면서 신랑의 친척 자리로 시선을 향했다.

신랑의 아버지인 아이자와 세이지는 설치류를 연상시키는 빈티 나는 노인이었다. 쭈뼛쭈뼛한 모습으로 주변을 둘러보면서 잔에 담긴 물을 들이켰다. 옆에 앉아 있는 신랑의 어머니가 쓴웃음을 지으며 남편의 어깨를 토닥거렸다. "아이 참, 정신 똑바로 차려요!"라고 말하는 걸 입의 움직임으로 알 수 있었다.

다카나시의 목소리가 귀로 파고들었다. "……이군요. 역시 삐약삐약스토어의 회장님입니다."

"미안해. 못 들었어. 뭐라고 했는데?"

"아이자와 씨의 경영 능력에 대해서 이야기했어요. 작은 과자 가게를 10년 만에 이렇게 크게 키워내다니, 역시 보통 사람은 아닙니다."

"그건 그래."

"보기와 달리 대담하더라고요. 작년에는 경영진을 대규모로 구조 조정을 했잖습니까?"

"응, 응." 나는 그의 이야기에 적당히 맞장구를 쳤다.

그러고 보니 그런 일이 있었던 것도 같다. 언제, 어디서, 어떤 식으로 했는지는 모르겠지만. 실제로 아이자와를 만났을 때 있었던 일과 나누었던 대화의 내용은 거의 기억나지 않지만, 다카나시의 말처럼 대단한 인물이라는 건 어렴풋이 기억이 난다. 사람들과 대화를 나눌 때 인사하러 가는 게 좋겠지? 아니, 그보다 먼저 신랑 신부에게 말을 거는 편이 이미지가 좋지 않을까?

그나저나 식사는 어떤 음식이 나올까? 접시 옆에 있는 메뉴판을 보고 알 수 있는 건 각 요리의 주요 식재료뿐이다. 브런치로 토스트와 달걀프라이, 커피만 먹어서 그런지 벌써 배가 고팠다. 나는 침착함을 되찾았다.

"아드님인 신랑도 대단해요. 얼굴도 잘생긴 데다 머리도 좋고 체격도 좋지요."

"자네, 만난 적이 있어?"

"어? 제가 말 안 했나요? 대학 시절에 같은 동아리라서 서로 얼굴은 알아요. 이야기를 나눈 적은 두 번 정도밖에 없지만요."

다카나시는 여기까지 말하고 주변을 둘러보았다. 그러곤 옆의 남성이 자리를 뜨고 여성들이 이야기에 빠져 있는 걸 확인하더니 나에게 얼굴을 가까이 댔다.

"그런데 신부가 좀 그런 것 같아요."

"그렇다니, 뭐가?"

"뭐랄까, 이런저런 면에서 차이가 많이 난다고 하더라고요."

다카나시가 히쭉 의미심장한 미소를 지은 순간, 찌이이잉 하고 불쾌한 소리가 귀를 찢었다.

음향 발진인 하울링 현상이다. 나도 모르게 얼굴을 찡그리는데, "여러분, 죄송합니다"라는 여성의 목소리가 들렸다. 무대 오른쪽에서 정장 차림의 사회자가 마이크를 들고 영업용 미소를 지었다. 그녀는 분위기에 취한 모습으로 말하기 시작했다. 지금까지 몇 번이나 들은 적이 있는 피로연의 인사말이다.

다카나시는 진지하게 귀를 기울였다. 맞은편에 있는 두 여성은 쿡쿡거리며 웃었다. 어느새 돌아온 왼쪽 남성은 의자에 기대어 손에 든 것을 보고 있었다. 태블릿 PC다. 나는 자리표를 쳐다보며 정면 위쪽에 있는 신부의 이름을 확인했다.

사가와 치사.

치사. 사랑스러운 이름이다.

어떤 여자일까, 하고 생각한 순간.

"그러면 지금부터 신랑 신부가 입장하겠습니다. 여러분, 뒷문을 봐주시기 바랍니다." 사회자가 자랑스럽게, 또한 애원하듯이 말했다.

사회 보는 솜씨가 보통이 아니라고 생각하면서 나도 뒤를 돌아보았다. 이 자리에 잘 어울리는 피아노곡이 흐르고 조명이 어두워진 순간, 스포트라이트가 문에 닿았다. 창문에는 어느새 차광 커튼이 내려져 있었다.

문이 열렸다.

몬쓰키하오리하카마*를 입은 신랑과, 붉은색 바탕의 이로우치카케**를 입은 신부가 서 있었다.

다음 순간, 연회장이 술렁거렸다. 곧바로 어색한 분위기를 무마하려는 것처럼 유난히 큰 박수 소리가 울려 퍼졌다. 나도 모르게 눈을 휘둥그레 떴다.

신랑은 키가 크고 이목구비도 뚜렷했다. 진부한 표현이지만 꼭 그리스 조각상 같았다. 당당하게 가슴을 펴고, 강한 의지가 깃든 눈으로 우리를 쳐다보았다. 입가에 감도는 미소는 자신감이 넘치고 위엄마저 느껴지게 했다. 그 설치류처럼 생긴 아버지에게서 이렇게 잘생긴 아들이 태어나다니, 도저히 믿을 수 없었다.

반면에 신부는 평범했다. 아니, 툭 까놓고 말해서 문제가 있다.

키는 땅딸막하고 뚱뚱하게 살이 쪘으며, 눈은 가느다란 데다 코는 낮고 목은 아예 없다. 전문가가 메이크업을 해주었을 텐데, 마치 헤이안시대*** 여성의 모습을 과장해서 따라 한 것처럼 보였다. 신부는 거대한 입에서 치아를 드러내고 웃으면서 걸어갔다. '뒤뚱뒤뚱'이라는 표현이 가장 잘 어울리는 걸음걸이로.

"치사 씨, 귀여워요오."

젊은 여성의 부자연스러운 목소리가 날아왔고, 신부는 굵고 짧은 두 손을 크게 흔들며 호응했다. 남녀의 웃음소리가 한꺼번에 메아리치며 연회장을 가득 메웠다.

---

* 일본 남성의 정식 예복.
** 일본 여성의 정식 예복.
*** 794~1185.

식장의 한가운데를 신랑이 성큼성큼 걸어가고, 그 뒤를 신부가 따라갔다. 나는 그녀의 얼굴에 초점을 맞추었다. 하마, 개구리, 달마대사, 새하얀 달걀귀신, 새빨간 찐빵, 고우메 다유.* 수많은 말이 연상 게임처럼 떠올랐다가 사라졌다.

그때 누군가가 윗도리 끝자락을 잡아당겨서 자리에 앉았다. 다카나시였다. 무의식중에 엉거주춤하게 일어나서 신부를 뚫어지게 쳐다보았던 모양이다.

다카나시가 어린아이를 달랠 때 같은 얼굴로 속삭였다. "다하라 씨, 아무리 그래도 그렇게 말똥말똥 쳐다보면 안 되죠."

"그, 그러게. 면목 없네."

"뭐, 마음은 이해하지만요. 헤헤."

그는 반쯤 웃으면서 앉은 자세를 바로 하더니 다시 신랑 신부를 향해 박수를 보냈다.

나는 당황하면서도 일단 다카나시와 사람들을 따라서 손뼉을 쳤다. 두 중년 여성은 의미심장한 시선을 나누었다. 휘휘, 하고 어디선가 커다란 휘파람 소리가 들렸다. 황금 병풍 앞에서 신랑 신부가 이쪽을 향하고 깊숙이 고개를 숙였다.

박수 소리가 한층 크게 울려 퍼졌다.

"이미 모두 아시리라고 생각하지만, 저는 종종 TV에 출연하고 있지요."

일본 전통복 차림의 뒤룩뒤룩 살이 찐 노인이 마이크를 들고 말했다. 손에는 샴페인 잔이 들려 있었다. 이미 취했는지 불그레

---

* 일본의 솔로 코미디언으로, 주로 자학 개그를 많이 한다.

한 얼굴로 말을 하면서 천천히 몸을 흔들었다. 다카나시를 포함해 테이블에 앉은 면면은 알고 있다는 얼굴로 고개를 끄덕였지만, 나는 그가 누구인지 모른다.

"이른바 사회평론가로서 매일 뉴스를 보면서 논평을 하고 있는데, 그런 와중에 생각하는 건 요즘 젊은이들은 패기가 없다, 너무 착하다, 실패를 두려워해서 울타리에서 벗어나는 걸 겁먹고 있다…… 진부한 말이지만 저도 진심으로 그렇게 생각합니다." 그는 과장스럽게 얼굴을 찡그리면서 말했다.

나는 몇 분 전에 들은 사회자의 말을 떠올렸다. 결혼식이 무사히 끝났음을 알리는 말과 함께 신랑 신부, 특히 사가와 치사의 약력 소개였다.

도쿄 도 스기나미 구 출생. 계속 도쿄에 거주. 학자금 대출을 받았으며 그저 그런 대학을 졸업. 현재 어린이집 선생님으로 일하고 있음.

몇 가지 문제점이 숨겨져 있다는 것은 금방 알 수 있었다. 사회자가 의도적으로 말하지 않은 게 있다. 거대한 스크린에 비친 그녀의 사진에서도 그것을 짐작할 수 있었다. 어린 시절의 사진은 전부 혼자 찍었든지, 같은 또래의 친구들과 찍은 것뿐이었다. 어느 사진에서도 익살맞은 포즈나 이상한 표정을 지어서, 사진이 바뀔 때마다 한바탕 폭소가 일었다.

사가와 치사에게는 부모가 없는 것 같다. 그렇지 않으면 가정환경에 문제가 있다. 사진으로 볼 때 유복하지도 않은 듯했다. 자리표에 신부의 친척 이름은 한 명도 없고, 친구가 열 명쯤 왔을 뿐이다. 그녀는 얼마 전에 스물일곱 살이 되었다고 한다. 태어난 해는…….

"하지만 신랑 마사토 씨는 다릅니다." 사회평론가의 목소리가 한층 높아졌다. "그는 젊은 시절에 굉장히 많이 놀았습니다. 도가 지나칠 정도로 말이죠. 오늘 오신 여러분은 잘 아실 겁니다. 대기업 사장의 영애, 유명 여배우, 외국의 셀럽. 그런 화려한 여성들과 염문을 뿌린 적도 한두 번이 아닙니다. 물론 불장난의 뒤처리를 감당하지 못해 부모님께 울며불며 매달린 게 한두 번 있다고 알고 있습니다만."

푸하하하. 여기저기에서 남성들의 웃음소리가 솟구쳤다. 신랑이 쓴웃음을 지으면서 연극적인 동작으로 머리를 긁적였다.

다카나시가 즐거운 얼굴로 중얼거렸다. "세상에! 실제론 한두 번이 아니겠지요?"

치사도 고개를 숙이면서 웃었다.

사회평론가는 신랑 신부에게 몸을 돌리고 말했다. "하지만 자고로 남자는 그래야 합니다. 남자란 그런 경험을 쌓아야만 진정한 사랑과 자비심을 깨닫는 법이니까요. 그러면 돈이나 외모에 현혹되지 않고 여성의 내면을 보는 힘이 키워지지요. 물론 그러다 보면 이해할 수 없는, 마니악한 취향으로 달려가는 일도 종종 있지만요."

연회장은 다시 웃음에 휩싸였다. 다카나시가 "아하하하!" 하고 배를 잡고 웃어댔다. 시끌벅적함 속에서 "그래요, 정말 마니악해요!"라는 젊은 여성의 목소리도 들렸다.

이번에도 치사는 미소를 지었다. 살짝 혀를 내밀기도 했다.

그렇군. 나도 얼굴에 웃음을 담았다.

그녀는 보통 사람이 아니다. 인간으로서 훌륭하다. 자신의 외모를 비웃어도 당황하지 않는 배포와, 농담으로 받아들일 수 있는 강인함을 가지고 있다. 자리의 분위기를 해치지 않고, 남편과 주변 사람들의 체면을 세워주는 배려심이 있다. 그런 면에서 볼 때 모범적인 여성이자 이상적인 아내라고 할 수 있다.

그러니까 웃어도 된다. 장난을 쳐도 된다.

나도 통쾌하게 웃는 사람들과 똑같이 행동해도 되는 것이다.

하하하, 라고 소리를 내서 웃자 어깨의 힘이 빠졌다.

사회평론가가 진지한 얼굴로 말했다. "마사토 씨에게는 봉사 정신이 있습니다."

그 말을 듣고 또 웃었다.

"치사 씨에게는 일종의 연예인 기질이 있습니다."

나는 사람들과 똑같이 웃었다.

"마사토 씨를 사로잡은 기술이 무엇인지, 모든 여성들에게 강의 를 해줬으면 좋겠군요."

오늘의 행사 중에서 가장 큰 웃음소리가 터지고, 치사가 본인 의 이마를 찰싹 때렸다.

사회평론가의 유도에 따라 우리는 일어서서 술잔을 들었다.

"내면의 아름다움을 중시하는 마사토 씨와……."

여기저기에서 커다란 웃음소리가 일었다. 신랑과 신부도 행복 한 미소를 지으며 서로 눈짓을 나누었다.

"내면이 아름다운 치사 씨의 빛나는 앞날을 축복합시……."

찌잉, 찌잉. 그때 고막을 파고드는 소리가 스피커에서 울려 퍼 졌다. 사회평론가가 미간에 깊은 주름을 잡고 눈앞의 마이크를 노려보았다.

시야의 구석에서 무언가가 움직였다.

스크린에서 영상이 흘러나왔다. 차광 커튼이 열려 있어서 제대로 보이지 않고 희뿌연 빛만 보일 따름이었다.

스윽. 갑자기 어두워졌다.

나는 숨을 들이마시고 눈을 크게 떴다. 소리를 지를 뻔해서 순간적으로 입을 틀어막았다.

사내가 쓰러져 있었다. 바닥에 쓰러진 사내를 꽤 높은 곳에서 내려다보며 찍은 사진이다. 사내는 손발을 큰대자로 쭉 내던진 채, 눈을 희번덕거리며 멍하니 입을 벌리고 있었다. 나무 바닥에는 접시가 몇 개, 아니…… 수십 개 놓여 있었다.

옷은 새빨갛게 물들어 있었다.

얼굴의 오른쪽이 거의 없다. 잘린 것인지, 도려내진 것인지, 아니면 폭파된 것인지.

사체 사진이었다. 처참한 사체 사진이 스크린을 가득 메우고 있었다.

"아, 아. 아무래도 이 마이크가 치사 씨를 질투하는 모양이군요." 사회평론가가 농담처럼 말했다.

하지만 목소리는 스피커에서 문제없이 흘러나오고 있었다. 안도의 한숨과 메마른 웃음소리가 여기저기에서 들렸다. 눈을 감았다가 뜨자 스크린의 사진은 어느새 사라졌다.

나는 아무것도 없는 새하얀 스크린을 망연히 바라보고 있는 스스로를 알아차렸다.

"……다카나시, 지금 그거 봤어?"

"네? 뭘를요?"

다카나시는 어안이 벙벙한 얼굴로 나를 보았다. 설명하려고 했지만 말이 나오지 않았다. 혀가 뒤엉키고 머리에는 아무것도 떠오르지 않았다.

"그러면 두 분의 앞날을 축복하며…… 건배!" 사회평론가가 높은 목소리로 외쳤다.

건배, 라고 모두 따라 했다. 나도 황급히 술잔을 들었다.

"다하라 씨, 왜 그러세요?"

"아무것도 아니야."

술잔을 올리면서 묻는 다카나시에게 대답한 뒤, 나는 샴페인을 단숨에 들이켰다. 주변의 시끌벅적한 소리를 들으면서 마음을 진정시켰다.

내가 잘못 봤다. 빛의 간섭으로 인해 그런 식으로 보인 것뿐이다. 기억, 그것도 불과 10여 분 전의 기억과 이어져서 뇌가 멋대로 해석한 것뿐이다.

자리에 앉으려고 한 순간, 탁 하고 잔을 내려놓는 소리가 들려서 왼쪽을 쳐다보았다.

남자가 우두커니 선 채 스크린을 응시했다. 표정은 낭패스러워하는 것처럼도, 혐오스러워하는 것처럼도 보였다.

설마.

"실례합니다. 방금 저기에 뭐가 나왔나요?"

배 주변에서 불쾌한 땀이 솟구치는 걸 느끼면서 남성에게 물어보았다. 남성은 날카로운 눈길로 나를 쳐다보았다. 50대 후반쯤 됐을까? 야윈 뺨엔 생기가 없고, 눈의 흰자위는 충혈되어 있었다. 입이 살짝 벌어져서 담뱃진으로 누리끼리해진 치아가 보였다.

"뭐가 있는 줄 알았는데, 아무래도 잘못 본 것 같습니다. 나이 탓일까요?" 남성은 생각했던 것보다 훨씬 또박또박한 목소리로 말하고, 한쪽 뺨만으로 웃었다.

어떻게 대꾸해야 좋을지 생각하고 있는데, 그는 "실례하겠습니다"라고 말하며 자리를 벗어났다. 오른발을 약간 끄는 것이 보였다. 남성이 문 너머로 사라진 뒤, 나는 자리표를 들고는 내 왼쪽 자리의 이름을 확인했다. 쓰여 있는 것은 특별할 게 없는, 내가 모르는 이름이었다.

신부 친구, 노자키 가즈히로.

3

피로연은 평온한 가운데 즐겁게 진행되었다. 참석자들은 순서대로 신랑 신부와 이야기하거나 사진을 찍었고, 그렇지 않은 사람은 아이자와 회장을 비롯해 신랑의 친척들과 이야기했다. 분위기가 좋으면 음식도 더 맛있게 느껴지는 법이다. 그래서 그런지 평소보다 술이 잘 들어갔다.

친구처럼 보이는 젊은 남녀에 둘러싸인 치사가 별안간 손뼉을 치더니, 눈을 부릅뜨고 입을 꼭 다물며 손을 머리 위로 올렸다. 가부키*의 하이라이트 장면을 흉내 낸 것이다. 친구들은 배를 잡거나 몸을 뒤로 젖히며 깔깔 웃었다. 치사의 어깨를 두드리거나 손가락으로 이마를 튕기는 사람도 있었다.

"역시 대단해. 자신의 캐릭터를 잘 알고 있어."

"저 정도면 완전히 프로야, 프로."

남자친구 같은 청년 두 명이 우리 테이블 옆을 지나가면서 말

---

* 음악과 무용, 기예가 어우러진 일본의 전통 연극.

했다.

신랑의 대학 친구 일곱 명이 여흥으로 보여준 것은 '더 블루 하츠'가 부른 「린다린다」의 아카펠라 버전이었다. 리드 보컬이 음률을 붙여서 노래하기 시작하자, 치사가 절묘한 타이밍으로 앞니를 내밀며 생쥐 흉내를 냈다. 그것을 기다렸다는 듯이 커다란 웃음소리가 일고, 나와 다카나시는 손뼉을 치면서 환호성을 보냈다.

슬쩍 쳐다보자 노자키는 웃지 않고 가만히 앉아 있었다. 치사가 아무리 재미있는 행동을 해도, 아무리 주변 사람이 웃음을 터뜨려도 눈 하나 깜짝하지 않았다. 얼굴을 찡그리고 식사를 하든지, 엉뚱한 방향을 쳐다볼 따름이었다. 조금 전에 자리로 돌아오고 나서는 다시 밖에 나가지도 않았다. 기분이 나쁜 것처럼도, 컨디션이 좋지 않은 것처럼도 보였다. 그러고 보니 에어컨 바람이 너무 강해서 추운 것 같기도 하다.

그때 신랑 신부가 박수 소리와 함께 퇴장했다. 옷을 갈아입으러 간 것이다.

나는 다시 노자키에게 말을 걸었다. "기분이 별로 좋지 않으신 것처럼 보이는데요……."

노자키는 약간 표정을 풀고 답했다. "그렇진 않습니다. 이런 자리가 익숙지 않은 것뿐이죠."

나는 빙긋이 웃으면서 동의했다. "저도 그렇습니다. 이렇게 크고 화려한 피로연은 처음이라서 조금 당황스럽군요. 제 결혼식 때는 이것의 절반, 아니, 3분의 1 정도였거든요."

"그러세요?"

"하지만 신부 덕분에 분위기가 좋아서 그런지 마음이 편해졌습니다. 신부가 정말 대단하군요. 서비스 정신이 좋다고 할까, 자신의 역할을 잘 알고 있다고 할까……."

"역할이요?"

"네, 조롱당하는 캐릭터라고 할까요? 분위기를 부드럽고 원활하게 하는 훌륭한 역할이죠. 지금까지 보셨지요? 굉장한 능력입니다."

노자키는 입가에 손을 대고 잠시 생각에 잠겼다.

"다시 말해…… 신부가 장난감이라는 건가요? 이 자리에 있는 사람들의?"

가시가 박힌 날카로운 말투였다. 그는 비웃는 눈길로 나를 힐끔 노려본 뒤, 이어서 주변을 둘러보았다.

"……아니, 그렇게 말씀하시면 신부에게 실례잖습니까?" 나는 얼굴에 웃음을 매단 채 솔직하게 말했다. 분위기에 취해 술을 많이 마시는 바람에 배짱이 커져 있었다. "신부는 지금 최선을 다해 손님들을 접대해주고 있습니다. 그렇다면 이쪽도 웃어주는 게 예의가 아닐까요?"

"예의라고요?" 노자키는 어이가 없다는 듯이 코웃음을 쳤다. 가슴 안쪽에서 조바심이 부풀어 올라 반론하려고 했을 때, 노자키가 단호하게 말했다. "치사는 어렸을 때부터 계속 사랑스러웠습니다."

의표를 찔러서 나는 말문이 막혔다. 멀리 떨어진 테이블에서 크하하하 하고 폭소가 일었다. 내 오른쪽에서는 다카나시가 눈이 새빨개진 채 컥컥거리고 있었다. 와인이 기관지에 들어간 모양이다. 두 중년 여성은 어디로 갔는지 자리에 없었다.

"예, 옛날부터 아는 사이였습니까?" 나는 따지듯 물었다.

조바심이 줄어들고 제대로 상대할 마음이 사라졌다. 외모를 보면 신부보다 나이가 두 배는 많은 것 같은데, 자리표에 '친구'라고 쓰여 있는 것이 마음에 걸리지 않는 건 아니었다.

"그래요." 그는 술잔을 손에 들고 그 시절을 그리워하듯 말했다. "벌써 4반세기가 되는군요."

"혹시 부모님을 아시는 건가요?"

"그렇습니다." 노자키는 와인을 한 모금 마시고 말했다. "얼굴을 보는 건 오랜만이죠. 약 10년 만이지만…… 어느새 이렇게 컸을 줄이야. 뭐 충분히 이해는 되지만요."

노자키는 바닥이 꺼져라 한숨을 쉬었다. 말없이 눈짓으로 다음 말을 재촉하자 그는 조용히 입을 열었다.

"치사는 아빠를 일찍이…… 두 살에 잃었죠. 엄마가 다른 남성과 만나기 시작한 건 치사가 유치원에 다닐 때였습니다. 엄마는 결국 세 번째인가 네 번째 만난 남성과 재혼했지요. 치사가 초등학교 4학년 때였습니다. 오래 살진 못했지만요."

"그래요?"

"엄마가 남자를 집안에 들이자 치사는 철저하게 분위기 띄우는 역할을 맡았습니다. 밝고 착하고 건강하고 재미있는 아이가 되려고 애를 썼지요. 남자가 자신을 재혼의 장벽이자 혹이라고 여기지 않도록 말입니다."

그럴 수도 있겠군, 하고 나는 생각했다. 엄마의 행복을 바라는 순수한 마음과, 조금이라도 물질적으로 편하게 살기 위한 냉정한 계산이 어우러진 어린아이 나름의 최선의 행동.

"엄마의 남자가 치사의 외모를 놀리는 일도 종종 있었던 것 같더군요."

노자키의 표정은 어둡고 눈은 조용한 분노로 가득 찼다. 그렇겠죠, 라고 대꾸할 뻔했지만 가까스로 참았다.

"아무도 몰래 울었다고 합니다. 엄마와 엄마의 남자가 없는 곳에서, 친한 사람들 앞에서만."

"가엾게도……." 내 입에서 신음이 나지막이 흘러나왔다. "그때 단련되어서 지금은 훌륭한 '놀림받는 예능인'이 된 건가요? 굉장하군요."

화려한 무대에서 피에로처럼 연기하며 살아온 치사의 인생을 알고 나니, 지금 저렇게 행동하는 것도 충분히 이해가 되었다. 감탄하기도 했다. 그와 동시에 이 자리에 그녀의 부모가 없다는 것에 안도하기도 했다. 내 딸이 조롱당한다…… 그것도 외모로 놀림당하는 걸 눈앞에서 보면 기분이 좋지는 않으리라. 아니, 솔직히 말하면 괴로울 것이다. 몸이 갈기갈기 찢기는 심정이 아닐까? 내가 부모라면 도저히 견딜 수 없을 것이다.

머릿속에서 딸이 떠올랐다.

지금 아내의 배 속에 있는, 올해 안에 태어날 예정인 딸. 건강하게 태어났으면 좋겠다. 눈에 띄게 아름다울 필요는 없지만 평범한 외모였으면 좋겠다. 웃음거리가 될 만한 얼굴은 아니었으면 좋겠다. 최악의 경우에도 치사처럼 생기지는 말아야 한다.

얼큰하게 취한 머리로 그렇게 생각하고 있을 때, 사회자가 큰소리로 말했다. "여러분, 오래 기다리셨습니다."

소란스러움이 조금씩 가라앉았다. 다시 커튼이 내려가고 조도가 낮아졌다. 노자키가 축 늘어져서 의자에 몸을 맡기는 것이 어둠 속에서 보였다.

기세와 분위기만 있을 뿐 아무런 의미가 없는 말을 나열한 뒤, 사회자는 손으로 문을 가리켰다. "그러면 오늘의 주인공께서 등장하시겠습니다!"

다시 스포트라이트가 비치더니 음악이 흐르기 시작했다.

스포트라이트 속에서 나타난 사람은 은색 턱시도 차림의 마네킹처럼 생긴 신랑과, 웨딩드레스 차림의 가가미모치*처럼 보이는 치사였다. 본인도 자신의 모습을 아는 것이리라. 신랑 옆에서 입에 공기를 넣어 뺨을 부풀리고 묵직한 허리를 밑으로 낮추었다. 가가미모치 흉내를 낸 것이다. 한바탕 사람들의 웃음을 얻어내자 두 사람은 손을 잡고 걷기 시작했다.

다카나시가 눈에 고인 눈물을 닦으며 말했다. "아주 훌륭한 라이브 개그 방송이네요."

초에 불을 붙이는 예식이 시작됐다. 각 테이블의 한가운데에 있는 양초에 마사토와 치사가 불을 붙인다. 황금색으로 빛나는 기다란 토치를 사용해서 친척들 자리부터 순서대로. 어두운 연회장에 오렌지색의 작은 불꽃이 하나씩 늘어났다. "어머나, 무서워!", "꼭 호러 영화 같아", "으아, 소름 끼쳐", "밑에서 비추면 안 돼!"라고 친구들이 제각기 떠들어댔다.

사진을 찍으려는 건지, 태블릿 PC를 손에 든 노자키에게 나는 작은 목소리로 물었다. "저기, 신부 어머님은 어떻게 되셨나요?"

노자키는 입을 다물고 심각한 표정을 짓더니 이윽고 작은 목소리로 대꾸했다. "재작년에 돌아가셨습니다. 교통사고였다고 하더군요."

침묵이 찾아오기 전에 나는 다시 질문을 했다. "그러면 친아버지는……."

---

* '거울떡'이란 뜻으로, 떡 모양이 둥근 거울을 닮은 데서 유래된 이름이다.

"요괴한테 잡아먹혔지요."

"헐."

기묘한 목소리가 입에서 튀어나와 연회장에 울려 퍼졌다. 주변의 시선이 화살처럼 일제히 날아와서 나는 입을 막고 몸을 웅크렸다. 적당한 때를 노려서 얼굴을 든 순간, 노자키와 눈이 마주쳤다. 노자키는 진지한 얼굴과 차가운 눈길로 나를 내려다보았다.

"다하라 씨, 괜찮으세요?"

어둠 속에서 다카나시의 목소리가 들렸다.

"그래."

몸을 일으켰을 때, 신랑 신부가 가까이 다가온 것을 알아차렸다. 토치를 치켜든 두 사람을 중년 여성 두 명이 요란스러운 환호성과 박수로 맞이했다.

조명을 받은 치사의 큼지막한 얼굴이 가까이 다가왔다. 노자키를 알아보고 치아를 보이며 생긋 웃었다. 토치의 불길이 테이블 위에 있는 양초 끝에 닿았다.

"……노자키 씨." 치사의 커다란 입에서 속삭이는 목소리가 새어나왔다.

"그래, 오랜만이야." 그때까지 한 번도 보인 적 없는 다정한 얼굴로 노자키가 대답했다.

그는 태블릿 PC를 턱 높이까지 들어 올렸다. 나는 무의식중에 화면을 들여다보았다.

상반신이 찍힌 사진이었다.

너저분한 방에서 울프커트를 한 빨간 머리칼의 여성이 이쪽을 향해 함박웃음을 짓고 있었다. 어딘지 모르게 남쪽 나라의 소녀를 연상케 하는 얼굴이지만, 피부나 주름의 정도로 볼 때 서른 살쯤 됐을까?

"결혼 축하해. 이 사람도……." 감정이 북받쳤는지 노자키의 말문이 막혔다. 그는 헛기침을 한 번 하고 나서 갈라진 목소리로 말했다. "이 사람도 기뻐하고 있어."

공통의 지인일까? 아니면 노자키의 친척일까?

아니면…….

그때 으읏 하고 기묘한 소리가 들렸다.

나는 소리가 들린 쪽을 쳐다보고 숨을 삼켰다.

치사가 공허한 표정으로 빨간 머리칼의 여성을 바라보았다. 칠칠치 못하게 벌어진 입에서 기이한 소리가 새어나왔다. 잠시 지켜보는 사이에 치사의 얼굴에서 감정과 표정이 사라졌다.

신랑이 난감한 얼굴로 물었다. "왜 그래?"

"아아, 아, 어, 언니."

작은 눈에 눈물이 고였다. 눈 깜짝할 사이에 눈물이 넘쳐서 뺨을 타고 흘러내렸다. 미간에, 작은 코에, 입가에, 턱에 몇 줄기 주름이 새겨졌다.

치사가 쥐어짜는 목소리로 말했다. "시, 싫어."

이번에는 더 큰 목소리로. "싫어."

이번에는 더 확실한 목소리로. "싫어, 이런 건."

다카나시가 안절부절못하며 황당한 표정을 지었다. "어? 무슨 일이지?"

"싫어. 싫어 싫어. 노자키 씨. 언니. 싫어 싫어 싫어 싫어 싫어 싫어. 싫어 싫어 싫어 싫어 싫어 싫어 싫어, 싫어 싫어 싫어 싫어 싫어 싫어 싫어 싫어 싫어 싫어 싫어."

노자키가 가로막듯이 그녀의 이름을 불렀다. "치사."

"싫어!"

치사는 그렇게 외치며 토치를 들어 올리더니, 그대로 눈앞의 테이블에 내리쳤다. 귀를 찢는 소리와 함께 꽃이 날아가고 양초가 쓰러졌다. 테이블보에 불이 옮겨붙을 뻔했지만 신랑이 소매로 내리쳐서 막았다.

짐승이 포효하듯 울부짖으면서 치사가 테이블에 엎드렸다.

"아아아아아아! 으아아아아아아아아!"

치사는 손톱을 세우더니 하얀 테이블보 밑에 있는 철판을 끼익 끼익 긁었다. 베일이 바닥에 떨어지고, 기다란 머리칼이 풀리며 넓게 펼쳐졌다.

너무나 갑자기 벌어진 일이라서 어느 누구도 선뜻 나설 수 없었다. 신랑은 당황한 얼굴로 신부를 내려다보았다. 다카나시가 넘어졌는지 "아야야!" 하고 소리를 질렀다. 조용한 연회장에 소란스러움의 물결이 퍼져나갔다.

노자키는 망연한 얼굴로 태블릿 PC를 든 채 서 있었다.

마음이 무너진 것이리라.

이해는 되었다. 겉으론 그토록 즐거운 얼굴로 적극적으로 개인기를 보여도 속으론 괴로웠던 것이다. 자신의 속마음을 숨기며 계속 참았던 것이다. 그렇게 쌓이고 쌓인 감정이 어떤 계기로 한꺼번에 터졌다. 아마 노자키의 태블릿 PC에 있던 빨간 머리칼의 여성을 봤기 때문이 아닐까.

가엾게도.

억지로 자신의 마음을 억누르지 않았으면 좋았을 텐데.

멍하니 생각하는 사이에 치사의 울부짖음은 어느새 흐느낌으로 바뀌었다.

"……도대체 왜 저래?"

멀리서 한 여성이 작게 속삭이고, 누군가가 맞장구쳤다.

"그러게 말이에요."

"기껏 분위기가 좋았는데."

"이제 와서 싫다면 어쩌자는 거야?"

"왜 저렇게 우는 거야? 웃기는 여자네."

"지금까지 실컷 즐기더니 이제 와서 왜 저래?"

"갑자기 왜 피해자인 척하고 난리야?"

"예능인 실격이에요."

아아, 라고 한숨 섞인 목소리.

"저 아저씨가 무언가 보여준 탓이야."

"괜히 쓸데없는 짓을 하다니."

노자키가 험악한 얼굴로 주변을 둘러보았다.

"저 남자는 누구야?"

"나도 몰라."

"왜 제삼자가 나서서 분위기를 깨뜨리는 거야?"

조바심과 경멸과 어이없음이 뒤섞인 목소리가 여기저기에서 들렸다. 더는 견딜 수 없어서 나는 치사를 내려다보았다. 사회자가 나서서 정리해주지 않을까? 아니면 연회장 직원이 기지를 발휘해 이 자리를 원만하게 수습해주지 않을까?

주변을 두리번거릴 때, 내 어깨를 탁 두드리는 사람이 있었다.

"어떻게 하실 건가요?" 다카나시의 목소리다. "얼른 수습해야 하잖아요?"

"뭐?"

갑작스러운 말을 듣고 당황할 수밖에 없었다. 다카나시는 내가 나서서 수습하는 게 당연하다는 식으로 말했다. 무슨 뜻인지 이해할 수 없었다.

"그래요."

주변에서 동조하는 여성의 목소리도 들렸다. 아마 맞은편 자리에 있는 두 중년 여성 중 한 명이리라.

"다하라 씨, 도와드릴 게 있으면 뭐든 말씀만 하세요." 다카나시가 또 어깨를 두드리며 말했다.

"미안하지만 무슨 말을 하는지 당최……."

"아버님이야말로 무슨 말씀을 하시는 건가요?"

"뭐?"

또 이해할 수 없는 말이 튀어나왔다. 다카나시가 왜 나를 아버님이라고 부르는지 짐작도 되지 않았다.

하하하, 하고 다카나시는 갈라진 목소리로 웃었다. "딸을 도와주는 건 아버님 역할이잖아요?"

곧바로 다른 목소리가 이어졌다.

"아버님께서 나설 차례예요."

"아버님, 파이팅!"

"예능 커리어의 차이를 보여주세요, 하하하."

"아버님, 갑작스럽지만 부탁합니다."

신랑마저 나를 향해 고개를 숙이며 부탁했다. 많은 사람들이 나를 부추기고 있다. 양초의 불빛을 받고 떠오르는 사람들의 얼굴은 모두 즐거워하는 것처럼 보였다.

"자아, 아버님."

그때 세게 등을 떠미는 사람이 있었다. 그 순간, 발을 헛디디는 바람에 뭔가에 걸렸다. 답례품일까? 그렇게 생각하자마자 나는 균형을 잃고 바닥으로 넘어졌다. 고통으로 신음하는 순간, 마치 노린 것처럼 조명이 켜졌다.

눈앞에 자리표가 떨어져 있었다. 이것도 노린 것처럼 내 얼굴의 바로 앞에 펼쳐졌다.

내 이름이 눈에 들어왔다. 뇌가 눈에 익은 한자의 나열을 포착하면서 초점을 맞추었다.

"앗!" 나도 모르게 작은 비명을 질렀다.

자리표에는 똑똑히 이렇게 쓰여 있었다.

신부 아버지, 다하라 히데키.

4

"아빠!"

치사가 나한테 매달렸다. 메이크업이 무너진 거대한 얼굴이 눈앞으로 다가왔다. 옷깃을 힘껏 잡아당겨서 나는 어쩔 수 없이 자리에서 일어났다.

"와줬구나! 날 잊지 않았어!" 치사가 콧물을 흘리면서 나를 흔들었다.

내 입에서 "아아아"라고 얼빠진 소리가 새어나오고 주변에서 웃음소리가 일었다.

"보고 싶었어."

치사는 나를 어마어마한 힘으로 조이며 꼭 껴안았다. 내 입에서 다시 기묘한 소리가 새어나오고, 주변에서 다시 웃음소리가 일었다. 후루룩, 하고 귓가에서 콧물 들이켜는 소리가 들렸다. 향수와 화장품 냄새가 뒤섞인 냄새에 욕지기가 솟구쳤다.

"아, 아니야. 난 네 아버지가 아니야."

가까스로 목소리를 짜냈지만 그 말은 소란스러움에 파묻혔다. 아무도 내 말을 듣지 않고, 모든 게 원만히 수습됐다는 얼굴로 자기 자리로 돌아갔다. 직원 한 명이 바람처럼 나타나 재빨리 넘어진 의자를 세우더니, 바닥에 떨어진 식기를 줍고는 테이블을 원래대로 정리했다.

사회자가 엄숙하게 말했다. "참으로 감동적인 재회! 보는 저희의 마음까지 따뜻해집니다. 여러분, 신부와 아버님께 큰 박수를 부탁드립니다."

식장에 박수 소리가 울려 퍼지며 공기를 뒤흔들었다. 미적지근하고 말랑말랑한 치사의 팔에 안겨서 나는 전율했다. 치사의 체온이 온몸에 전해지면서 밑바닥에 있던 기억과 감정이 되살아났다.

병원에서 처음 본 치사의 모습.

아내의 품에 안겨서 잠든 치사의 숨소리.

처음 자란 아랫니 두 개. 기어다니는 모습. 뭔가를 붙잡고 일어선 모습. 분유. 이유식. 이유식을 만들기 위해 구입한 전용 식기. 아내와 함께 밤새도록 열심히 읽었던 수많은 육아 서적.

치사와의 일상을 기록한 블로그 글들. 치사가 있어서 즐거웠던 날들. 행복했던 세 식구.

나는, 나는.

이 애…… 이런 애의 아빠인가.

"그래." 치사가 대답했다.

묻지도 않았는데 정확하게 대답했다. 두터운 입술을 벌리고 커다란 치아를 보이며 웃더니 치사는 내 손을 꽉 쥐었다.

"너무너무 기뻐. 중요한 날에 와줘서. 더구나 날 구해줘서. 아빠, 굉장히…… 멋있어."

떨어질락 말락 한 인조 속눈썹 안쪽의 작은 눈에서 새로운 눈물이 흘러넘쳤다. 부풀어 오른 콧구멍에서 투명한 콧물이 흘러내리더니 깊숙이 파인 인중을 타고 입으로 흘러 들어갔다.

온몸에 공포가 내달렸다.

가슴 안쪽에서 말이 형태를 이루었다.

싫다.

이런 딸은 싫다.

세상에서 비웃음당하고, 괴롭힘을 당하고, 남을 돋보이게 만드는 역할을 하고, 우스꽝스러운 행동을 자처하고, 피에로처럼 연기해야 하는 딸은. 그렇게 하지 않으면 사회에 낄 수 없는, 그렇게 하지 않으면 제자리를 얻을 수 없는, 그렇게 추하게 생긴 딸은.

절대로 싫다.

"자아, 다하라 씨."

뼈에 가죽만 붙어 있을 만큼 야위고 헐렁한 정장을 입은 남자가 나를 바라보았다. 자리의 위치와 목소리로 볼 때 다카나시란 걸 알았다. 새빨간 눈이 당장이라도 튀어나올 것처럼 크게 벌어져 있다.

대체 무슨 일이 일어나고 있는가. 왜 지금 그의 눈이…….

"다하라 씨."

의자에 앉은 노자키가 태블릿 PC를 내 쪽으로 향했다. 화면 안에 있는 빨간 머리칼의 여성이 흙빛 얼굴로 눈을 감고 있다. 수많은 꽃이 그녀의 주위를 에워싸고 있다.

"히데키."

어느새 아내가 노자키 옆에 앉아 있다. 목이 기묘한 방향으로 구부러져 있다. 짝짝. 손뼉을 치는 손은 피투성이인 데다 손가락이 거의 없다.

"아버님!"

멀리 떨어진 황금 병풍 앞에서 신랑이 소리쳤다. 유쾌한 웃음을 지으며 내 쪽을 향해 손을 흔들었다. 치사가 돌아보며 그를 향해 손을 흔들자 통나무 같은 두 팔이 이리저리 흔들렸다.

"아빠, 가자." 치사가 손을 내밀면서 응석 부리는 목소리로 말했다.

식장이 소란스러워졌다.

수많은 비웃음이 나를 에워쌌다. 호기심 어린 시선이 온몸을 찔렀다. 머리에서부터 발끝까지 땀이 솟구쳤지만 몸은 얼어붙을 만큼 추웠다. 지금 당장 치사를 밀쳐내고 도망치고 싶었지만, 티끌만큼 남아 있는 기력이 보이지 않는 주변의 압력에 짓눌리고 짓밟혔다.

치사가 내 팔에 팔짱을 꼈다.

몽롱한 의식 속에서 나는 물었다. "너, 정말 네가 내 딸이야? 내가 정말 네 아빠야?"

"물론이야." 치사가 활짝 웃으면서 대답했다. 그러더니 옆 테이블에 있는 은색 나이프를 들고는 내 코끝에 칼의 옆면을 들이밀며 덧붙였다. "이것 좀 봐."

"으아아!" 나는 다시 비명을 질렀다.

칼의 옆면에는 얼굴의 절반이 사라진 사내가 비쳤다. 멍하니 입을 벌린 채 한쪽 눈으로 나를 바라보았다. 뺨과 턱과 옷은 피에 물들어 있고, 도려내진 얼굴의 단면에서는 으깨진 뼈와 갈기갈기 찢긴 근육이 보였다. 아까 몸거울 너머에서 본 사내다. 스크린에 비쳤던 사내다.

다시 말해 이 얼굴은, 이 얼굴은…….

"그렇지? 아빠도 놀랐지?" 얼굴에 거대한 입만 있는 치사가 자랑스럽게 말했다.

이성의 실이 끊어지는 게 감각으로 느껴졌다. 목의 안쪽에서 욕지기가 솟구쳤다. 목이 터져라 외치려고 한 찰나.

누군가가 목덜미를 난폭하게 잡더니 어마어마한 힘으로 잡아당겼다.

다음 순간, 시야가 캄캄해졌다.

쿵!

등에 충격이 내달렸지만 신기하게도 통증은 느껴지지 않았다. 무엇인가가 부드럽게 감싸는 듯한 감촉이 느껴질 따름이었다. 눈에 보이는 것이 간접 조명을 받은 천장이란 사실을 안 순간, 나는 나 자신이 누구인지, 지금 어디에 있는지 깨달았다.

나…… 다하라 히데키는 아베니르로열호텔 도쿄의 2층 복도에 큰대자로 누워 있었다.

내가 왜 이런 모습으로 여기에 누워 있는 거지. 의아함과 곤혹스러움에 사로잡히며 몸을 일으킨 순간.

"거칠게 대해서 죄송해요."

조용하지만 또박또박한 목소리가 들려서 나는 바닥에 앉은 채 돌아보았다.

머리를 하나로 묶은 회색 바지정장 차림의 젊은 여성이 나를 내려다보았다. 몸집이 꽤 작다는 것은 올려다보는 각도로 알 수 있었다. 특징이 없는 얼굴 안에서 짙은 눈썹이 눈길을 끌었다. 손에 든 비닐봉지 입구에서는 담뱃갑이 몇 개나 튀어나와 있었다.

그녀는 살짝 몸을 숙인 뒤, 나와 눈높이를 맞추고는 조용히 물었다. "속이 울렁거리진 않으세요? 몸의 어딘가에 위화감이 있지는 않으신가요?"

감정을 읽어낼 수 없는 무표정한 얼굴이 눈앞으로 다가왔다. 희미한 담배 냄새가 코로 파고들었다.

"……없습니다." 나는 솔직하게 대답했다.

"그래요? 다행이네요."

그녀는 기계적으로 중얼거리고는 일어서서 걷기 시작했다. 저쪽에는 분명히 커다란 거울이 있었는데, 라며 기억이 되살아났다. 그녀의 모습을 눈으로 좇으면서 나는 고개를 갸웃거렸다.

"어?"

몸거울의 거울 면은 새까맸다. 거울 전체가 광택이 없는 검은 물질로 뒤덮이고 불규칙하게 울퉁불퉁하다. 곰팡이…… 아니, 녹인가? 어쨌든 내 기억과 완전히 다르다.

무의식중에 몸을 일으키자 여성이 말했다. "다가오지 말아요!"

목소리는 작았지만 강렬한 기백이 담겨 있다, 라고 생각했을 때는 이미 움직일 수 없었다. 엉거주춤한 부자연스러운 자세로 그 자리에서 얼음처럼 굳어졌다.

"저기, 그 거울은 언제 그렇게 녹투성이가 됐나요?"

"항상 녹투성이예요. 발굴됐을 때부터 계속 그랬을 거예요."

"발굴이요?"

"네." 여성은 나를 힐끔 쳐다보고 말했다. "이 거울은 1972년에 인도의 산속에서 발굴됐어요. 어느 일본인 유학생과 현지에 사는 노인이 마술 연습을 하던 중에 우연히 말이죠. 현지 대학에서 열심히 연구해도 내력은 알 수 없었어요. 연대도 측정할 수 없었다고 하더라고요. 거울처럼 생겼을 뿐, 진짜 거울인지도 확실하지 않았어요. 미지의 악기다, 아니, 주술에 사용하는 도구다, 옥좌(玉座)의 등받이다, 라는 설도 있죠."

그녀는 검은 장갑을 낀 손으로 조심스럽게 거울의 테두리를 만졌다.

"이 거울은 1990년대 중반에 갑자기 사라졌는데, 3년 전…… 그러니까 2009년에 미국에서 다시 발견되었어요. 캘리포니아 주에 있는 유명한 대저택, 흔히 네버랜드로 부르는 집의 창고에서 말이죠."

"왜, 왜 거기서……."

"거울 속 남자와 뭔가 시작하고 싶었던 게 아닐까요?"

그녀는 수수께끼 같은 말을 했다. 그 말이 무슨 뜻인지 설명하려고 하지도 않았다.

말없이 바라보고 있자 그녀는 고개를 돌리며 말했다. "모르면 됐어요."

숙박객처럼 보이는 서양인 몇 명이 의아한 얼굴로 우리를 보면서 지나갔다.

"저기, 그러니까……."

"이 거울에는 일화가 있어요. 아니, 금기라고 하는 편이 좋겠죠." 그녀는 검은 장갑을 낀 손으로 다시 테두리를 만지면서 말했다. "가끔 녹이 사라지고 거울 면이 보이는 일이 있죠. 하지만 들여다봐선 안 돼요. 들여다보면 눈이 찌부러지고 정신이 이상해진다, 최악의 경우에는 영혼이 빨려 들어가서 죽음에 이르기도 한다…… 대학의 연구원들과 학생들 사이에선 그런 소문이 나돌았죠. 거울이 사라지고 다시 발견될 때까지 10여 년 사이에도, 이 거울과 관계가 있는 사람 중 몇 명이 원인을 알 수 없는 의문사를 당했어요. 신빙성이 높은 경우만 해도 열일곱 명, 마지막 소유자가 죽은 것도 어쩌면 거울 탓일지 몰라요."

"그럴 수가."

도저히 믿을 수 없었다. 어린아이를 속이는 오컬트 이야기다. 그렇게 생각하면서도 웃음으로 넘길 수 없었다. 나는 분명히 거울을 들여다보았다. 거울에 있는 영상을 볼 수 있었다. 그리고 보았다. 경험도 했다. 기묘하고 무섭고 불쾌하고 끔찍하고 소름 끼치는 그…….

나는 내 손바닥을 보았다. 고개를 들고 거울을 본 다음, 카펫에 시선을 떨어뜨렸다. 이어서 여성을 보고, 다시 카펫을 보았다.

생각이 나지 않는다.

구체적인 기억이 빠져 있었다. 거울을 들여다본 직후에 무시무시한 눈과 마주쳤다. 그런 막연한 기억과 감정 말고는 아무것도 떠오르지 않았다.

"왜 그러세요?" 여성이 물었다.

나는 혼란스러워하면서도 지금의 머릿속을 설명했다. 그녀는 잠자코 내 말을 들어주었다. 내가 이야기를 마쳐도 말없이 먼 곳을 바라보았다. 생각에 잠겨 있는 것이다.

나는 결심하고 그녀에게 물었다. "저기, 황당한 질문일지 모르겠지만 제가 여기서 무엇을……."

"이걸 들여다봤어요. 얼굴을 가까이 대고 뚫어지게, 테두리를 잡고 몸을 숙여서." 그녀는 눈으로 거울을 가리키고 내가 예상했던 말을 했다. "역시 거울에서 떼어내기를 잘한 것 같군요."

발에 힘이 들어가지 않았다. 찜통에 있는 것처럼 몹시 더웠으나 몸의 중심은 너무나 추웠다. 그녀의 말은 황당무계하지만 거짓말이라고 부정할 수도 없고 무시할 수도 없었다. 다시 말해, 그녀가 구해주지 않았다면 나는 저 거울로 인해…….

그 자리에 털썩 주저앉을 뻔했지만 다리에 힘을 주고 가까스로 버텼다. 젊은 벨보이가 커다란 파란색 천을 들고는 울음을 터뜨릴 듯한 얼굴로 다가오는 게 시야의 구석에서 보였다.

"수고가 많으시네요." 여성이 무표정한 얼굴로 벨보이를 향해 고개를 숙였다.

그녀는 벨보이에게 거침없이 지시해서 거울을 천으로 덮고는 비닐 테이프로 묶게 한 뒤, 작은 목소리로 방 번호 같은 숫자를 말했다. 벨보이는 무거워 보이는 카트를 밀고, 엘리베이터 쪽으로 사라졌다.

"얘기가 길어져서 죄송해요." 그녀가 뜬금없이 사과했다.

무슨 말인지 몰라서 당황한 표정을 짓고 있자 고개를 갸웃거리며 눈으로 내 옷을 가리켰다.

"축하할 일이 있는 거 아닌가요?"

예복을 본 순간 용건을…… 여기에 온 이유를 기억해내고 나는 황급히 주머니에서 스마트폰을 꺼냈다.

시각은 12시 30분.

여기에 도착한 지 겨우 10분밖에 지나지 않았다. 모든 것이 전부 이상하고 전부 괴이하다. 귀신에 홀린 듯한 심정으로 멍하니

서 있자 여성이 "그럼 실례하겠습니다"라고 말하고는 걷기 시작했다. 그 순간, 가슴속에서 의문이 솟구쳤다.

"잠깐만요. 도대체 뭐가 어떻게 돼서 내가 이런 곳에……."

그녀는 뒤도 돌아보지 않고 대답했다. "신경 쓰실 필요 없어요. 다친 것도, 컨디션이 안 좋은 것도 아니고, 제가 봤을 때는 무언가에 홀린 것도 아니에요."

"아니, 그런 말씀으론 도저히 이해가 안 됩니다. 뭐라도 아시면 말씀해주십시오. 가슴이 술렁거려서 진정이 안 됩니다." 나는 속마음을 솔직하게 털어놓고 간절하게 부탁했다.

여성이 걸음을 멈추었다. 비닐봉지에서 바스락거리는 소리가 났다. 작은 등을 바라보고 있자 그녀는 절반만 돌아보았다.

"혹시 정파리경(淨頗璃鏡)이라고 아시나요?"

"네? 아뇨, 처음 듣습니다."

"그럼 염라대왕의 거울이라고 바꿔 말하죠."

어린 시절에 자주 들었던 단어에 허를 찔려서 할 말을 잃었다. 나는 그리운 기억에서 정보를 끌어왔다.

"……그거군요. 지옥에, 그러니까 염라대왕 옆에서 죽은 자의 죄를 비춰준다는……."

그래서 염라대왕에게는 거짓말을 해봤자 금방 들켜서 혀가 뽑힌다고 할머니에게 들은 기억이 있다. 거짓말을 해서는 안 된다…… 그 이야기에 이런 뜻이 숨어 있다는 건 아무리 어린 나이라고 해도 알 수 있었다.

"네. 그 거울에는 과거의 죄만이 아니라 미래의 모습도 보이고, 본인만이 아니라 친척이나 친구, 지인의 과거와 미래도 보인다고 하더군요." 여성이 내 쪽으로 몸을 돌리고 말했다. "즉, 정파리경은 진실을 비춰주는 거울이죠. 보고 싶지 않은 자신도, 보고도 못 본 척하는 자신도, 까맣게 잊어버린 경험도, 비참한 말로도 비춰 줘요. 전부 선명하고 잔혹하게."

그녀의 눈은 어딘지 모르게 차가워 보였다.

"그런 걸 정면으로 생생하게 보면, 인간은 제정신을 차리기 힘들지 모르죠. 어쩌면 더 이상 생명 활동을 유지할 수 없게 될지도 모르고요."

지금 무슨 말을 하는 걸까. 왜 뜬금없이 가공의 거울에 관해 설명하는 걸까? 나는 생각지도 못한 말을 듣고 멍하니 서 있었다.

"시시한 얘기를 해서 죄송해요. 그럼……" 그녀는 한순간 미안한 표정을 짓더니, 그 말을 남기고는 그 자리를 떠났다.

"나 왔어."

캄캄한 복도를 향해 말하자 목소리가 돌아왔다.

"어서 와."

불이 켜지고 막다른 곳의 문이 열리며 아내가 배를 안고 나타났다. 아침과 똑같은 잠옷 차림이었다. 어딘지 모르게 표정은 후 련해 보였다. 나는 답례품이 든 쇼핑백을 바닥에 두고, 술기운으로 휘청거리는 발을 움직이며 아내에게 다가갔다.

"무슨 일 있었어?"

"응."

아내는 발길을 돌려 거실로 가더니, "읏샤"라고 하면서 낮은 탁자 위에 있던 메모지를 들어 올렸다. 두 줄로 지워진 글자가 몇 개나 있고, 왼쪽 밑의 두 글자에만 동그라미가 되어 있었다. 트림을 참으면서 나는 메모지를 손에 들었다.

동그라미 표시 안에는 '치사'라고 쓰여 있었다.

"이름이야?"

"그래." 아내는 조심스럽게 배를 어루만지며 말했다. "이것저것 생각하다가 갑자기 떠올랐어. 소리를 내서 말해봤더니 가슴에 팍 와닿더라. 당신은 어때?"

"치사……." 나는 나지막하게 중얼거렸다.

그때 휘익 하고 뭔가가 뇌리를 가로지르더니 순식간에 보이지 않았다. 가슴속에서 감정의 조각 같은 것이 퍼져나갔다가 사라졌다. 어떤 기분인지는 모르겠지만 단지 기분만 남은 듯한 감각에 휩싸였다.

"치사, 치사, 치사……."

사랑스러운 이름이다. 또렷한 감정이 솟구쳤다. 간절한 소망이 싹텄다. 배 속의 아이를, 우리 딸을 이 이름으로 불러보고 싶다.

"치사."

아내의 배를 만지자 손바닥에 희미한 진동이 전해졌다.

"딸이 대답해줬지?" 아내가 행복한 미소를 지으며 말했다.

"그래." 나는 고개를 끄덕였다.

그 순간, 머릿속에 한 줄기 빛이 비쳤다. 나는 탁자에 있는 볼펜을 들고 메모지를 뒤집은 뒤, 손을 받침 대신 사용해서 단숨에 글자를 썼다.

"이 한자는 어때? 갑자기 머릿속에서 번뜩였어."

나는 아내에게 메모지를 보여주었다. 메모지 한가운데에 크게 '知紗(치사)'라고 쓰여 있었다.

"좋은데?" 아내가 곧바로 대답하고는 나에게 팔짱을 낀 후 어깨에 기대며 말했다. "치사, 너도 좋지?"

"치사." 나는 딸의 이름을 불렀다.

배에서 가벼운 진동이 느껴졌다.

"다하라 치사 씨." 아내가 정중하게 불렀다.

딸이 다시 진동으로 대답했다. 가슴 가득 퍼지는 사랑스러움에 소리를 지를 뻔하면서 나는 눈가를 훔쳤다. 내가 왜 이러지? 이 정도에 눈물이 나려고 하다니.

"피로연은 어땠어?"

"뭐, 보통이었어."

"별일 없었어?"

"응, 딱히 없었어."

무슨 일이 있었던 것 같기도 하지만 기억나지 않는다. 처음 보는 누군가와 이야기한 것 같기도 하지만 얼굴도 목소리도, 어떤 이야기를 했는지도 잊어버렸다. 술 때문이기도 하겠지만 솔직히 아무래도 상관없다. 어차피 대단한 일은 아닐 테니까.

치사. 치사. 치사.

나는 일어선 채 아내의 배를 어루만지고는 목소리와 마음으로 동시에 불렀다.

치사. 귀여운 이름이다.

치사. 치사.

딸의 이름을 부르는 목소리는 어느새 기도로 바뀌었다. 나는 신에게, 부처님에게, 하느님에게 기도를 올렸다.

귀여운 아이가 태어나게 해주세요.

특별히 예쁘지 않아도 상관없어요.

지나친 욕심은 부리지 않을게요.

머리가 좋을 필요는 없어요. 평범해도 상관없어요. 아니, 오히려 평범했으면 좋겠어요.

부디 다하라 치사가 평범한 아이로 태어나게 해주세요.

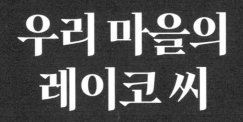

우리 마을의
레이코 씨

1

"레이지 군이 발견됐습니다." 전화기 너머에서 형사가 말했다.

나는 생각하기도 전에 물었다. "우리 아들은 무사한가요?"

형사는 내 말을 가로막듯이 대답했다. "생명에는 지장이 없다고 합니다. 많이 쇠약해지긴 했지만 의식도 또렷하고, 묻는 말에 또박또박 대답하고 있답니다."

나는 그 말의 이면을 추측했다. 형사가 입에 담지 않은 말을 머릿속에서 꿰어 맞춘다. 아무래도 상상하고 짐작하게 된다.

"자세한 건 잘 모르겠지만, 지금 병원으로 이송 중입니다."

형사의 말을 듣고 내 상상은 더욱 부풀어 올랐다.

형사는 구급병원의 이름과 소재지를 말하고 전화를 끊었다. 수화기를 내려놓았을 때, 등 뒤에서 기척이 느껴졌다. 뒤를 돌아보자 마리코가 창백한 얼굴로 우두커니 서 있었다.

나는 마리코의 어깨를 안고 말했다. "생명에는 지장이 없대."

생각했던 말이 입에서 나올 뻔하여 이를 악물고 참았다. 마리코는 말없이 나에게 기댔다.

밤 10시의 도로에는 다행히 차가 거의 없었다. 조수석의 마리코가 딱딱하게 굳은 얼굴로 앞을 바라보았다. 나는 신중하게 운전을 했다. 액셀을 힘껏 밟고 싶은 걸 참고, 빨간색 신호를 무시하고 싶은 마음도 간신히 뿌리쳤다.

라디오에서 여성의 노랫소리가 들렸다. 최근에 자주 들리는 핑크 레이디라는 신인 아이돌 듀오의 「페퍼 경감」이란 노래였다. 평소에는 적당히 흘려들었는데, 지금은 몹시 귀에 거슬렸다. 라디오를 끄자 무겁고 답답한 침묵이 차 안을 가득 메웠다.

병원 주차장에는 순찰차가 한 대 서 있었다. 접수처에서 이름을 말하자 피곤한 얼굴의 간호사가 돌연 눈을 크게 뜨고는 "이쪽으로 오세요"라고 하면서 종종걸음으로 우리를 안내했다.

엘리베이터를 타고 2층으로 올라가 긴 복도를 걸어갔다. 멀리 앞쪽의 크고 검은 그림자는 형사이고, 그 옆의 작은 그림자는 의사이리라. 실루엣으로 대충 짐작했는데, 실제로 가까이 다가가자 예상한 대로였다.

두 사람은 긴장한 얼굴로 우리를 바라보았다.

내가 말을 걸려고 했을 때, 마리코가 먼저 형사에게 매달리며 쥐어짜듯 말했다. "레이지는, 레이지는 어떻게 됐나요? 말할 수 있는 상태인가요, 아니면……?"

"부인, 진정하십시오."

형사는 사무적으로 말하더니, 날카로운 눈길로 의사를 힐끔 쳐다보았다. 의사는 부스스한 머리칼을 쥐어뜯으며 나에게 시선을 향했다.

"일단 처치는 끝났습니다. 아직 마취가 풀리지 않아서 지금은 잠들어 있습니다."

"그게 무슨 뜻이죠?" 나는 의사에게 따지듯 물었다.

레이지는 살아 있다. 죽지는 않았다. 그것까지는 알겠다. 내가 알고 싶은 건 그다음이다.

"다쳤나요? 레이지가 큰 부상을 입은 건가요?"

더는 잠자코 있을 수 없었다. 마리코가 울 것 같은 얼굴로 나와 의사를 번갈아 바라보았다. 형사가 무표정한 얼굴로 의사를 향해 고개를 끄덕였다.

"아드님은 말이죠……."

의사가 자세를 바로 하고 레이지의 상태에 대해 설명했다. 단 적으로, 명쾌하게.

"세상에!"

마리코가 비명을 지르며 그 자리에 주저앉아, 두 손으로 얼굴을 덮은 채 오열했다. 나는 손가락 하나 움직일 수 없어서 말없이 아내를 내려다보았다.

"현장에는 레이지 군 말고는 아무도 없었습니다. 범인은 도주한 걸로 보입니다. 이미 근처의 수사와 교통 통제를……."

형사의 사무적인 목소리가 멀리서 들렸다.

학교가 끝나고 집에 오는 길에 레이지가 실종되었고, 그로부터 사흘 동안 나는 잠시도 눈을 붙이지 않고 회사에도 가지 않은 채 오직 아들이 무사하기만을 기도했다. 아내인 마리코도 다부진 모습으로 이성적으로 행동했다.

그리고 레이지는 살았다. 시신으로 돌아오는 최악의 사태는 피했다. 하지만 기뻐할 수도, 안심할 수도 없었다. 마음을 온통 뒤덮은 것은 절망과 의문뿐이었다.

'범인'은 왜 레이지를 죽이지 않았는가. 왜 목숨을 빼앗는 것보다 훨씬 더 잔혹한 짓을 했는가. 어떤 이유로, 무슨 속셈으로 이렇게 끔찍한 짓을, 내가 사랑하는 유일한 아들에게. 이제 겨우 열한 살배기 레이지에게.

입에서 신음이 새어나왔다. 시야가 흐려져서 앞이 잘 보이지 않았다.

"으으으, 으으……."

나는 하염없이 눈물을 흘렸다. 머리를 껴안고 차가운 바닥에 웅크린 채, 목이 터져라 소리치고 싶은 걸 이를 악물고 참으면서.

2

아쉬워하는 다쿠미와 역에서 헤어져 집으로 돌아오자 현관에 하얀 나이키 스니커즈가 놓여 있었다. 누구 신발인지는 금방 알 수 있었다. 찜찜한 감정이 한순간에 사라졌다.

복도 너머에서 "후아암" 하고 하품하는 소리가 들렸다.

서둘러 신발을 벗고 복도를 지나 맹장지 문 앞에서 멈추었다. 평소에는 활짝 열려 있는데, 지금은 닫혀 있다. 안에서 다다미 스치는 소리도 들렸다.

단숨에 맹장지 문을 열어젖히자 3평짜리 방 한가운데에 머리가 긴 여성이 누워 있었다. 하얀색 지샥 시계와 낡은 청바지. 검은색 티셔츠에는 눈구멍에서 지렁이가 나오는 좀비 얼굴이 인쇄되어 있었다. 이목구비가 또렷한 얼굴은 엄마를 많이 닮았다. 나하고도 조금 닮았지만.

"야요이 쨩!" 나도 모르게 어린아이를 부르듯 불렀다.

야요이 쨩은 재빨리 상체를 일으키더니 웃는 얼굴로 말했다. "아스카, 오랜만이야."

유카리 야요이. 엄마의 여동생이자 나의 이모다. 올해 서른세 살이지만 20대라고 해도 믿을 만큼 얼굴과 모습이 젊어 보인다. 한 아이의 엄마라곤 여겨지지 않을 정도다.

야요이 쨩의 인사가 이상하다는 걸 뒤늦게 알아차렸다. 오랜만이라니, 지난달에도 왔었는데.

"이모부하고 또 싸웠어?"

"그래." 야요이 쨩은 짧게 대답했다.

웃는 얼굴에 한순간 그림자가 드리웠다. 괜히 쓸데없는 말을 했다고 속으로 후회하면서 살며시 다다미방에 발을 들이밀었다.

야요이 쨩은 종종 부부싸움을 하고는 우리 집으로 온다. 대놓고 이유를 물어보진 않았지만 엄마 말에 따르면 회사에 다니며 집안일까지 해야 해서 남편과 옥신각신한다고 한다. 뭐라든가 하는 인기 오컬트 잡지의 편집 일을 하면서 딸을 키우는 건 쉬운 일이 아닌가 보다.

"일단 언니…… 네 엄마하곤 6박 7일로 얘기가 됐어. 당분간 또 신세 질게."

밝게 말하는 야요이 쨩을 보고 있자 마음이 아팠다. 나는 그녀 앞에 몸을 숙이며 일부러 화제를 바꾸었다.

"그런 건 괜찮아. 그 대신 무서운 얘기 해줘." 그러곤 그녀에게 얼굴을 가까이 댔다. "오컬트 잡지의 편집 일을 하다 보면 엄청 많이 들을 거잖아? 한밤중에 회사에 있었는데 이상한 목소리가 들렸다든지, 취재하다가 심령사진을 찍었다든지."

야요이 짱의 아름다운 얼굴이 눈앞으로 다가왔다. 그녀는 가볍게 콧소리를 내고 내 얼굴을 쓰다듬었다.

"아스카, 고마워."

그러곤 "이영차" 하고 기합을 넣으며 일어섰다.

"예이!" 나는 두 손을 올리며 환호성을 질렀다.

이걸로 야요이 짱의 어두운 얼굴을 보지 않아도 된다. 그게 아니더라도 그녀에게 무서운 이야기를 듣는 건 커다란 즐거움이었다.

엄마와 아빠는 야요이 짱의 딸인 아키를 데리고 저녁 찬거리를 사러 마트에 간 모양이다. 야요이 짱은 세 사람이 나간 뒤 바로 잠들었다가 내가 집에 도착하기 직전인 5시가 조금 넘어서 눈을 떴다고 한다.

"데이트?" 2층 방 침대에 책상다리를 하고 앉자마자 주머니에서 담배 케이스를 꺼내며 물었다. "다쿠미 군이었던가?"

"응." 나는 창문을 열면서 답했다. "어두워지기 전에 왔어. 요즘 그 녀석이 계속 껄떡대거든."

나도 모르게 말투가 빨라졌다. 그래도 부모님에게는 할 수 없는 말을 하고 있다.

나는 책상 서랍에서 재떨이를 꺼내 야요이 짱에게 내밀었다.

야요이 짱은 재떨이를 받으면서 말했다. "차분히 대화를 해봐."

가벼운 말투로, 그러면서도 진지한 얼굴로.

"분위기에 휩쓸려서 할 일은 아니야. 네가 그렇게까지 질색할 일도 아니고."

나는 고개를 끄덕이면서 의자에 걸터앉았다. 야요이 짱은 미소를 지으며 벽에 기댔다.

"일 얘기라도 괜찮아? 요전에 편집부에서 이런저런 얘기를 하다가, 분위기가 뜨거워졌던 얘기야."

"응."

우울함에 잠기려던 마음이 조금 밝아졌다. 일 이야기를 듣는 것도 즐거워서, 한순간 입가에 미소가 감돌았다.

야요이 짱은 담배에 불을 붙이면서 말했다. "후배 하나가 간사이 지역 출신이거든. 와카야마였던가? 어쨌든 그 애가 중학교에 다닐 때 어디나 그렇듯이 '화장실의 하나코 씨'*라는 도시전설이 유행했었대."

"응."

"그래서 말이야." 야요이 짱은 담배를 가볍게 빨아들인 뒤 연기를 내뱉으며 말을 이었다. "기본적으론 흔히 들을 수 있는 내용이야. 여자 화장실의 세 번째 문을 두드리고 말을 걸었더니 대답을 했다는……. 하지만 특이한 점이 하나 있었어. 이 얘기를 다른 사람한테 전할 때 '하나코 씨'라는 이름이 나오면 곧바로 '미안해요'라고 열 번 사과해야 한다더라고. 그렇게 하지 않으면 하나코 씨의 저주를 받아서 죽게 된다지 뭐야?"

"그게 뭐야?"

코에서 이상한 숨이 흘러나왔다. 한 번도 들어본 적이 없는 기

---

* 화장실에 깃든 원령으로, 일본의 학교에서 유행하는 도시전설.

묘한 이야기다.

"말도 안 돼. 그럼 다른 사람한테 말할 때마다 수십 번이나 사과해야 하잖아?"

내 생각을 솔직하게 말하자 야요이 짱은 담배 연기를 내뿜으면서 대답했다. "그래. 그런데 그 사람의 동급생들은 여러모로 머리를 짜냈대. 이름을 감추고 말한 다음 마지막 순간에 '그 애 이름은 하나코 씨야'라고 말한다든지. 그러면 그때 열 번만 사과하면 되니까."

"그것도 귀찮아." 나는 쓴웃음을 지으며 의자 등받이에 기댔다. "뭐, 초등학생 때 들으면 무서울지도 모르지. 정말로 저주받을 것 같아서."

왜 그렇게 하는지 조금은 이해가 되었다. 단순히 수고로움을 늘린 건 아니다.

야요이 짱은 "응, 응" 하고 연신 고개를 끄덕이며 만족스러운 얼굴로 담배를 피웠다.

"그래. 이런 이야기는 탁 터놓고 하는 것보다 무언가 감추는 편이 더 그럴싸하게 들리거든. 실제로 있는 것처럼 여겨지는 거지. 이건 상대를 겁먹게 하는 방법으로선 나쁘지 않아. 아니, 그렇다기보다 오히려 기본이지. 숨긴다거나 금기를 설치함으로써 리얼리티를 내는 거야."

어느새 말투가 진지하게 바뀌었다. 시동이 걸린 것이다. 나도 덩달아 몸을 앞으로 내밀었다.

"이 이야기가 주도면밀한 건 '사과하면 된다'는 규칙을 덧붙임으로써 '하나코 씨'라는 이름을 숨김과 동시에 전해지도록 한다는 점이야. 공포에 질린 나머지 끝까지 숨기며 전하는 아이도 있겠지만, 대부분의 아이들은 사과하면서 전하는 걸 선택하지. 그렇기 때문에 후배도 깨닫게 됐어. 이게 '화장실의 하나코 씨' 이야기의 변형 중 하나라고. 어디에 사는 누가 바꾸었는진 모르겠지만 꽤 머리가 좋아. 도시전설의 재미가 '전해지고 퍼지는 것'이란 사실을 잘 알고 있어." 야요이 짱은 단숨에 말하고는 담배를 입에 물었다.

"……여러모로 연구하고 있구나, 어디에 사는 누구인지 모르겠지만."

"그래. 그 덕분에 많은 변형이 생기고 있어. 퍼지지 않고 끊어진 것까지 포함하면 어마어마할 거야, 화장실의 하나코 씨 하나만 해도."

"편집부에서 그런 얘기를 해?"

"그래, 나이를 먹을 만큼 먹은 어른들이 한밤중에. 뭐 그게 일이지만."

"그것 말고는 없어?"

하나코 씨 이야기만으로도 마음이 밝아졌지만 나는 또 듣고 싶었다.

야요이 짱은 담배를 뻐끔뻐끔 피우면서 말했다. "글쎄……."

눈길은 먼 곳을 쳐다보는 듯했다.

"그곳에서 '가시마 레이코'로 이야기가 옮겨가지 않았나?" 그녀는 담배를 재떨이에 비벼 끄고는 두 번째 담배를 꺼내면서 말했다. "이것도 전국적으로 전해지는 이야기야. 가시마 씨, 또는 가시마 레이코 씨라는 이름을 들어본 적 있어? 특징은 '이야기를 전해 들은 사람에게 나타난다'는 점이지. 그때 레이코 씨 질문에 올바르게 대답하지 않으면 레이코 씨와 똑같은 부상을 입게 돼. 레이코 씨 이야기도 변형이 많은데, 기본적으론 어떤 이야기에도 신체의 한 부분이 없어. 한쪽 다리가 없다는 게 가장 많지 않을까?"

"그래?"

"전철에 치여서 잘렸다는 이야기가 메이저지. 상이군인, 즉, 남성인 경우도 있는데 여자든 남자든 발이 없어. 그들이 나타나면 발을 가져가거든. 질문에 올바르게 대답하면 아무 짓도 하지 않고 그냥 돌아가고. 허리를 잘려서 하반신이 없는 '데케데케'와의 관계를 지적하는 설도 있어. 얼마 전에 개봉한 「학교괴담 2」란 영화에서는 갓파*인지 원숭이인지 모를 요괴 같은 모습으로 나왔지만."

나는 야요이 짱의 이야기에 귀를 기울였다. 이 이야기는 알고 있다. 비슷하다.

"이것도 수많은 변형이 있어. 한 후배의 고향에서는 두 발이 없다고 하더라고. 여기까지 오면 데케데케 이야기와 거의 똑같아. 내 입사 동기가 다녔던 고등학교에는 가시마라는 애가 있었는데, 그 애 여동생 이름이 레이코였대. 그때는 애들이 모이기만 하면 그 애 얘기만 했다더라고."

나는 말이 끊어진 틈을 노려서 재빨리 끼어들었다. "우리 마을에도 있어."

"응?" 야요이 짱의 눈길이 한순간 날카로워졌다.

"아마 레이코 씨의 변형일 거야."

야요이 짱이 표정만으로 다음 말을 재촉했다. 내가 그녀처럼 제대로 설명할 수 있을까?

---

* 물속에 산다는 일본의 요괴.

"그러니까……." 나는 호흡을 가다듬고 말했다. "전해지고 있는 건 레이코 씨라는 이름뿐이야. 성은 몰라."

"이상하네. 대부분 반대인데."

"그리고 남자야."

"그것도 마이너군."

야요이 쨩은 내가 말할 때마다 반응을 보였다.

나는 가장 중요한 건 아직 말하지 않고, 의자에서 일어나 손으로 침대를 짚었다.

"정확하게 말하면 여장 남자지."

"뭐?" 야요이 쨩이 얼굴을 찡그렸다.

"아까 말했잖아." 나는 목소리를 낮추고 덧붙였다. "신체의 한 부분이 없다고. 우리 마을에 전해지는 레이코 씨는 그게 없어. 그래서 여장 남자지."

"……성기?"

"응."

야요이 쨩은 혼잣말처럼 중얼거렸다. "그게 뭐야?"

나는 신중하게 단어를 선택하며 보충 설명을 했다. "그래서 가져간다고 할까, 잘라가는 것도 그거야. 식칼로."

야요이 쨩은 진지한 얼굴로 몸을 앞으로 내밀며 물었다. "그래서? 그래서?"

생각 밖으로 이 이야기에 달라붙었다.

나는 흥분을 가라앉히고 말했다. "한 소년이 변태의 습격을 받아서 거길 잘렸대. 그 이후, 그 애는 계속 집에서 나가지 않은 채 어른이 됐지. 그러던 어느 날, 정신이 이상해져서 식칼로 부모를 죽이고는 집에서 뛰쳐나간 채 그대로 행방불명됐다고 해. 어딘가에서 자살했다는 변형도 있어. 집에서 나갈 때 여자 모습을 했다는 변형도 있고. 그리고 이 이야기를 들으면 온다고 하는 부분부터는 똑같아."

"천박한 변형이군." 야요이 쨩은 얼굴을 찡그리며 말한 뒤, 곧바로 덧붙였다. "이야기가 자극적이지만 사람들에게 전해지기는 힘들어. 그런 설정이라면 남성한테만 나타난다는 거잖아? 여성한테서는 잘라낼 수 없으니까."

나는 머리를 좌우로 흔들며 말했다. "그건 모르겠어. 여자가 들으면 어떻게 된다는 이야기는 못 들었고."

"자세한 부분이 어설퍼." 야요이 쨩은 쓴웃음을 지으며 말했다. "애초에 그 사람의 이름은 왜 레이코 씨야? 원래는 당연히 남자잖아?"

"그것도 몰라." 나는 침대에 털썩 누우며 대답했다. 나도 모르게 불평 같은 말이 입을 뚫고 나왔다. "듣고 보니 분명히 여러모로 어설프네."

야요이 쨩은 역시 예리하군, 하고 감탄했다. 그와 동시에 이 마을에서 떠도는 '여장 남자 레이코 씨'가 수준 낮은 변형이란 사실을 알고 실망했다.

얼굴을 들자 야요이 쨩은 팔짱을 낀 채 천장을 올려다보고 있었다. 그녀의 입에서 으으음, 하는 소리가 새어나왔다. 깊은 생각에 잠겨 있다. 이런 상태에서는 무슨 말을 해도 들리지 않으리라.

뭐 상관없어, 라고 생각하며 나는 그녀의 떨떠름한 표정을 바라보았다. 어차피 전부 얘기해봤자 '여장 남자 레이코 씨'의 평가는 달라지지 않으리라.

3

도심에서 회의를 마치고 전철역으로 향했다.

플랫폼에서 열차를 기다리고 있을 때, 벤치 뒤쪽에 있는 영화 포스터가 눈에 띄었다. 「택시 드라이버」와 「이누가미 일족」, 수면에서 튀어나온 두 다리를 보고 있자니 속이 메슥거려서 선로로 시선을 떨구었다.

혼잡한 전철에 몸을 맡긴 채 앉아 있는데, 갑자기 슬픔이 밀려들었다. 손으로 입을 막은 채, 눈을 꼭 감고 흘러내리는 눈물을 참았다. 천천히 심호흡을 하면서 감정을 가라앉혔다.

고개를 든 순간, 앞에 서 있던 여성이 시선을 돌렸다.

가장 가까운 역에서 집까지 가는 길이 몹시 길게 느껴졌다. 아스팔트가 어두운 시궁창처럼 보였다. 앞으로 갈수록 가라앉고, 그러는 사이에 빨려 들어가 허우적거리며 죽을 것 같다는 생각이 들었다.

몇 번이나 걸음을 멈춘 뒤, 전봇대에 기대 숨을 돌리면서 가까스로 아파트에 도착했다. 엘리베이터 문이 닫히며 중력을 느낀 순간 구토증에 휩싸였다.

엘리베이터에서 내린 뒤 몇 번이나 구역질을 하면서 어두운 복도를 천천히 걸어가 집 앞에서 걸음을 멈추었다. 집에 오는 것만으로 체력을 빼앗기고 신경이 소모되었다.

레이지가 퇴원한 지 석 달.

낫기는커녕 점점 더 심해지고 있다.

나는 두 손으로 문을 열었다. 현관에는 불이 켜져 있었다.

"다녀왔어."

갈라진 목소리로 말하자 복도 안쪽의 거실에서 마리코가 얼굴을 내밀었다.

"왔어?"

말투도 표정도 지금은 안정되었다. 하지만 마음속은 몹시 혼란스럽고 절망 속에서 허우적거리고 있으리라. 조금 떨어진 곳에서 보면 얼굴색이 나쁜 걸 알 수 있었다.

신발을 벗었을 때, 복도 한가운데에 있는 화장실에서 물 내리는 소리가 들렸다. 나도 모르게 움직임을 멈추었다. 화장실 문에서 시선을 뗄 수 없었다.

소리도 없이 화장실 문이 열렸다. 물소리가 한층 커졌다. 화장실에서 나온 사람은 검은색 저지 차림의 레이지였다. 레이지는 길게 자란 머리칼을 쓸어올렸다.

나를 쳐다보고는 대여섯 살배기 어린아이 같은 목소리로 말했다. "오셨어요?"

목소리는 변하지 않았다. 앞으로도 변하지 않을지 모른다. 어쨌든 레이지는 이제 당당한 남성은 될 수 없다. 가슴이 찢어질 듯이 아팠다.

"왜 그러세요?" 레이지가 머리를 갸웃거리며 물었다.

나는 어느새 손으로 가슴을 누른 채, 억지웃음을 지으며 대답했다. "아니, 아무것도 아니야."

레이지는 의아한 얼굴로 나를 쳐다보다가 이윽고 고개를 끄덕였다. "아하!"라고 하더니 초등학생이면서도 벌써 이목구비가 뚜렷한 얼굴에 힘없이 미소를 지었다.

"이제는 익숙해졌어요. 통증도 없어졌고요."

레이지는 그렇게 말하며 화장실 문을 닫고는 종종걸음으로 거실로 향했다.

　다부지게 행동하는 레이지. 그의 닫힌 미래를 떠올리면서 나는 아들의 뒤를 따라갔다.

4

　밤 10시 반.

　침대에서 뒹굴거리고 있을 때 계단 밑에서 문 여는 소리가 들렸다. 나는 벌떡 일어나 방에서 뛰쳐나간 후 조심스럽게 계단을 내려갔다.

　난간에서 몸을 내밀었더니 어두운 현관에서 야요이 짱이 신발을 벗고 있었다.

　"이제 와?" 나는 속삭이듯 조용히 말을 걸었다.

　그녀는 내일 본인 집으로 돌아간다. "앞으로는 오지 않도록 할게"라고도 말했다. 그래서 오늘 밤에는 이야기하고 싶었다. 화제는 뭐라도 좋으니까 야요이 짱과 계속.

　"다녀왔어." 야요이 짱은 낮은 목소리로 대답했다.

　"모두 잠들었어."

　그녀는 말없이 고개를 끄덕이고 나서 입을 열었다. "네가 깨어 있어서 다행이야. 할 말 있는데 괜찮아?"

　마침 잘됐다.

　"물론이야." 나는 계단을 내려가서 부엌으로 향했다. "그럼 음료를 준비할게."

페트병 콜라와 컵, 그리고 야요이 짱이 좋아하는 컵 술을 들고 방으로 들어가자 그녀는 침대 위에서 책상다리를 하고 앉아 있었다. 은색의 새 휴대폰을 가방에 넣은 뒤, 종이를 끼운 클리어파일을 꺼냈다.

"자아, 마셔."

컵 술을 내밀자 야요이 짱은 하얀 치아를 보이며 웃었다.

"고마워. 눈치가 빠르네."

건배를 하고 목을 적신 뒤, 그녀는 클리어파일에서 종이 몇 장을 빼냈다. 전부 신문 기사를 복사한 종이다.

"요전에 네가 말한 레이코 씨 얘기 말인데, 왜 내용이 그렇게 됐는지 알았어."

"조사했어?"

나는 눈을 동그랗게 떴다.

부탁하지도 않았고, 일주일이 되지도 않았는데.

그녀는 손에 든 종이에서 휘리릭 소리를 내고 한 장을 들어 올렸다.

"지금으로부터 20년 전인 1976년 9월 10일, 도자이신문 기사야. 스기모토라는 회사원의 초등학교 5학년생 아들이 유괴됐는데, 사흘 후에 찾았지. 찾아낸 건 저쪽……." 그녀는 창문으로 시선을 향하고 말을 이었다. "산 중턱에 있는 조립식 오두막집이었대. 생명엔 지장이 없었다고 쓰여 있어. 범인은 도주 중이고. 큰 신문사의 기사는 이걸로 전부지만."

그녀는 잠시 말을 끊었다가 다른 종이를 들고 벌레라도 씹은 듯한 표정을 지었다.

"당시 주간지에는 이렇게 쓰여 있어. '내 아들의 성기가 잘렸다'라고. 끔찍한 제목이지. '처참! 초5 아베 사다* 사건!', '신이시여, 제 OO를 돌려주세요'."

"……그렇구나." 나는 믿을 수 없는 심정으로 눈앞에 있는 오래된 기사를 바라보며 중얼거렸다.

야요이 짱이 다른 종이를 들며 말했다. "더 심각한 건 이 뉴스야. 1980년 8월 17일. 같은 산에 있는 연못에서 투신자살사건이 있었어. 사망한 사람은 이 마을에 사는 열다섯 살의 남자 중학생. 이름은…… 스기모토 레이지."

"마, 말도 안 돼."

"유서가 있었지만 자세한 내용은 알려지지 않았어. '인생에 관해 고민하는 내용이 적혀 있었다'는 것뿐이지. 100퍼센트 단정할 수는 없지만 짐작은 할 수 있어. 그리고 연결하게 돼. 즉……." 야요이 짱은 여기서 잠시 말을 끊었다. 그러곤 예리한 눈길로 나를 쳐다보며 내가 상상했던 말을 입에 담았다. "레이코 씨의 모델은 높은 확률로 실제로 존재했어. 변태에게 그곳을 잘린 뒤, 고통 속에서 몸부림치다 자살한 소년이지."

나는 얼떨결에 고개를 끄덕였다.

"가시마 레이코 이야기가 전해진 건 그로부터 한참 뒤, 빨라도 1980년대 중반쯤이 아닐까? 그때 이 사건의 내용과 도시전설이 결합했어. 이 마을에 사는 누군가가 사건을 토대로 오컬트 요소를 덧붙여, 이 주변에 전해지는 '여장 남자 레이코 씨'를 만든 거지. 자세한 부분이 어설픈 것도 당연해. 그냥 아무렇게나 붙였을 뿐

---

* 1936년, 아베 사다라는 여성이 성관계 도중에 내연남을 목 졸라 살해한 뒤, 성기를 절단해서 가지고 다니다가 체포된 사건.

이니까. 물론 그 덕분에 이렇게 옛날 정보를 찾아낼 수 있었지만."

야요이 짱은 신문 기사의 복사본으로 가볍게 부채질을 했다. 나는 멍하니 그녀의 얼굴을 바라보았다. 이 주변에 전해지는 여장 남자 레이코 씨의 도시전설이 명쾌하게 해명되었다. 실제로 상처받고 자살한 소년이 있다는 걸 알고 배 속이 묵직해졌다.

머릿속에 사방으로 튀는 핏방울과 피 웅덩이가 떠올랐다. 사타구니를 누른 채 비명을 지르는 소년…….

"이거, 기사로 쓸지도 몰라. 크게 쓰는 건 힘들겠지만." 야요이 짱은 문득 생각난 것처럼 컵 술을 들이켠 뒤, 환하게 웃으면서 말했다. "다 아스카 덕분이야. 고마워."

"아니, 고맙긴." 나는 망상을 뿌리쳤다. 고마운 사람은 오히려 나다. 야요이 짱과 이야기할 수 있었던 것도 좋았고, 그녀의 일에 조금이라도 도움이 될 수 있어서 기뻤다.

"제대로 조사하면 재미있지? 어렸을 때 들은 이야기라도." 야요이 짱은 다시 컵 술을 마시며 말했다.

"엉?" 내 입에서 놀라는 소리가 새어나왔다. 쓴웃음이 얼굴에 떠올랐다. "어, 어렸을 때?"

오해다. 야요이 짱은 지금 착각하고 있다.

"아니야. 이건 최근에 들은 이야기야. 지금 다니는 고등학교에서 들었거든."

야요이 짱의 눈이 더는 커질 수 없을 만큼 크게 벌어졌다. 그러더니 곧바로 "앗!" 하면서 머리를 감싸 쥐었다.

"이런, 내가 착각했어. 난 옛날에 들은 얘기인 줄…… 으앗!" 그녀는 진심으로 스스로에게 화가 난 듯 머리칼을 쥐어뜯었다.

나는 당황해서 서둘러 사과했다. "미, 미안해. 내가 말하지 않았을지도 몰라."

"네가 왜 사과를 해? 이건 네 잘못이 아니야. 내가 착각한 것뿐이지." 그녀는 몸을 웅크린 채 주먹으로 침대를 때리며 말했다.

나는 그녀를 달래기 위해 다른 말을 찾았다. "있잖아, 내가 말하지 않은 게 한 가지 더 있어. 말을 하려고 했는데 야요이 짱이 도중에 생각에 잠겼거든."

"또 뭐가 있어?" 야요이 짱이 재빨리 얼굴을 들었다.

"응." 나는 살며시 가슴을 쓸어내리면서 대답했다. "몇 명이나 봤어. 나는 본 적이 없지만 우리 반 애들 중에도 본 애가 있대. 다쿠미도 여장 남자가 이 주변을 어슬렁거리는 걸 한 번 봤나 봐. 칼인지 식칼인지를 들고 있었다더라고. 당연히 그 사람이 여장 남자 레이코 씨라는 얘기도 있고."

"……말도 안 돼." 야요이 짱은 멍하니 입을 벌리고 나를 보고는 계속 혼잣말을 중얼거렸다. "우연인가? 아니면 진짜인가? 아니, 그럴 리 없어, 하지만."

그녀를 보는 사이에 마음속에 불이 켜졌다.

나는 생각하기보다 먼저 입을 열었다. "조사해볼까?"

그 순간, 머릿속에 다시 핏방울과 피 웅덩이가 떠올랐다.

5

"찾았습니다." 전화기 너머에서 형사가 말했다.

생각하기도 전에 내가 물었다. "제 아들은 무사한가요……?"

"지금 바로 와주십시오. 확인해주셔야 할 게 있습니다." 형사는 내 말을 가로막듯 말하더니, 구급병원의 이름과 주소를 말했다.

수화기를 내려놓자 등 뒤에서 목소리가 들렸다.

"뭐래?"

소파에 살짝 걸터앉아 있던 마리코가 창백한 얼굴로 나를 올려다보았다. 눈 밑의 보랏빛 멍을 본 순간, 마음이 아팠다. 떨리는 두 손에는 붕대가 감겨 있었다.

나는 짤막하게 대답했다. "확인해달래."

그것만으로 전해졌으리라. 마리코는 입술을 깨물며 고개를 숙였다.

차를 운전하는 동안 나는 아무 말도 하지 않았다. 조수석의 마리코도 말이 없었다. 밤 10시의 도로는 비어 있었다. 머릿속에 떠오른 것은 4년 전, 레이지가 산의 조립식 오두막집에서 발견되었을 때의 일이었다. 지금 가고 있는 병원도 그때와 똑같았다. 하지만 마음은 완전히 달랐다. 그때 마음속에는 불안과 조바심이 자리했다. 하지만 한쪽 구석에는 안도와 희망도 있었다. 레이지가 살아 있어서 다행이라고. 모든 게 원래대로 돌아오면 우리 가족은 다시 화목하게 지낼 수 있을 거라고. 어디로 데려갈까, 어떤 이야기를 할까. 술렁거리는 마음의 한쪽 구석으로 그런 공상도 했다. 아름다운 꿈도 꾸었다.

병원에 도착한 순간, 그 꿈은 산산이 부서졌다.

레이지에게 죽음보다 더 잔인한 괴로움을 안겨준 범인은 아직 잡히지 않았다. 작년 봄에 이웃 지역에서 범인 같은 인물이 자살했다고 경찰로부터 들었고, 작지만 신문에도 실렸다. 어머니와 둘이 살던 무직의 30대 남성이 자기 방에서 목을 매달아 사망했다고 한다. 방 안에는 오컬트 연구서가 쌓여 있고, 수많은 병에는 나방과 벌레의 사체가 빼곡히 들어 있었다. 가장 눈에 띄는 병 안에서 발견된 것은 사람의 조직인 듯하지만, 부패가 너무 심해서 감정은 할 수 없었다고 한다.

그 남성이 범인인지 아닌지 확인하기는 힘들다고 한다. 하지만 경찰로부터 그 이야기를 들어도, 신문 기사를 보아도 아무런 느낌이 없었다. 내 머릿속에 있는 것은 오직 레이지뿐이었다. 레이지의 잃어버린 인생, 레이지의 닫힌 미래뿐.

그때부터 시간만 있으면 레이지와 이야기를 했다. 잔혹한 진실을 그대로 전하고, 괴로워하며 반항하는 레이지를 때로는 강하고 혹독하게 타이르기도 했다. 결국 레이지는 이해했다. 본인이 처한 상황을.

레이지가 아내와 말다툼을 하고 집을 뛰쳐나간 건 사흘 전의 일이었다. 아내는 레이지에게 얻어맞고 레이지가 내민 식칼에 손을 베였지만, 다행히 가벼운 상처로 끝났다. 레이지에게는 엄마를 죽일 생각도, 다른 사람을 상처 입힐 생각도 없었을 것이다. 식칼은 아파트 옆에 떨어져 있었다.

병원 주차장에는 순찰차가 서 있었다.

젊은 간호사가 병실로 안내해주었다. 마리코가 붕대를 감은 손으로 내 팔을 잡았다.

침대 위에는 목까지 이불을 덮은 누군가가 누워 있었다. 얼굴에는 하얀 천이 덮인 채였고, 그 옆에는 형사와 의사가 서 있었다. 몇 마디 말을 나눈 뒤, 의사는 "그럼……"이라고 말하며 사무적으로 조용히 얼굴의 천을 들추었다. 납 인형 같은 레이지의 얼굴이 드러난 순간, 마리코가 비명을 지르며 그 자리에 주저앉았다.

나는 말없이 아들의 시신을 바라보았다. 눈은 감겨 있고 입은 약간 벌어져 있었다.

"조립식 오두막집에서 조금······ 연못······ 발견······."

아득히 먼 곳에서 형사의 목소리가 들렸다.

6

"거짓말이 아니야." 다쿠미는 곧바로 대답하고는 복도 벽에 기 댔다. "학교 뒷길을 걷고 있었고 다리털이 북슬북슬했으니까 분명히 남자야. 체형도 우락부락했고."

"어두웠다면서 그걸 어떻게 알아?" 나는 다쿠미를 올려다보며 말했다.

"흥!" 다쿠미는 불쾌한 얼굴로 대꾸했다. "스쳐 지나갔으니까."

점심시간의 고등학교. 나는 다쿠미에게 어슬렁거리며 돌아다니는 수상한 여장 남자에 관해서 물었다.

다쿠미가 머리를 긁적이며 말했다. "설마 또 그 사람이야? 야요이 짱?"

"응." 나는 가까운 창틀에 팔을 올리고 말했다. "레이코 씨에 관해서 조사해줬는데, 알고 싶어?"

"알고 싶지 않다고 해도 말해줄 거잖아." 다쿠미는 지긋지긋한 얼굴로 대답하고는 입을 다물었다.

들을 생각은 있는 모양이다. 나는 야요이 짱이 말해준 사건과 도시전설의 관계를 대충 말해주었다. 이야기가 마지막 부분에 접

어들었을 무렵, 다쿠미의 시선이 내 입술과 가슴골에 향하는 것
이 느껴졌다. 루스 삭스를 신은 다리에도.

"내 말 듣고 있어?"

"그래." 다쿠미는 벽에서 몸을 떼고 말했다. "아무튼 그거잖아?
나랑 다른 녀석들이 본 여장 남자는 무엇인가, 하는 얘기 아니야?
레이코 씨하곤 아무 관계도 없는, 단순히 수상한 자일지도 모른
다…… 아니, 실제로 그렇잖아?" 그러곤 뺨의 여드름을 긁적이면
서 덧붙였다. "그 레이지란 녀석이 죽은 건 열다섯 살 정도였지?
내가 본 건 어른이야. 아저씨, 아니, 할아버지일지도 몰라."

"으음……"

나는 창틀에 턱을 올리고 찌뿌둥한 하늘을 올려다보았다. 이야
기가 맞지 않는다. 그러니까 별개다, 관계가 없다는 다쿠미의 주
장은 옳지만 받아들일 순 없었다.

정보가 너무 적은 탓이다.

"도와줘."

"뭐?" 다쿠미가 한쪽 눈썹을 치켜올렸다.

나는 결의에 찬 목소리로 말했다. "야요이 쨩처럼 확실히 조사
할 테니까."

나는 다쿠미와 같이 학생들한테서 목격 정보를 모았다. 대답이
모호한 부분은 끝까지 파고들어 자세히 캐물었다. 노골적으로 꺼
림칙한 표정을 짓거나 화를 내는 아이도 있었다.

그래도 끝까지 대답을 얻어낼 수 있었던 것은 다쿠미 덕분이었
다. 그는 무서운 선배 앞에서도 당당하게 행동했다. 긴장한 것은
옆에서 봐도 분명했지만 나를 위해 그렇게까지 해주는 것이 기뻤

다. 중학교 졸업식 때 용기 내서 고백하길 잘했다.

"다른 사람에게 들었을 뿐, 나는 못 봤어."

대부분의 학생들은 이렇게 대답했다. 직접 봤다는, 이른바 1차 정보는 다쿠미를 제외하면 겨우 다섯 건이었다. 생각한 것보다 훨씬 적었다.

목격한 장소는 학교 뒤쪽이 두 건. 그곳에서 가까운 주택가가 한 건. 산 중턱이 한 건. 또 한 건은 인근 마트 주차장이었다. 시각은 모두 밤 9시부터 10시 반 사이. 의외로 빠르다.

식칼을 들고 있었다는 증언은 창작이었다. 3학년 남학생이 자신이 덧붙였다고 솔직하게 고백했다. 그쪽이 더 레이코 씨답다는 단순한 이유에서였다. 같은 반 친구에게 자신이 만든 이야기를 전한 것은 초봄이었다고 한다.

결코 넓지 않은 학교 안에서 단기간에 소문의 내용이 바뀌었다. 야요이 짱이 왜 오컬트 잡지에서 일하는지 조금은 알 것 같았다. 하지만 이것으론 부족하다. 야요이 짱은 분명히 받아들이지 않을 것이다.

"아스카."

밤 9시 반. 마트 주차장에서 기다리고 있는데, 뒤쪽에서 다쿠미의 목소리가 들렸다.

"봤어?" 그는 하얀 입김을 내뿜으며 물었다.

재킷 주머니에 손을 쑤셔 넣고 추운 듯이 몸을 움츠렸다. 나는 고개를 가로젓는 것으로 대답했다. 어슬렁거리는 여장 남자를 목격한 장소를, 목격한 시간에 돌아다닌다. 그렇게 결정한 건 그저께였다.

"부모님께는 뭐라고 말했어?"

"패밀리 레스토랑에서 사키랑 같이 공부한다고."

"흐음."

내 몸의 여기저기를 훔쳐본다는 걸 눈의 움직임으로 알아차렸다. 치마를 입지 말걸 그랬다고 새삼 후회했다.

나는 적당히 대꾸하면서 걷기 시작했다. 다쿠미가 곧장 내 옆에 나란히 섰다. 주택가에서 국도 쪽으로 가다가 학교 뒷길로 접어들었다. 지나가는 사람은 없고 가로등도 거의 없다. 옆에서 걸어가는 다쿠미의 숨소리와 발소리만이 귓가에서 울려 퍼졌다.

가로등 앞에서 걸음을 멈추고 다쿠미가 말했다. "여기야. 여기에서 지나쳤어. 키는 나와 비슷하고 빈손이었어."

그의 말을 들으면서 나는 주변을 둘러보았다. 의외로 밝다. 이 정도라면 여장한 남성인지 진짜 여성인지 구별할 수 있다.

우리 이외에 사람의 그림자는 보이지 않았다. 나는 다쿠미에게 말을 걸면서 걸음을 옮겼다.

집들이 늘어선 주택가를 걸었다. 가끔 퇴근해서 집에 가는 듯한 사람과 지나쳤지만 수상한 그림자는 보이지 않았다. 우리 학교 아이들이 목격한 장소에도 아무도 없었다. 바로 앞집 창문이 어두워졌다. 잠자리에 들려는 모양이다.

어느새 손이 곱았다.

"으아, 춥다." 나는 두 손을 비비며 말했다.

다쿠미가 불쑥 내 손을 잡더니, 자기 손과 같이 재킷 주머니에 넣었다. 주머니 안은 따뜻했고, 다쿠미의 손은 땀으로 축축이 젖어 있었다.

다쿠미가 감정 없는 눈으로 나를 내려다보면서 물었다. "왜?"

콧김 소리가 들린 듯했다.

"……미안해, 놔줘." 얼굴에 억지웃음이 떠오르는 걸 스스로도 알 수 있었다.

천천히 손을 빼내려고 하자 다쿠미가 더욱 세게 잡았다. 끈적한 땀의 감촉을 느끼고 온몸에 소름이 돋았다. 격렬한 후회가 밀려들었다. 계속 조심하고 있었는데 레이코 씨에 빠져서 깜빡하고 말았다.

"뭐야? 겁먹었어?" 다쿠미가 낮은 목소리로 말했다. "이제 와서 웬 내숭이야? 밤에 만나기로 했을 때는……."

"그만해!" 나는 소리치며 재빨리 그의 손을 뿌리쳤다. 그러곤 뒷걸음질 쳐서 조금 거리를 둔 다음, 최대한 달래듯이 말했다. "난 아직…… 무리야."

무리라기보다 싫다. 퉁명스럽게 보여도 다정하고 믿음직한 다쿠미가 가끔 이렇게 되는 게 싫다. 다쿠미가 옳고 거부하는 내가 이상하다…… 그런 분위기가 되는 것도.

"야, 야요이 짱도 차분히 대화를 해보라고."

"또 그 말이야? 넌 야요이 짱이 죽으라면 죽을 거야?"

초등학생처럼 유치한 말은 듣고 싶지 않아서 나는 두 손으로 귀를 막았다.

"이 정도는 괜찮잖아?"

다쿠미가 한 걸음 가까이 다가왔다. 나는 다시 한 걸음 물러섰다. 무섭다, 싫다, 도망치고 싶다. 남자는 왜 이럴까, 남자는. 다쿠미조차 이런 식으로…….

레이코 씨 이야기가 떠올랐다. 야요이 짱이 말했던 사건도. 핏방울과 피 웅덩이, 그 한가운데에 소리를 내고 떨어지는 피투성이의…….

그때 다쿠미의 어깨 너머로 새하얀 그림자가 움직이는 것이 보였다.

터벅, 터벅. 낯선 발소리가 귀에 닿았다.

몇 미터 떨어진 곳에서 머리가 길고 부스스한 사람이 새하얀 코트를 입고 고개를 숙인 채 걷고 있었다. 가방은 들지 않은 채 두 손으로 몸을 감싸고 있었다. 하이힐에 익숙하지 않은지 발걸음이 불안했다.

다쿠미가 내 시선을 알아차리고 뒤를 돌아보았다. 그러곤 흠칫 놀라며 숨을 집어삼키더니 재빨리 나를 등 뒤에 감추었다. 수상한 자는 흐느적흐느적 모퉁이를 돌아가서 어느새 보이지 않았다. 무의식중에 숨을 멈추었던 걸 알아차리고는 황급히 차가운 공기를 들이마셨다.

나는 떨리는 목소리로 물었다. "……지금 그 사람, 네가 본 사람이야?"

다쿠미는 얼굴의 절반을 내 쪽으로 향하더니 크게 고개를 끄덕이며 말했다. "아스카, 넌 집에 가. 위험할지 몰라."

다쿠미는 긴장한 표정을 지으며, 수상한 자가 간 쪽으로 천천히 걷기 시작했다.

나는 황급히 그의 뒤를 따라갔다. 그는 한순간 불쾌한 표정을 지었지만 더는 말하지 않았다. 멀리 떨어진 앞쪽에서 길게 뻗은 하얀 그림자가 희미하게 보였다.

수상한 자는 산으로 들어가더니, 콘크리트로 엉성하게 포장된 길을 올라갔다. 예상은 했지만 막상 눈으로 확인하자 긴장감이 온몸을 휘감았다. 다쿠미가 굳은 얼굴로 수상한 자의 등을 바라보았다.

우리는 최대한 발소리를 죽이며 수상한 자의 뒤를 따라갔다. 작고 하얀 그림자를 놓치지 않도록, 그러면서도 너무 가까이 가지 않도록 조심하면서. 귀에 들리는 것은 오직 나와 다쿠미의 숨소리와, 바람에 나뭇가지들이 부딪치는 소리뿐이었다.

산 중턱에 이르렀을 즈음, 하얀 그림자가 옆의 짐승 길로 사라졌다. 뛰고 싶은 걸 참으면서 조심스럽게 걸음을 옮겼다. 짐승 길 입구에 도착했을 때, 하얀 그림자는 보이지 않았다. 단지 풀과 나무가 술렁술렁 흔들리고 있을 따름이었다. 길 끝은 어두워서 보이지 않았다.

나는 코트 주머니에서 펜 라이트를 꺼냈다. 클립의 아래쪽을 돌리자 가느다란 빛줄기가 다쿠미를 비추었다. 그는 눈을 가늘게 뜨고 몸짓으로 내리라고 지시했다.

수상한 자가 눈치채지 못하도록 앞길만을 약간 비추면서 우리는 짐승 길을 걸었다. 길이 좁아서 다쿠미는 나의 반걸음 앞에서 걸어갔다. 흙과 낙엽과 돌멩이를 밟으면서 나는 온몸의 기운을 짜내어 잡념을 뿌리쳤다.

수상한 자가 풀숲에서 튀어나오는 게 아닐까.

어느 틈에 등 뒤로 돌아와서 말을 거는 게 아닐까.

머리 위의 나무에 거꾸로 매달려서 하하하 주위가 떠나가라 웃어대는 게 아닐까.

쓰러진 다쿠미의 위로 올라가서 식칼로 그곳을 잘라버리는 게 아닐까.

상상은 점차 현실감을 잃어버렸다. 수상한 자는 레이코 씨와 관계가 있을지 모른다. 즉, 유령이나 요괴 종류일지 모른다. 아니다, 그런 일은 있을 수 없다. 어린애 같은 유치한 생각이다. 그런 사실은 알고 있어도 생각을 막을 수는 없었다.

나도 모르게 다쿠미의 두 팔을 잡았다. 조금 전까지만 해도 무서워서 싫다고 했는데, 내가 생각해도 이기적이다. 스스로에게 어이가 없었지만 이제 놓을 수 없다. 다쿠미가 흥, 하고 코웃음을 친 것 같았다.

주변을 경계하면서 나아가는 사이에 오르막이었던 짐승 길이 평평해지더니 금세 내리막이 되었다. 발소리가 나지 않도록 몸을 뒤로 젖히고 걸어가자 탁 트인 곳이 나오고, 신발 바닥에 단단한 땅이 느껴졌다. 나는 수상한 자에게 들키지 않도록 펜 라이트를 껐다.

조금 전까지 나무들에게 가려졌던 밤하늘이 보였다. 어둠에 익숙해진 눈이 작은 건물의 그림자를 포착했다. 달빛만으로도 오두막집이란 걸 알 수 있었다.

오두막집은 거의 정사각형으로, 몹시 지저분해 보였다. 목재들이 주변 여기저기에 방치되어 있었다. 여기는 야요이 짱이 말했던 조립식 오두막집이 아닌가. 유괴되었던 소년인 스기모토 레이지가 발견되었던 곳. 아직 그대로 남아 있었던가.

"없어." 다쿠미가 작은 목소리로 속삭이더니, 주변을 둘러보고 말했다. "사라졌어."

무슨 말인지 깨달은 찰나에 위장이 붕 떠오르는 듯한 느낌에 사로잡혔다. 당했다. 엉뚱한 곳으로 와버렸다. 이런 있을 법한 상상을 물리치고, 있을 수 없는 망상이 부풀어 올랐다.

수상한 자는 연기처럼 모습을 감춘 게 아닐까. 즉, 이 세상의 존재가 아닌 게 아닐까. 도시전설에 나오는 여장 남자인 레이코 씨가 아니라…….

"아니, 안에 있을지도 몰라." 나는 가까스로 이성을 되찾고 오두막을 가리키며 말했다.

그러곤 내 입에서 나온 말에 스스로 고개를 끄덕였다. 그렇다. 그것이 더 이치에 맞는다.

"그럴 수도." 뒤를 돌아본 다쿠미가 말했을 때, 등 뒤에서 바스락거리는 소리가 났다.

반사적으로 돌아보자 짐승 길 앞에서 하얀 그림자가 보였다.

하얀색 코트를 입은 수상한 자가 우두커니 서 있었다.

다쿠미가 황급히 내 어깨를 잡아당기는 바람에 얼떨결에 그에게 안겼다. 소리를 지를 뻔했지만 가까스로 참았다. 수상한 자는 멍하니 선 채 움직이지 않았다. 다쿠미의 거친 숨소리가 귀로 파고들었다.

재킷 너머의 심장 박동이 뺨을 타고 귀에 닿았다. 빠르고 거칠게 쿵쾅거리고 있었다. 다쿠미가 나를 등 뒤에 감추고 몸을 도사렸다.

수상한 자가 천천히 한쪽 팔을 들었다. 한눈에 가발이란 걸 알 수 있는 긴 머리칼을 잡고 아무렇게나 벗어던졌다. 털썩. 가발이 땅에 떨어지는 소리가 났다.

나는 다쿠미의 어깨 너머로 조용히 그 모습을 지켜보았다. 눈을 뗄 수 없었다. 지금의 행동이 무엇을 의미하는 것인지 알 수 없었다. 가발 밑에서 나타난 진짜 머리칼과 얼굴은 어둠에 파묻혀서 거의 보이지 않았다.

"……야?"

목소리가 들렸다. 갈라지고 흥분된 목소리가.

"……거야?"

다시 반복해서 들렸다. 무언가 묻고 있다. 질문을 하고 있다. 이것은 마치…….

손끝과 발끝까지 공포가 내달린 순간.

"또, 또 해버린 거야? 아니…… 너는 또."

이번에는 똑똑히 들렸다. 수상한 자의 목소리는 고통과 슬픔, 곤혹스러움으로 가득 차 있었다.

"왜! 왜 아직도 죽지 못하는 거야? 이해한 게 아니었어? 그, 그래. 아직도 미워? 버, 범인이…….'

휘청. 하얀 그림자가 흔들리더니, 그 자리에 무릎부터 무너져 내렸다.

"히익!" 나는 무심결에 비명을 지르며 다쿠미의 등에 매달렸다.

"……레이지…… 어째서…….'

수상한 자의 입에서 들은 적이 있는 이름이 나오더니, 이어서 기묘한 소리가 흘러나왔다. 금속과 금속을 문지르는 듯한 소리, 아무렇게나 피리를 부는 듯한 소리였다.

울고 있다. 정신을 차리자 다쿠미와 시선이 마주쳤다. 그의 눈에는 긴장과 공포와 당황스러움이 뒤섞여 있었다.

"괜찮아." 다쿠미가 갈라진 목소리로 말한 뒤, 다시 수상한 자를 향했다. "다가오면 내가 막을 테니까 넌 그 틈에."

"쿨럭……. 으으, 왜…… 쿨럭." 어느새 울음소리에 기침이 섞였다.

수상한 자는 인간이다. 도시전설도 유령도 아닌 것이다. 그리고 지금은 괴로워하고 있다. 꼼짝도 하지 못하고 있다. 어떻게 하면 좋을까?

나는 어느새 생각할 수 있게 되었다. 상대가 덮칠 것 같지 않기도 했지만, 무엇보다 다쿠미가 지켜주는 덕분이다.

"도망칠까?" 다쿠미가 말했다.

말투에는 망설임이 배어 있었다. 이런 상황에서도 마음 한구석에서 기쁨이 솟구쳤다.

"……아니야." 나는 고개를 가로저었다. "내버려둘 수 없어. 어디가 많이 아픈 것 같아. 더구나 레이코 씨와도 관계가 있어. 아까 레이지라고 했잖아?"

"그래." 다쿠미는 발소리를 죽이고는 수상한 자에게 다가가더니, 웅크리고 있는 하얀 등을 향해 말을 걸었다. "저기……."

수상한 자가 얼굴을 들었다. 얼굴은 눈물로 뒤범벅이 되어 있었다. 다시 기침을 했다. 가래가 걸려서 목이 찢어질 것 같은 격렬한 기침이었다.

다쿠미가 그 자리에 몸을 숙이고 그의 등을 어루만져주었다.

"으으, 으…… 레이지."

수상한 자가 또 이름을 불렀다. 기침은 가라앉았다. 다쿠미는 굳은 얼굴로 계속 어색하게 등을 쓰다듬어주었다.

"고, 고맙구나."

나는 다쿠미의 뒤쪽에서 말을 걸었다. "혹시 그 애는…… 자살한 소년 아닌가요?"

다음 순간, 들리는 것은 그 자리에 있는 세 사람의 숨소리뿐이었다. 공기가 차갑다고 느끼기 시작했을 무렵, 수상한 자가 입을 열었다.

"알고 있나……."

몹시 지치기는 했지만 침착한 목소리였다.

손전등과 펜 라이트로 비춘 조립식 오두막집 안에서 나와 다쿠 미는 선 채로 수상한 자…… 초로의 남성을 내려다보았다. 그는 바닥에 깔린 시트에 앉아 바로 앞에 놓인 손전등을 바라보았다. 지저분하게 자란 하얀 수염. 부석부석한 하얀 머리칼. 얼굴도 목 도 안타까울 만큼 야위어서 당장이라도 부러질 것처럼 보였다.

마음이 안정된 그가 이끄는 대로 오두막집 안으로 들어왔지만, 이것이 옳은 선택인지는 알 수 없었다. 다쿠미도 내 생각과 똑같 은지 나를 뒤에 감추듯 서 있었다.

"……미안해, 괜히 무섭게 만들어서." 남성은 우리를 올려다보 며 말했다.

표정에도, 얼굴에도 수상하거나 이상한 점은 없었다. 복장은 기이했지만 음침한 분위기는 이미 사라졌다.

"나도 모르게 가끔 이렇게 돼. 정신이 들면 이런 모습을 하고 있지."

남성은 진지한 눈길로 나와 다쿠미를 번갈아 바라보았다.

"밤길을 배회하는 건 알지만 내가 배회하는 게 아니야. 발이 멋 대로 움직이거든. 그리고 산을 올라와서……." 남성은 오두막집 벽에 시선을 향하고는 탄식하듯 말했다. "저쪽에 있는 연못을 보 고 나서 여기로 들어와. 그 순간, 자유로워지지. 눈이 뜨인다고 할 까, 몸이 내 것이 된다고 할까."

말을 마친 남성은 깊은 한숨을 토해냈다.

나는 쭈뼛거리면서 물었다. "몽유병, 인가요?"

"의사라면 그렇게 말했을지 모르지. 진단을 받은 적은 없지만." 남성의 입가가 움찔거리며 비틀어졌다. "하지만 난 이렇게 생각해. 아들이 내 몸에 들어와 조종하고 있다고. 레이지의 원한이……."

남성은 두 손으로 얼굴을 문질렀다. 뼈와 가죽만 남은 손에서 검버섯 몇 개가 눈에 띄었다.

나는 야요이 짱이 '100퍼센트 단정할 수는 없다'고 말했던 것을 물어보았다. "저기, 아드님이라면 20년 전에 유괴됐던 그분 말씀인가요? 스기모토 레이지 씨?"

남성은 가늘게 떨면서 고개를 끄덕이더니 쥐어짜는 목소리로 말했다. "아아."

나는 레이지에 관해서 생각했다. 그는 변태에게 중요한 부분을 잘리고, 괴로움에 시달리다가 스스로 목숨을 끊었다. 야요이 짱이 짐작한 대로다. 그리고 그의 원한이 눈앞의 남성…… 스기모토에게 여장을 시켜서 배회하게 만들고 있다. 적어도 스기모토는 그렇게 여기고 있다.

여장 남자 레이코 씨는 부자 2대가 얽힌 도시전설이었다. 그것도 슬프고 잔혹하며 현재 진행형인 이야기.

"죄송해요." 다쿠미가 운을 떼고 굳은 목소리로 물었다. "범인은 잡히지 않았나요?"

"으응." 스기모토는 얼굴에서 손을 떼고 분한 듯이 이를 악물었다. "범인 같은 남자가 있었는데 자살했어. 확실한 증거는 아무것도 발견되지 않았지. 그래서 레이지는 편하게 눈을 감을 수 없었을 거야."

"공양 같은 걸 해서 영혼을 위로해주면……." 나는 말해야 할지 말지 망설이다가 입을 열었다. "아는 사람 중에 그 분야에 대해 잘 아는 사람이 있으니까 괜찮다면 소개……."

"소용없어." 스기모토는 머리를 천천히 좌우로 흔들었다. "그런 건 수도 없이 했어. 레이지의 무덤 앞에서. 15년 전에 이런 일이 시작됐을 때도. 아내가 집을 나갔을 때도, 회사에서 구조 조정을 당했을 때도…… 하지만 아무 소용이 없더라고. 그만큼 레이지의 원한이 강한 거겠지."

후웃. 그는 체념의 미소를 지으며 우리를 올려다보았다.

"범인이 잡혔으면 달랐겠지만."

나는 고개를 끄덕였다. 영혼이 있다면 가장 원통한 것은 그것이리라. 영혼이 없다면 스기모토 자신이 원통할 테고. 아들을 다치게 하고 죽음으로 몰아넣은 범인이, 어느 의미에서는 교묘하게 빠져나갔으니까.

"미안해." 스기모토는 가볍게 기침을 하고 나서 말했다. "다시 숨쉬기가 힘들구나. 난 한동안 움직일 수 없을 것 같아. 이미 늦었으니까……."

"알겠습니다." 다쿠미가 대답했다.

그는 나에게 눈짓으로 신호를 보내고는 내 팔을 가볍게 두드렸다. 나는 말없이 고개를 끄덕인 뒤, 문을 향해 발길을 돌렸다. 등 뒤에서 스기모토의 흐느낌이 들려왔다.

"으으, 레, 레이지."

문의 손잡이를 잡은 찰나.

"이, 이해해준 게 아니었어? 제대로 이해해서……."

다쿠미가 내 어깨를 가볍게 두드리며 나가자고 재촉했다.

스기모토는 몇 번이나 콧물을 훌쩍이고 나서 말했다. "내 말을 받아들이고 주, 죽어줬는데……."

말뜻을 생각하기도 전에, 손잡이를 돌리려고 한 손이 그대로 멈추었다.

"뭐……?"

나는 뒤를 돌아보았다. 잘못 들은 게 아니다. 실제로 다쿠미도 놀란 모습으로 스기모토를 쳐다보았다.

"레이지…… 레이지."

아들의 이름을 계속해서 부르는 스기모토를 향해 다쿠미가 물었다. "죽어줬다?"

나는 펜 라이트를 스기모토 쪽으로 향했다.

그는 눈물을 훔치고 나서 대답했다. "그, 그렇고말고."

그의 얼굴이 눈물로 빛났다.

"아직 어려서 그런지 처, 처음엔 이해하지 못하더라고. 몇 번이나 말해줘도 말이야. 그건 어쩔 수 없었지. 겨우 열한 살이었으니까." 그는 코를 문지르면서 자신의 말에 고개를 끄덕였다.

"저기, 그게 무슨 뜻인가요?" 나는 마음을 먹고 물어보았다.

"무슨 뜻이냐니, 몰라서 물어?" 그는 나와 다쿠미를 차례대로 보고 나서 당연한 것처럼 말했다. "그게 없으면 살아 있어봤자 아무 소용이 없잖아?"

내 옆에서 다쿠미의 몸이 딱딱하게 굳어지는 걸 알 수 있었다.

"그렇잖아…… 그게 없는데 즐거운 일이 어디 있겠어?" 그는 입술을 비틀면서 말했다. "그래서 범인이 미웠어. 지금도 증오해. 그걸 자르고 살려둘 바에야 차라리 죽여주는 편이 훨씬 나았다고! 안 그래?" 그는 마지막 말을 하면서 다쿠미를 쳐다보았다.

후우욱. 숨을 들이마시는 소리가 들렸다. 다쿠미가 온몸을 덜덜 떨었다.

"레, 레이지는 살려고 했지. 오줌 누는 게 불편해졌을 뿐이라면서. 그래서 내가 가르쳐줬어. 사실은 그렇지 않다고. 너, 너는…… 죽는 편이 훨씬 낫다고."

펜 라이트의 빛이 격렬하게 흔들렸다. 두 손으로 꽉 쥐어도 흔들림은 멈추지 않았다.

"차분히 시간을 들여서 말했지. 물론 강하게 말한 적도 있었어, 네가 알아서 죽을래, 아빠가 죽여줄까……."

흔들리는 빛을 받고 스기모토의 눈이 번들번들 빛났다.

나는 그제야 똑똑히 알았다. 이 사람은 이상하다. 여장을 하지 않아도, 밤길을 배회하지 않아도 이상하다. 어린아이를 유괴해서 그곳을 잘라내는 변태와 똑같이, 아니, 변태보다 훨씬 더.

"레이지는 고민했어. 어느 날부터는 학교에도 가지 않더라고."

아들에게 말하는 스기모토의 모습이 머릿속에 떠올랐다.

"하지만 마지막엔 내 말을 이해해줬어. 현실을 제대로 보게 된 거지."

그러곤 망상에 휩싸였다. 망상 속에서 자신의 생각을 받아들였다. 그렇다. 레이지가 눈을 편히 감지 못한 건 범인을 증오해서가 아니다. 스기모토가 회사와 가정을 모두 잃어버린 것도 우연이 아니다.

아주 단순한 이야기다. 레이지의 영혼이 원망하는 건 바로 스기모토다. 그래서 그를 불행하게 만들고 기이한 행동을 하게 만들고 있다. 이 사람은 그런 사실도 모르는 것이다.

"역시 범인이……."

"이 빌어먹을 놈!" 다쿠미가 화를 내며 쾅 하고 거칠게 발을 굴렀다. 그러곤 단숨에 스기모토에게 달려가더니 그대로 온 힘을 다해 얼굴을 걷어찼다. "네가 죽인 거나 마찬가지잖아!"

둔탁한 소리와 함께 스기모토가 오두막집 구석까지 날아갔다. 얼빠진 신음을 내면서 일어서려고 하는 그를 다쿠미가 힘껏 짓밟았다.

"다쿠미!" 나는 정신없이 그의 이름을 불렀다.

다음 순간, 그는 움직임을 멈추더니 어깨를 치켜올리고 스기모토를 내려다보았다. 스기모토는 코에서 피를 흘리며 공허한 눈으로 천장을 올려다보았다.

"가자."

다쿠미는 재빨리 발길을 돌리고 성큼성큼 걷기 시작했다. 그러곤 내 손을 잡고 난폭하게 문을 열었다.

빈터를 가로질러 짐승 길로 접어들었을 때 다쿠미가 토해내듯 중얼거렸다. "웃기고 있네. 저런 것도 아버지라고……."

"미안해."

밤 11시 반. 다쿠미는 우리 집 앞에서 말했다. 표정은 진정되었지만 얼굴은 핼쑥했다.

"난 그런 쓰레기 같은 녀석과는 달라."

"응." 나는 고개를 끄덕였다.

다쿠미는 당황한 얼굴로 말을 더듬었다. "그, 그런 생각만 들 때가 있어서, 머리가……."

"……응." 나는 다시 고개를 끄덕였다.

"그게 좋지 않다는 건 나도 알아." 다쿠미는 숨을 크게 들이마시고 말했다. 추운지 몸을 살짝 떨었다.

"……고마워." 나는 살포시 미소를 짓고 나서 화제를 바꾸었다. "야요이 짱에겐 뭐라고 말할까?"

"말해봤자 기분만 나빠질 거야."

"그건 그래. 모든 학생들에게 물어봤다는 것까지는 말해도 좋지 않을까?"

"그게 좋겠다."

침묵이 찾아왔다. 이제 헤어질 때다.

인사를 하려고 했을 때, 다쿠미가 불쑥 말했다. "다음에 낮에 산에 가자. 연못에서 공양을 하든지, 손을 모으고 기도하고 싶어. 그렇지 않으면 마음이 편하지 않을 것 같아."

나는 몇 번이나 고개를 끄덕였다. 그렇게 하는 편이 좋다. 레이지의 영혼이 아직 이 세상에 머물러 있다면 적어도 기도 정도는 해줘야 한다.

"그럼……." 다쿠미가 손을 들고 걷기 시작했다.

"잘 가." 나는 그의 등을 바라보며 말했다.

작아지는 다쿠미의 뒷모습을 보고 있을 때, 새하얀 그림자가 전봇대 뒤에서 스윽 나타나서 그의 뒤를 따라갔다. 키는 다쿠미보다 훨씬 작다. 초등학생, 아니, 중학생 정도일까?

그림자가 뒤돌아보고 내 쪽을 향해 손을 흔들었다. 멀어서 얼굴은 보이지 않는다. 하지만 웃고 있는 듯한 기분이 들었다. 어떻게 할까 생각하는 사이에 그림자는 다시 다쿠미의 뒤를 따라가더니, 다쿠미와 함께 어둠의 저편으로 사라졌다.

레이지일 것이다. 스스로도 놀랄 만큼 자연스럽게 생각했다.

이 마을에 머물러 있던 레이지의 영혼이 나한테 인사를 하러 나타난 것이다. 감사의 말을 하러 왔다고 여기는 건 너무나 뻔뻔하다는 생각도 들지만.

다쿠미에게도 인사를 하고 싶은가 보다. 그래서 쫓아가는 것이다. 분명히 그렇다. 나는 그렇게 생각했다. 그때 갑자기 몸이 굳어졌다. 차가운 공기가 뺨과 다리를 찔렀다.

추위에 견딜 수 없을 때까지 나는 어둠에서 눈을 뗄 수 없었다.

다음 날, 다쿠미는 학교에 오지 않았다. 담임은 다쳤다고밖에 말하지 않아서, 나는 불길한 예감에 휩싸였다. 수업이 끝나자마자 곧장 병원으로 달려갔지만 면회 사절이었다.

한참을 망설인 끝에 그의 집에 전화해서 어머니에게 여쭤봤지만 확실하게 대답해주지 않았다. 어머니를 통해서 알아낸 것은 다쳤다, 수술했다, 입원한다, 당분간 학교에 갈 수 없다, 라는 네 가지뿐이었다.

끈질기게 매달리자 어머니는 신경질적으로 소리치듯 말했다. "한밤중에 길에서 강도 같은 사람이 덮치는 바람에……."

스기모토 하루히코라는 쉰여덟 살 남성이 유치장에서 목을 맨 것은 그날 밤의 일이었다. 여장을 하고 산 중턱을 어슬렁거려서 불심검문을 했더니, 괴이한 소리를 지르며 도망치려고 해서 잡았다고 한다. 경찰관이 불심검문을 한 것은 어젯밤 11시 반. 다쿠미와 우리 집 앞에 있었을 무렵이다.

TV의 지역 뉴스 시간에 그런 이야기가 흘러나오는 것을 나는 믿을 수 없는 심정으로 들었다. 다쿠미를 덮칠 사람은 스기모토밖에 없다. 그렇게 생각한 찰나에 그런 뉴스가 나온 것이다.

장기 요양을 위해 다쿠미 가족이 이사 갔다고 담임으로부터 들은 건 보름 후의 일이었다. 나는 너무나 큰 충격을 받은 나머지 학교에도 가지 않고, 방에서 울거나 멍하니 있으면서 사흘을 보냈다.

어디로 이사 갔는지는 모른다. 나도 다쿠미도 삐삐를 가지고 있지 않다. 크리스마스에 서로에게 선물하자, 라고 느긋하게 계획

했던 것을 뼈저리게 후회했다.

겨울방학이 끝나고 3학기가 시작될 무렵, 학교에 이런 소문이 떠돌았다.

다쿠미는 레이코 씨에게 그곳을 잘렸다. 그 충격으로 머리가 이상해져서 지금은 정신병원에 있다. 최근에 이 마을을 배회하는 여장 남자가 젊어졌다. 어쩌면 정신병원에서 탈출한 다쿠미일지도 모른다.

출처는 알 수 없었다. 다쿠미의 친구를 붙잡고 끈질기게 캐물었지만, 모두 다른 사람에게서 들었다고 한다. 누군가가 거짓말을 하고 있다. 그렇게 생각하는 게 가장 자연스럽지만, 순순히 말해주는 걸 보면 속이는 것처럼 보이지 않았다.

나는 어느새 마음속으로 떠올리게 되었다. 수업 중에도 하교 중에도 집에 있을 때도 무심코 상상하곤 한다. 최근에는 꿈을 꾸는 일도 있었다.

가로등 불빛이 비치는 길거리에서 새빨간 피 웅덩이가 점점 퍼져나가고 있다. 그 주변에는 여기저기에 핏방울이 흩어져 있다. 피 웅덩이의 한가운데에는 피에 젖은 그것이 구르고 있고…… 그 너머에서 여장한 다쿠미가 아랫도리를 새빨갛게 물들인 채 서 있다.

밤에 다시 여장 남자를 찾으러 나가보자. 그리고 확인해보자.

몇 번이나 그렇게 결심했지만 난 아직도 실행하지 못하고 있다.

요괴는
요괴를
낳는다

뒷산에서 놀던 아홉 살 소년 행방불명

효고 현 T경찰서는 15일, 효고 현 T시에 사는 회사원 고하시 무네노리 씨(39)의 장남인 데루 군(9)이 행방불명되었다고 발표했다. 고하시 씨는 전날인 14일, T경찰서에 데루 군의 실종신고서를 제출했다. 경찰 조사에 따르면 데루 군은 14일 오후 3시, 쌍둥이 동생인 겐타로 군(9)과 같이 T시의 오이노코다이 오이노코 산에 갔는데, 오후 6시에 겐타로 군만 귀가했다고 한다. 경찰은 겐타로 군에게서 자세한 이야기를 들음과 동시에 데루 군이 사건에 휘말렸을 가능성이 있다고 보고, 16일부터 현경 헬기 등을 이용해 수색에 나섰다.

《마이아사 신문》 1989년 5월 15일 석간, 간사이 지역판 결혼식에 못 가서 미안해. 사진은 야마다가 보여줬어. 부인이 엄청 예쁘더라. 마코토 씨라고 했던가? 그렇게 예쁜 여자를 어디서 잡은 거야? 세상에! 일을 하다가 만났다니, 어디서 어떻게 만났는데?

요전에 낸 책 읽었어. 『헤이세이* 흉악사건부 오컬트편』. 재미있더라. 가져왔으니까 사인해줘. 뭐? 공저라고? 그건 알고 있어. 그게 뭐 어때서? 혼자 쓰든 몇 명이 쓰든 그게 무슨 상관이야? 멋진 일을 하는 사람은 다 훌륭하다고. 자, 어서 사인해줘.

내 이름도 써줘. '기요코 님에게'라고 쓰면 돼. 일할 때는 성은 사용하지 않고 이름만 사용하거든. 같이 일했던 때부터 그랬는데 기억 안 나?

벌써 10년…… 아니, 12년쯤 됐나?

옛날 생각난다. 마지막으로 만난 거, 네 송별회 때였지? 그 후에 나도 금방 그만두고는 신문사에 있는 출판사에 취직했잖아. 그리고…….

아, 미안해.

물론 이상하게 여길 만도 해. 10년 넘게 연락도 하지 않았던 옛 입사 동기가 갑자기 전화해서는 만나고 싶다면서 일부러 효고 현에서 신칸센을 타고 도쿄까지 찾아온다면. 더구나 어제 전화하자마자 오늘 찾아왔으니. 10대, 20대라면 패기나 기운이 넘쳐서 그럴 수도 있겠지만 사사오입하면 마흔이 되는 나이에 말이야.

응, 의아해하는 건 충분히 이해해.

노자키, 이 책에서 군마 아카기 신사의 유명한 사건을 다뤘잖

---

* 헤이세이시대, 1989~2019.

아? 가정주부가 감쪽같이 사라진 유명한 사건 말이야. 기사 안에서 산악신앙(山岳信仰)이라든지, 신이 머무는 산이라든지, 이해하기 쉽게 설명했던데? 그러곤 이런 식으로 마무리했지. '무수히 많은 실종이나 행방불명 또는 그렇게 소문난 사건 중에서 어쩌면 만에 하나 정도는 정말로 신이 데려갔을지도 모른다, 여기와는 다른 세계로 가버렸거나 이 세계가 아닌 다른 곳으로 끌려간 경우도 있을지 모른다'라고.

그래, 있어.

'있을지도 모른다'가 아니라 실제로도 있어.

만에 하나일지도 모르고, 억에 하나일지도 모르고, 어쩌면 그보다 더 적을지도 몰라. 경에 하나일지도 모르고, 해에 하나일지도 모르지. 그런 숫자는 남자가 더 잘 알잖아? 물론 거의 찾아볼 수 없는 일이란 건 알고 있어. 하지만 우리 마을에선 있었고, 지금도 있어.

……노자키, 지금 내가 미쳤다고 생각하지?

그렇게 생각해도 좋으니까 내 말 끝까지 들어줄래? 소리를 지르거나 난동을 부리지는 않을게. 그 정도 이성은 남아 있어. 이렇게 사람이 많은 푸드코트에서 난동을 부리면 큰일이니까.

걱정하지 마. 컨디션도 괜찮고 안색이 나쁜 건 옛날부터 그랬거든. 그래서 야마다가 툭하면 유령이나 좀비 같다고 놀렸잖아? 기억나? 매일 회사에서 야근하는 바람에 잠이 모자랐던 야마다가 7일째 철야를 하더니 갑자기 실오라기 하나 걸치지 않은 알몸으로…… 하하하, 그때 무슨 노래를 불렀더라? 아니야, 이거야. 모닝구 무스메의 〈Mr. Moonlingt ~사랑의 빅밴드~〉. 하하하하! 그때만 해도 설마 리더인 요시자와 히토미가 음주 운전으로 사람을 치고 뺑소니칠 줄은 꾸, 꿈에도…….

　……미안해.

　남에게 얘기하는 건 처음이라 좀 긴장해서 그래. 말도 안 되는 얘기이기도 하고. 하지만 노자키라면 믿어줄 것 같았어. 예전 동기이고, 같은 간사이 출신이잖아. 하지만 역시 말도 안 된다고 잘라버릴지도 몰라. 그렇게 생각하면 말하기 힘들고…… 뭐?

　사실이냐 거짓이냐, 그런 것보다 쓸 수 있느냐 쓸 수 없느냐, 그게 더 중요하다고?

　취재라면…… 지금 내 말을 들어주겠다는 거야?

　고마워. 그렇게 말해줘서 기뻐.

　그런 식으로 폼을 잡는 건 편집 프로덕션에 있었을 때랑 똑같네. 아, 자세히 보니 녹음기도 옛날 그대로고. 이런 구닥다리 녹음기는 지금 어디에서도 팔지 않잖아?

　마코토 씨는 참 행복하겠다. 너처럼 좋은 사람과 결혼해서. 우리 남편과는 하늘과 땅 차이야. 아니, 신세타령하려는 거 아니야. 이건 서론이야, 서론. 남편과 관계있는 얘기거든.

　남편과 결혼한 건 10년 전인 2008년이었어. 결혼식은 하지 않았지만 호적을 합친 건 6월이었지. 이걸로 6월의 신부*가 됐다고 농담을 했어. '같은 간사이 지방 사람이니까 마음이 잘 맞을 것 같다'는 황당한 이유로, 공통의 친구에게 끌려 나가서 만난 사람이었지. 그래도 그럭저럭 친해져서, 흐름에 떠밀려서 결혼하게 된

---

* 6월은 혼인의 수호신인 유노(Juno)의 달이라서, 6월에 결혼하는 신부는 행복해진다는 이야기가 있다.

패턴이야. 그런 일은 흔히 있잖아.

뭐, 다른 사람들만큼 즐겁고 화목하게 지냈어, 2년 전까지는.

2년 전 어느 날, 시어머님이 갑자기 지주막하출혈로 쓰러지셨지. 길거리에서 갑자기 쓰러진 것 같더라고. 우연히 간호사가 지나가다가 발견해 신속히 대처해준 덕분에 돌아가시진 않았지만.

뭐? 불행 중 다행이라고? 아니야, 그건 불행의 시작이었어.

그때 간호사가 지나가지 않았다면, 다른 일을 하는 사람이 발견했다면 이렇게 어이없는 일은 일어나지 않았을 거고, 나도 오늘 여기에 오지 않았을 거야.

어머님은 돌아가시지 않았지만 후유증으로 걸을 수 없게 됐어. 언어장애도 약간 남았고. 간병이 필요한 상황이 된 거지. 병원에서 남편에게 연락해, 우리는 시댁에서 어머님과 같이 살게 됐어.

어디서 살았느냐고? 오이노코다이 뉴타운. 효고 현 T시 산속에 있는 아파트야. 1980년대에 지어졌는데 원래부터 사람이 거의 없었고 지금은 더욱 줄어들어서, 고작 30여 년 만에 빈사 상태가 된 주택지라고 할까? 사람이 많아지기는 이미 글렀어. 도쿄에 비유하면 다마 뉴타운이라고나 할까?

마음 편히 혼자 살 거다, 자식 신세는 지지 않겠다…… 어머님은 옛날부터 그렇게 말했지만 상황이 달라졌잖아? 그렇게 호언장담한 만큼 노후 자금이 있을 거라고 생각했는데, 돈은 거의 없었어. 달리 의지할 만한 친척도 없었고.

나는 이타미에 있는 구멍가게 같은 편집 프로덕션에 계약직원으로 들어갔어. 남편은 정수기 렌털 회사에 들어갔고. 간병도 둘이 분담했어. 처음엔 어머님과 대화도 되지 않았고 어떻게 대해야 할지 몰라서 힘들었지만, 원래 뒤끝이 없는 분이라서 3개월쯤 지났을 때부터는 서로 농담을 할 수 있는 사이가 됐지. 매일 육체는 녹초가 되었지만 그때만 해도 아직 보통이라고 하면 보통이었어. 그래도 즐거운 일이 꽤 많았거든. 직장에서도, 집안에서도.

상황이 이상해진 건 시댁에 들어간 지 1년 후, 남편이 회사에서 해고된 날부터야.

입버릇처럼 영업 성적이 꼴찌라고 말했는데, 그래도 설마 해고될 줄은 꿈에도 몰랐던 것 같더라고. 대학 선배를 통해 들어갔으니 아무리 실적이 좋지 않아도 잘리진 않겠지…… 어딘가에 그런 마음이 있었을 거야. 그런데 해고 통보를 받았을 때, 그 선배에게 심한 말을 들었나 보더라고. 구체적으로 무슨 말을 들었는지는 말해주지 않았지만.

다음 달부터 일단 헬로워크*에 다니면서 여기저기 이력서를 냈는데, 계속 떨어지기만 했어. 서른다섯 살이 넘은 탓도 있지만 본인은 나름대로 충격을 받았나 봐. 아무런 경력도 쌓지 못한 채 빈둥빈둥 살았구나, 하고 스스로를 책망하게 됐지. 날이 갈수록 기운이 없어지고 체중도 점점 줄어들더라. 집안일도 어머님 간병도 제대로 할 수 없을 만큼.

당시만 해도 내 수입과 남편의 실업보험, 어머님의 연금으로 그럭저럭 살 수 있었으니까 마음 편히 먹고 천천히 알아보라고 격려했어. 그래도 하도 침울해하기에 이렇게 말했지.

"먹고살기 힘들어지면 그때 정해도 돼. 최악의 순간에는 아르바이트부터 시작해도 되고."

그러자 갑자기 폭발하더라고.

---

* 일본의 공공직업안정소.

때리지는 않았지만 세 번쯤 때릴 것처럼 손을 치켜올렸어.

내가 이제 와서 아르바이트를 어떻게 해! 겨우 시급 1,000엔밖에 안 되는 푼돈을 위해서 어린 학생들에게 고개를 숙이란 말이야, 라고 하면서. 그 사람의 머릿속엔 아르바이트 하면 편의점이나 소고기덮밥 가게의 이미지밖에 없었던 거지. 지금은 웃으면서 말할 수 있지만.

무서웠어. 남편이 처음으로 무섭더라.

그때 옆에 있던 어머님이 철저하게 아들 편을 든 탓도 있을 거야. "내 아들처럼 훌륭한 애한테 아르바이트를 하라니, 얘는 훌륭한 일을 할 애야!"라고 말하더라고.

그때부터 집안 분위기가 달라졌어. 솔직히 내 안에서 집에 대한 이미지가 달라진 것뿐이지만, 그때는 집안 분위기라든지 밝은 느낌이 180도 달라진 것처럼 느껴졌지.

여기에 내 편은 없다, 여기에서 난 혼자다, 그걸 그때 깨달은 거야.

그 무렵부터 어머님은 조금씩 달라졌어. 어린애 같은 목소리로 하루 종일 노래하질 않나, 갑자기 펄펄 뛰며 화를 내질 않나, 밥상을 뒤엎으며 난리를 피우질 않나. 그런가 하면 느닷없이 "그 애가 널 힘들게 해서 미안하구나"라고 하며 눈물을 주르르 흘리기도 했어. 그래, 치매에 걸린 거야. 신경을 쓴다고 썼는데 어느 순간에 그렇게 됐더라고.

그 이후, 남편은 집에만 있게 됐어. 헬로워크나 인터넷 구인 사이트, 지인 소개 등 여기저기 알아봤는데 계속 취직이 안 되자 정신적으로도 지쳐버렸나 봐. 압박 면접이라든지 "이번에는 인연이 없었습니다"라는 말이라든지, 젊었을 때라면 어떻게든 견딜 수 있었을 텐데. 마흔이 코앞으로 다가오고 치매에 걸린 어머니를 간병해야 하는 와중에 일자리도 구하지 못하니 절망에 빠지는 것도 어쩔 수 없겠지.

모든 걸 나에게 떠넘겨도 화낼 수 없었어. 사랑하는 남편이니까. 미안하다고 하면서 무릎을 꿇고 고개를 조아리면, 내가 어떻게든 해야 한다고 마음을 굳게 먹는 수밖에 없잖아? 도움을 청하려고 해도 나에겐 부모 형제가 없고, 경제적으로도 도우미를 쓸 형편이 안 되니까.

일도 간병도 집안일도 전부 해내겠다, 남편이 재취직할 때까지만 견디면 된다, 그렇게 생각하며 이를 악물고 힘을 냈어. 새벽 5시에 일어나 전날 남은 재료로 아침을 만들고 점심도 만들어두었지. 6시에 어머님에게 아침을 먹인 뒤, 빨래와 청소를 했어. 그러는 사이에 중간중간 어머님의 이해할 수 없는 이야기를 들으면서 대소변을 처리하고는 집에서 나오는 게 9시 반. 10시 반에 회사에 도착해 일을 한 뒤, 5시에 장을 보고는 일단 집에 가서 저녁밥을 차려. 그러곤 어머님 식사를 챙긴 다음, 목욕을 시키고는 다시 8시에 회사로 돌아와. 마지막 전철 시간까지 일을 하고 집으로 오면 새벽 1시야. 물론 전철역에서 집까지 가는 마지막 버스는 이미 끊겨서 남편이 역까지 차로 데리러 와줘. 어머님이 타던 경차인데 조수석에서 15분간 쪽잠을 잔 다음, 집에 와서 어머님이 자고 있으면 나도 목욕하고는 잠들어. 만약 어머님이 깨어 있으면 이야기 상대가 되어주고 재운 다음에 자고. 그러곤 다시 새벽 5시에 일어나는 거야.

마음을 독하게 먹으니까 할 수 있더라. 회사 사람들도 많이 도와줬고. 물론 개중에는 화를 내는 사람도 있었지만. 아아! 나한테

화내는 게 아니라 남편에게.

"남편이 기요코 씨에게 너무 기대는 거 아니야? 아내가 철인도 아닌데, 도대체 뭐로 생각하는 거야!"

가지와라 씨라고 접수처를 담당하고 있는 여성분인데, 다카라즈카 가극단*에서 남자 역할을 하는 배우처럼 잘생겼거든. 사진 보여줄까…… 미안해, 얘기가 딴 길로 샜네.

어쨌든 주변에서 도와주는 사람이 있어서 그럭저럭 해나갈 수 있었어. 돈도 벌고, 집안일도 전부 해냈지. 계속 할 수 있다고 생각했어.

그런데 6개월 만에 쓰러졌어.

취재하러 롯코 산에 올라갔는데 별안간 눈앞이 캄캄해지더니, 정신을 차리자 병원이더라고. 같이 간 선배가 없었다면, 선배가 곧장 119에 신고해주지 않았다면 그대로 죽었을 거야.

이것도 불운이야. 결코 행운이 아니야. 내가 그때 죽었다면 남편도 마음을 굳게 먹고 정신 차렸을지 몰라. 어머님의 치매도 좋아졌을지도…… 아니, 그건 아닌가? 하지만 더 나빠지는 일은 없지 않았을까?

사흘 만에 퇴원해서 저녁때 집에 왔는데, 남편이 뭐라고 한 줄 알아? "이제 괜찮지? 오늘부터 다시 엄마 부탁해."

어머님과 눈이 마주쳤는데, 어머님이 입을 열자마자 그러더라. "이제 슬슬 손자 얼굴을 보고 싶구나."

하하하하하…….

있잖아, 노자키.

* 여성으로 이루어진 일본의 여성 뮤지컬 극단.

부모님은 아직 건강하셔? 그래, 아버님 말이야. 쓰러지시면 어떻할 거야? 무슨 생각이 있어? 네가 외아들이란 건 알고 있어.

아직 생각해본 적 없지? 워낙 일을 좋아하잖아. 무슨 일이 있으면 아내…… 마코토 씨에게 전부 맡길 생각 아니야?

아니, 너에게 그럴 생각이 없어도 결과적으로 모든 건 마코토 씨가 떠안게 돼. 어차피 그렇게 되어 있어. 아주 돈이 많다든지, 미리 꼼꼼하게 계획해두지 않는 한, 그런 일은 며느리에게 통째로 넘기는 게 이 세상의 규칙이니까. 원래 그런 법이라고 다들 그렇게 생각하지. 그런 분위기에 휩쓸려서 너도 아버님 간병을 마코토 씨한테 맡기게 되고.

말을 들어보니 착한 사람 같던데? 그럼 자기 가족처럼 대소변까지 받아줄 거야. 아버님이 이상한 짓을 해도 웃으면서 견뎌내겠지. 너도 그게 당연하다고 여기게 될 거고.

걱정하지 마. 며느리는 쉽게 도망가지 않아.

도망가면 일단 생활하기 힘들고, 세상에선 며느리 자격이 없다, 여자 자격이 없다는 낙인을 찍거든. "도망쳐도 괜찮아", "자기 자신을 더 사랑해줘"라고 SNS에서 말하는 녀석들이, 똑같은 입으로 "그렇게 무책임한 사람은 결혼할 자격이 없어"라고 지껄이곤 하지. 그런 일은 흔히 볼 수 있잖아? 도우미에게 맡겼다고 인간 말종처럼 취급하고, 다른 걸 전부 해도 아이를 낳지 않으면 문제 있는 여자로 생각하지.

어쩔 수 없잖아?

21세기가 되어도, 2019년이 되어도, 이런 경우에 사람들이 원하는 며느리 역할은 옛날 그대로야. 옛날이라고 해도 '남편은 일하고 아내는 가정을 지킨다'는 형태가 만들어진 건 고도성장기 무렵이지. 즉, 얼마 되지 않았어. 그런 건 전통도 뭣도 아니잖아? 그 결과, 여자는 요즘 시대에 맞지 않는 가치관을 강요받으며 살아야 했지.

……미안해, 너무 흥분해서.

이런 얘기를 하고 싶었던 건 아니야.

나만 특별한 건 아니야. 예삿일이라고나 할까? 이상하긴 하지만 어디에서나 흔히 볼 수 있는 일이지. 물론 네가 좋아하는 이야기는 아니지만.

아무튼 그날 저녁에는 모든 의욕이 사라져서, 땅거미가 깔릴 무렵에 베란다 구석에서 하염없이 눈물을 흘렸어. 8월이고 바람이 불어서, 방 안보다는 시원했지. 그랬더니 남편이 다가오더니 미안하다고 하면서 등을 안아주더라. 그대로 10분쯤 있었을까?

마음이 좀 진정됐을 때 남편이 그러더라고. "신이 형을 데려가지만 않았다면 당신이 이렇게 힘들지 않았을 텐데."

자신은 원래 차남이라고 하면서.

나도 모르게 입에서 "어?" 하는 소리가 나왔어. 장남이냐 차남이냐는 현실적인 얘기와 함께, 신이 형을 데려갔다는 비현실적인 얘기를 들었으니까. 더구나 남편은 농담처럼 말한 게 아니라 진지한 얼굴로 말했고.

"무슨 말이야?"

"우리 형은 아홉 살 때 저기……." 남편인 겐타로는 아파트 너머에 우뚝 솟아 있는 어두운 산을 가리키며 말했어. "오이노코 산에 갔다가 이상한 사람들에게 끌려갔거든."

남편에게는 데루 씨라는 쌍둥이 형이 있었다. 데루 씨는 산에서 행방불명이 된 채 지금까지 찾지 못했다…… 둘 다 그때 처음 알았어.

1989년 5월. 데루 씨는 오이노코 산에 갔다가 작은 강가에서 정체를 알 수 없는 무리에게 끌려갔다…… 남편이 본 상황을 간단히 정리하면 이렇게 돼. 정체를 알 수 없는 무리를 당시 아홉 살이었던 남편은 '다이묘* 행렬'이라고 생각해서 경찰과 부모님에게도 그렇게 말했대. 하지만 정확하게 말하면 '단정하게 기모노를 입고 있었다, 몇 명이 힘을 합쳐서 커다란 짐을 들고 있었다'고 하더라고.

저녁 식사를 하면서 거기까지 듣고 나는 말했지. "혹시 시집가는 행렬이나 장례식 행렬 아니야?"

"그건 아니야. 산속이었거든."

자기 눈으로 보고 경찰에 증언까지 했는데도, 남편은 흥분하지 않고 냉정하게 말했어. 물론 남편 말이 맞아. 어떤 행렬이라도 산속에 있는 시점에서 이상하잖아? 그런 일은 있을 수 없잖아? 그래서 경찰에서도 제대로 상대해주지 않은 것 같아.

"그럼 뭐야?"

"……지금은 북한 소행이라고 생각해."

북한에 의한 일본인 납치 문제가 단숨에 부각된 건 2002년, 고이즈미 정권 때였지. 그래서 남편과 부모님, 주변 사람들은 모두 그렇게 생각했다더라고. 물론 남편의 첫 증언이 맞을지 모른다고 말하는 사람도 있었지만 아무도 믿어주지 않았대. 도시전설이나

---

* 중세 일본의 각 지방을 다스리는 영주. 다이묘 행렬은 재력을 과시하기 위해 수천 명의 부하를 거느리고 진행하기에 매우 호화롭다.

음모론 종류라면서 상대도 해주지 않았다더라고. 그러고 보니 옛날에는 그랬지, 하는 생각이 들었어.

"그래도 이상하지 않아? 기모노를 입고 있었다며?"

내가 물었더니 남편은 순순히 인정했어. "이상하긴 했어. 어쨌든 내 기억이 잘못됐든지, 북한 소행이든지 둘 중 하나겠지. 어느 쪽인지는 확실하지 않아. 결국 형은 납치 피해자로 인정되지 않았고."

행방이 묘연하다, 종적을 알 수 없다, 집단이 관여했다. 이런 단서로 가장 가능성이 있는 건 북한 공작원에게 납치되었다······ 남편의 마음속에선 그걸로 정착된 것 같아. 어머님도 그렇게 생각했고 돌아가신 아버님도 그렇게 생각해서, 북한 납치 피해자 가족의 비공식 모임에도 참석했다더라고. 뭐, 그렇게 생각하는 게 당연할지도 모르지.

하지만 남편은 마음속으로는 요괴의 소행이라고 생각했대. 오컬트라고 할까, 그런 것과 관계가 있다고 생각한 거지. 처음에 내게 '신이 데려갔다'고 말한 것도 그런 탓이야. 행렬을 봤을 때의 인상이 아무래도 북한 공작원은 아니라는 생각이 들었나 봐.

"강물에 들어가 형과 함께 놀았는데, 덤불 속에서 사람들이 우르르 나왔어. 모두 다정하게 웃고 있었지. 부처님의 미소라고 할까? 소리도 내지 않고 강물로 들어오더니, 우리의 바로 앞을 지나 강 위쪽으로 올라갔어."

열 명쯤 지나갔을 때, 파란색 기모노를 입은 남자가 손짓을 했대. 눈이 기이하리만큼 크고 기묘한 모양의 모자를 쓴 남자가 위쪽에서 이런 식으로 천천히 두 번. 그랬더니 데루 씨가 흐느적흐느적 그들을 따라갔다더라고. 한 번도 돌아보지 않고 당연한 것처럼.

"난 꼼짝도 할 수 없었어."

정신을 차렸을 때는 아무도 없었던 모양이야. 그 순간, 강물에 털썩 주저앉는 바람에 아랫도리가 완전히 젖었지. 그러다 해가 저문 걸 알아차리고 황급히 산을 내려왔다더라고.

"그들이 정말로 신이었다면……." 어머님이 잠든 걸 확인하고 나서 남편이 말했어. "분명히 역병신의 행렬이었을 거야."

말투는 농담 같지만 얼굴에는 웃음기가 일절 없었지.

그로부터 한 달이 지났어. 나는 직장에 복귀하고 남편은 취업 면접에서 떨어졌으며, 어머님은 치매가 더 진행되어 기저귀를 멋대로 벗어 던지고 한바탕 난동을 부린 다음 날 아침.

데루 씨가 돌아왔어.

아침에 출근하면서 "다녀올게요" 하고 문을 열었더니, 남편과 똑같은 얼굴과 똑같은 머리 모양에 상하 트레이닝복을 입고 샌들을 신은 남자가 서 있더라고.

"저기, 전 고하시 데루라고 합니다만 여기가 고하시 댁이죠?"

목소리도 치열도, 턱 끝을 긁적이는 동작도 모두 남편과 판박이였지.

집에선 한바탕 난리도 아니었어. 남편은 공황 상태에 빠져서 온 집 안을 뛰어다녔고, 나도 아직 회복되지 않았다고 거짓말을 하고는 회사를 쉬었지. 어머님은 뭐가 뭔지 잘 몰랐던 것 같지만, 이변이 일어났다는 건 알았는지 침대에서 이불을 뒤집어쓰고 조용히 있더라고.

정신을 차린 남편이 경찰에 연락하자고 했지만 데루 씨가 말렸어. "머리가 이상하다고 하면서 병원에 집어넣으면 그걸로 끝이야. 그러면 다시는 만날 수 없어."

나 말이야? 난 일단 데루 씨에게 차를 내줬어. "아침 식사는 하셨어요?"라고 물으면서. 놀라울 만큼 아무렇지도 않았지. 나도 데루 씨 말이 맞는다고 생각했어. 아무리 기이한 일이 일어나도 일반적인 단계를 밟지 않으면 이야기가 진행되지 않는다고, 머리의 한쪽에서 기묘하게 받아들인 상태였어. 전 겐타로 씨의 아내예요, 라고 말한 게 어느 타이밍이었더라?

"······어디 있었어?" 나지막한 탁자 맞은편에 있는 데루 씨에게 남편이 물었어.

나는 그 옆에 얌전히 앉아서 데루 씨를 관찰했지. 활짝 열어놓은 다다미방 침대에 있는 어머님의 모습을 살펴보면서.

"나도 잘 몰라. 하얀 산 같은 곳에서 살았어. 풀도, 나무도, 흙도, 바위도 전부 하얬지. 하늘은 어두웠고."

너무나 태연히 말해서 나도 남편도 아무 말 할 수 없더라고.

"다양한 생물이 있었어. 파란 진흙 덩어리 같은 것, 눈알처럼 생긴 포도, 검은 마네킹들, 빨간 이불 같은 것······."

데루 씨는 아득한 눈길로 연신 잠꼬대 같은 소리를 늘어놓았지. 그 얘기를 들으면서 얼마나 무서웠는지 몰라. 위험한 사람을 집 안에 들였다, 경찰에 신고하는 편이 좋지 않을까, 빨리 연행해 가라고 해야겠다는 생각이 들더라고.

"형아, 아니, 형." 남편이 가까스로 입을 열고 물었어. "그런 곳에 있다가 어떻게 돌아왔어?"

"그냥 마구 달렸더니 강이 나오더라고." 데루 씨는 고개를 갸웃거리더니 불안한 얼굴로 웃으면서 말했어. "미안해, 너무 늦게 돌아왔지?"

대답이 되지 않는다는 건 본인도 알았겠지. 그런데 그 얼굴을 보고 있었더니 왠지 무섭다는 마음이 사라지더라고. 본인도 당황하고 있다, 우리와 똑같이 난감해하고 있다는 걸 알았거든.

침대에 누워 있다……라기보다 달라붙어 있는 어머님을 보고 데루 씨는 굉장히 슬픈 표정을 지었고.

그 이후, 데루 씨와 오랫동안 이야기를 나누었어. 나와 남편이 이런저런 질문을 했지. 제일 마음에 걸린 건 정말로 30년 가까이 하얀 산에 있었느냐는 거였어. 그런 황당한 말은 믿을 수 없다, 혹시 병에 걸려서 기억에 장애가 생긴 게 아닐까, 일단 확인해야 한다, 라고 나와 남편의 의견이 일치했지. 지금은 잠시 정상인 것처럼 말하지만 요컨대 "형의 머리가 이상해진 게 아닐까?"라고 말이야.

스마트폰을 보여줬더니 고개를 갸웃거리더라고. 휴대폰이라고 설명해도 "휴대?"라고 하면서. 하긴 휴대폰이 보급된 건 데루 씨가 사라진 뒤 10년쯤 후였으니까 어쩔 수 없겠지. 얇은 벽걸이 TV도, 노트북 컴퓨터도, 냉장고의 냉동실이 냉장실 밑에 있는 걸 보고도 깜짝 놀라더라고. 기억나? 옛날에는 냉동실이 위에 있었잖아. 초등학교에서 배운 기억이 있는데, 냉장고는 차가운 공기가 내려오는 걸 이용해 전체를 차갑게 만들기 때문에, 냉동실은 반드시 위에 있어야 한댔거든. 그런데 그게 어느새 바뀌었잖아?

세상이 어떻게 돌아가는지도 전혀 모르더라. 정치와 경제는 물론이고 연예계 소식도 몰랐어. 마침 아무로 나미에*가 은퇴한다

* 한 시대를 풍미한 일본의 가수.

고 발표한 시기였지만, 애초에 아무로 나미에가 누군지도 모를
정도였지.

점심시간이 지날 때까지 이야기해서 알아낸 건 세 가지였어.
데루 씨는 정말로 지난 30년간 일어난 일들을 모른다, 평범하게
대화하거나 생각하는 건 할 수 있다, 이상한 사상이나 가치관은
가지고 있지 않다.

느지막이 점심 식사를 차려줬더니, 음식을 보고 깜짝 놀라더라
고. 일본식 파스타에 넣은 새송이버섯과, 채소 간장 무침에 넣은
완두가 뭔지 모른대. 저녁 식사 때 내놓은 아보카도 샐러드를 보
고도 눈을 희번덕거리지 뭐야? 유자후추도, 고추기름도 마찬가지
였고. 모두 30년 전 식탁에는 없었구나, 하고 새삼 깨달았지. 뭐
전부 맛있다면서 잘 먹어주고, 남편보다 반응이 좋아서 기쁘긴
했지만.

수상하다곤 생각했어. 세상과 격리되어 있었던 게 사실이란 걸
알아도, 감쪽같이 사라졌다가 다시 나타난 걸 순순히 받아들일
수는 없었으니까. 하지만 부정할 수도 없었어. 내 눈앞에서 남편
과 똑같이 생긴 사람이 "잘은 모르지만" 하고 난감해하면서 말하
는데 어떻게 모른 척하겠어? "정말이야, 매운 것 같으면서도 맵진
않지만 그래도 조금 매워"라고 기쁜 듯이 말하면서 밥에 고추기
름을 뿌려서 먹는 사람을 말이야.

"형, 이제 어떡할 거야?" 저녁때였던가, 어머님의 기저귀를 갈
아준 뒤에 남편이 물었어.

"뭐를?" 데루 씨는 낮은 탁자 앞에 앉아 생글생글 웃으면서 되
물었지.

"생활 말이야. 일을 해야 하잖아."

"꼭 일을 해야 해?"

"뭐?"

"넌 일을 안 하잖아? 돈을 버는 건 제수씨 같고. 나머지는 연금으로 생활해?"

눈 깜짝할 사이에 남편의 얼굴이 새빨개지고 이마에서 핏줄이 불거졌지.

"왜 그래? 내가 이상한 말이라도 했어?" 데루 씨는 의아한 얼굴로 남편을 똑바로 쳐다보며 말했어. "넌 되고 난 안 돼?"

"……더는 아내가 힘들어서 안 돼."

"뭐? 그럼 지금 아슬아슬한 상태야? 그렇게까지 제수씨가 힘든데, 넌 왜 일을 안 했어?"

남편은 마침내 말문이 막혔지.

다음 순간, 남편이 폭발하지 않을까 해서 나는 숨을 죽이고 상황을 지켜봤어. 어머님도 몸을 웅크리고 있었고.

"할 수 없지 뭐. 근데 난 운전면허도 없고 초등학교도 안 나왔잖아. 최종 학력은 유치원 졸업이고……." 동생의 분노를 눈치채지 못했는지, 데루 씨는 장난처럼 가볍게 말하더라고. "난 오늘부터 겐타로가 되겠어."

다음 날 데루 씨는 이력서를 쓰더니, 그다음 날 아르바이트 자리를 구해왔어. 옆 마을의 역 앞에 있는 테이크아웃 초밥 가게였지. 가게 앞에 붙어 있는 구인 광고를 보고 들어가 일하고 싶다고 했더니, 곧바로 면접을 보고 채용해주었대. 이력서 쓰는 방법과 면접 절차 같은 건 전부 인터넷에서 조사했다더라고. 내가 컴퓨터를 조금 가르쳐줬더니 금방 사용할 수 있게 됐거든.

물론 이력서의 경력은 전부 남편인 겐타로 거였어. 사칭이란 건 알고 있지만 조금이라도 돈이 들어왔으면 해서 나도 남편도 아무 말 하지 않았지. 운전면허만은 없는 걸로 하자, 사람의 생명과 관계있는 거니까, 라고 해서 없는 걸로 했고.

이상하다…… 물론 그런 건 알고 있었어. 데루 씨를 일하게 하기 전에 해야 할 일이 많이 있다는 것도 알고 있었고. 하지만.

나와 남편은 어느새 데루 씨가 저녁 시간 때 가져오는 팔다 남은 초밥을 즐겁게 기다리게 됐어. 맛도 있고 돈도 절약할 수 있으니까. 저녁 식사를 준비하지 않아도 돼서 나도 조금 편해졌고. 이런저런 이유를 붙여서 이상한 상황을 정당화했지. 데루 씨가 돌아오기 전이 정상이었던 것도 아니었고 말이야.

옷은 일단 남편 옷을, 방은 계속 그대로 놔두었던 데루 씨 방을 사용하게 했어. 어렸을 때 쓰던 작은 책상은 애교라고나 할까? 그걸 보고 데루 씨도 웃더라고. 스마트폰은 남편 명의로 샀는데, 이것도 금방 사용할 수 있게 됐고.

무엇보다 고마웠던 건 어머님의 간병을 도와주었다는 거야. 어머님도 처음엔 당황했지만 금방 익숙해하시더라고. 뭐 남편이나 젊은 시절의 아버님으로 착각하기는 했지만, 다행히 순순히 간병을 받게 됐어. 덕분에 저녁때 일단 집에 왔다가 다시 회사에 가지 않아도 됐고, 잠도 푹 잘 수 있게 됐지. 그때는 이제 살았다, 덕분에 숨통이 트였다, 하고 기뻐했지만.

그날 아침엔 데루 씨와 같이 집을 나왔어.

버스 정류장까지 가는 길에 데루 씨가 이렇게 말하더라고. "왜 좀 더 일찍 돌아오지 않았을까요? 왜 어머니와 제대로 대화할 수 있을 때, 아버지를 만날 수 있을 때 돌아오지 않았을까요?"

입가에는 미소가 감돌았지만 눈은 몹시 슬퍼 보였지. 더구나 뭐라고 말하면 좋을까…… 어린애의 모습이 보인 것 같았어. 마흔을 코앞에 둔 남자의 껍데기 안에서, 아홉 살배기 소년이 울고 있다, 죽을힘을 다해 그런 모습이 나오지 않도록 하고 있다…… 그런 식으로 보였지.

그 모습을 보자 나까지 슬퍼지더라고. 100퍼센트 공감할 수는 없지만 구멍이 뚫린 것 같고, 뒤처진 듯한 마음은 상상할 수 있었으니까.

다음 순간, 나도 모르게 데루 씨 손을 잡았어. 버스 정류장에 도착해 버스가 올 때까지 계속. 데루 씨는 처음에 놀란 표정을 지었지만, 내가 잡은 손을 다시 살며시 잡아주더라고.

데루 씨가 있는 생활이 당연해지고, 그 상태로 새해를 맞이했어. 다 같이 〈홍백가합전〉*을 보고, 〈가는 해 오는 해〉**를 보았지. 어머님도 "밤새 안 잘 수 있다!"라며 좋아했어, 떡 먹고 싶다고 떼쓰는 걸 데루 씨가 달래야 할 정도로.

2월에 접어들어 원고 마감이 끝난 뒤, 대휴를 얻은 평일이었어.

저녁에 아르바이트를 마친 데루 씨가 집에 오자마자 심각한 얼굴로 말하더라. "가게에서 정직원이 되라고 하는데……."

점장과 본사의 높은 분에게 업무 능력을 인정받았나 봐. 데루 씨가 일하고 나서 매출이 눈에 띄게 좋아졌다더라고.

"겐타로 씨에게 아르바이트 비용밖에 주지 않는 건 굉장한 실례야."

---

* 매년 12월 31일에 하는 일본 최고의 음악 프로그램.
** 12월 31일부터 1월 1일까지 하는 연말 실황 중계 프로그램.

점장은 그렇게까지 말했다지 뭐야? 좋은 상사지? 데루 씨가 얼마나 성실하게 일했길래 그럴까? 어쨌든 얼마나 기뻤는지 몰라. 어머님은 의미를 아는지 모르는지 손뼉을 치며 웃었지.

"괜찮을까? 자신이 없어."

우리는 당황해하는 데루 씨를 격려하고 조촐하게나마 축배도 들었어. 저녁 식사를 거하게 먹고, 남편의 건배사에 따라서 발포주로 건배도 했고.

"이제는 고추냉이도 자소엽도 먹을 수 있게 되었지만 술은 아직도……." 데루 씨는 스프라이트를 마시며 웃으면서 말했지만.

이게 그때의 사진이야. 어머님을 둘러싸고 스마트폰으로 찍었지. 여기에 상큼하게 웃는 사람이 데루 씨고, 캔맥주를 들고 무표정하게 쳐다보고 있는 사람이 남편이야. 어때? 완전 붕어빵이지? 액정 화면에 금이 가서 잘 안 보이려나? 아, 나도 이때는 웃고 있었네.

행복했으니까. 이상한 와중에도, 바쁜 와중에도 행복했어.

내 안에서는 말이야.

그런데 2월 말쯤이었나, 아침에 일어났는데 데루 씨가 보이지 않지 뭐야?

남편과 둘이 여기저기 찾아봤지만 어디에서도 보이지 않더라고. 경찰에는 찾아달라고 할 수 없었고, 동네 사람한테도 물을 수 없었어. 어머님은 당연히 아무것도 모르고. 초밥 가게에 전화해서 물어봤더니 오히려 깜짝 놀라더라고.

"겐타로 씨라면 어제 일이 끝나고 평소처럼 집에 갔어요. 이상한 점은 조금도 없었고요."

데루 씨는 돌아왔을 때처럼 갑자기 사라졌지. 사람이 없어지면 보통은 사고나 사건에 휘말렸다고 생각하게 마련인데, 난 있을 수 없는 일을 상상하고 말았어.

또 신께서 데려가신 게 아닐까…… 하고.

갑자기 데려갔다가 갑자기 돌려보냈으니까 또 갑자기 데려갔을지도 모른다고. 어떤 신인지 모르지만 정말 변덕이 심하군, 이쪽 사정은 무시하는 건가, 사람의 마음은 어떻게 되어도 상관없는 건가. 거기까지 생각한 순간, 가슴이 조여들어서 숨을 쉴 수 없더라고. 침실에서 혼자 훌쩍훌쩍 울고 있었더니 목욕을 하고 나온 남편이 위로해주더라. "그런 게 신일지도 몰라, 아니, 어쩌면 귀신일지도 모르지"라면서.

"무슨 말이야?"

"옛날이야기지만." 남편은 멍한 얼굴로 운을 떼고 말을 이었어. "초등학교 사회 책 'T시의 생활'이란 곳에 오이노코 산에 관해서 실려 있었는데, 수업 시간에 선생님이 나에게 읽으라고 하더라고. 3학년 새 학기, 그러니까 형이 사라지기 한 달 전에 말이야. 오이노코 산이란 이름의 유래는 여러 가지 설이 있는데 '오니노코(鬼の子)'*에서 왔다고 되어 있더군."

"귀신의 아이?"

"선생님은 도롱이벌레를 가리킨다고 말했어. 『마쿠라노소시』**에 이렇게 쓰여 있대, 도롱이벌레는 귀신이 낳아서 버린 귀신의 아이라고. 다시 말해 도롱이벌레가 굉장히 많이 있던 산에, 학식이 높은 자가 고전을 이용해 이름을 붙인 거라고."

---

* '귀신의 아이'라는 뜻.

** 11세기 초, 궁녀인 세이 쇼나곤이 지은 일본 수필문학의 효시.

하지만 그 산에는 정말로 귀신이 있을지도 몰라, 라고 남편은 조용히 덧붙였지. 귀신이 아이를 버리고 돌아가기 위한 출입구가 있을지도 모른다. 그 행렬은 아이를 버리고 돌아가는 길에 형을 발견해서 대신 데려간 게 아닐까? 그런데 최근에 깜빡하고 손을 놓는 바람에 다시…….

농담이라고도 진담이라고도 할 수 없는 말투였지. 멍하니 벽을 바라본 채 입도 반쯤 벌리고 있었고. 그런 모습이 무섭기도 하고 가엾기도 해서, 남편도 혼란스러운 거라고 이해했어. 신이 데려갔다고 생각한 것도, 학교에서 그런 이야기를 들은 탓이라고 받아들이기로 했고.

예전 생활로 돌아간 지 사흘 후. 즉, 데루 씨가 사라지고 일주일이 지났을 때였어. 어머님이 부루퉁한 얼굴로 저녁 식사를 하지 않아서 난감해하고 있을 때, 밖에서 초인종이 울렸지. 빨래를 하던 남편에게 부탁해 나가달라고 했는데, 잠시 후에 현관 쪽에서 쿵 하는 소리가 나더라고.

남편이 엉덩방아를 찧은 소리였어. 남편은 복도에서 "아아아"라고 기이한 소리를 내며 문 쪽을 쳐다보고 있었지. 현관을 본 순간, 내 입에서도 "앗!" 하는 소리가 새어나왔어.

데루 씨가 서 있더라고.

맨발에 잠옷 차림으로, 사라지기 전에 마지막으로 봤을 때와 똑같은 모습이었어.

"미안해, 이번에는 일찍 돌아왔어."

데루 씨는 멋쩍은 얼굴로 말했지. 목소리도 치열도, 턱 끝을 긁적이는 동작도 모두 남편과 판박이인 모습으로 말이야.

어머님은 뛸 듯이 기뻐했지만 남편은 털썩 주저앉은 채 한동안 일어서지 못했지. 얼굴에는 식은땀이 송골송골 맺히고, 온몸은 바들바들 떨더라고. 내가 다시 일하러 간 뒤에 '오늘은 데리러 갈 수 없을 것 같아, 미안해'라고 연락이 왔을 정도였어. 그런데 일을 마치고 집에 왔더니 잠을 자지 않고 깨어 있더군. 이불 속에서 눈을 뜬 채 계속 데루 씨의 방을 쳐다보면서.

……노자키.

음료 같은 거, 또 주문하는 편이 좋지 않을까? 저기 봐, 저기 주의사항에 '식사 손님 우선'이라고…… 뭐?

그래, 나 지금 떨고 있어. 말하면 안 될 것 같은 생각이 들어서 말이야. 말이든 글이든 남에게 전하면 모든 게 무너질 것 같아. 뭔가가 굳어지고 정해지는 대신에, 다른 뭔가가 무너져서 없어질 것 같은 그런 감각이랄까? 내가 지금 무슨 말을 하는지 모르겠지?

아니야, 끝까지 말할게. 그러기 위해서 왔으니까.

데루 씨는 다음 날부터 직장에 복귀했어. 직장에선 특별히 화도 내지 않고 오히려 걱정했던 모양이야. 친구에게 급한 사고가 있었다는 식으로 적당히 얼버무렸다고 하더라고. 화내지도, 수상히 여기지도 않았던 걸 보면 그만큼 신뢰했다는 증거겠지.

나는 물론 일주일간 어디에 있었는지 물어봤어.

그런데 그게 말이야.

"하얀 산 뒤쪽에 있는 굉장히 검고 높은 산에 있었어요. 풀도 나무도 흙도 전부 검은 곳이죠." 데루 씨는 머리를 갸웃거리면서 말했어.

그곳에 있는 걸 깨닫고 곧바로 산을 내려오려고 했는데, 아무리 내려와도 평지가 나오지 않았대. 다시 말해, 하산하는데 꼬박 일주일이 걸렸다는 거야. 그런 다음에 정신이 들었더니 오이노코 산의 강에 있었다고 하더라고. 물론 믿을지 말지 둘 중 하나를 선택해야 한다면 믿을 수 없어. 근데 밥도 못 먹었다고 하니까…….그래, 난 역시 그때 좀 이상했어. 그럴 수도 있겠다고 생각했으니까. 하얀 산에선 30년이나 있었지만 검은 산에선 일주일 만에 왔다…… 그럴 수도 있겠군, 하고 말이야.

그 이후, 표현은 좀 이상하지만 우리 집은 데루 씨가 있을 때의 상황으로 돌아갔어. 정직원으로서 풀타임으로 근무해도 저녁때는 일이 끝나니까, 데루 씨와 나는 어머님의 간병과 집안일을 분담했지. 남편은 가끔 면접 보러 가서는 떨어지곤 했지만 나는 재촉하지 않았어. 물론 힘들기는 했지만 경제적으로도, 정신적으로도 여유가 생긴 건 사실이야. 어머님도 많이 안정되어서 제정신으로 돌아오는 시간이 늘었고. 질문을 하면 나이에 맞게 평범하게 대답하곤 했지. 데루 씨를 "겐타로"라고 부르고, 남편에게는 반대로 "누구야?"라고 묻게 되었지만. 물론 남편은 큰 충격을 받은 것 같았어. 하지만 나도 데루 씨도 사소한 거라고 생각해서 크게 신경 쓰지 않았지.

모든 게 조금씩 좋은 쪽으로 나아갔어.

결정적으로 한 가지 이상한 점만 빼고는 모두 좋아졌지. 그렇게 생각할 즈음에 또 데루 씨가 사라졌어. 바로 지난달의 일이야. 이번에는 밤 9시에 집에 왔더니 데루 씨의 모습이 보이지 않더라고. 남편은 창백한 얼굴로 "밥 먹고 밖에 나가더니, 그걸로 끝이었어"라고 하더군. 어디에 가는지는 말하지 않았대.

오이노코 산으로 찾으러 가려고 했더니, 남편이 필사적으로 말렸어. "거긴 너무 위험해", "거긴 이 세상의 이치가 통하지 않는 것 같아", "적어도 지금 이 시간은 아니야"라고 하면서.

남편 말이 맞는 것 같아서 그날은 뜬눈으로 밤을 새우고, 다음 날 아침 남편과 같이 산에 가서 강까지, 데루 씨가 처음에 사라진 곳까지 샅샅이 찾아보았지만 그럴 만한 흔적은 보이지 않았어. 발자국이나 옷이나 소지품이나, 그 어느 것도.

남편은 강가에 있는 평평한 모래밭에 웅크리고 앉아 머리를 감싸 안았지. "도대체 어떻게 된 거야……."

나도 힘들어서 근처에 있는 바위에 걸터앉았어. 산속에서 데루 씨를 찾느라 녹초가 됐거든.

그로부터 일주일 후.

응, 그래.

데루 씨가 또 돌아왔어.

이번에는 아침이야.

출근하기 위해 엘리베이터를 기다리고 있었더니, 데루 씨가 밑에서 올라온 엘리베이터에 타고 있더라고. 작은 유리문 너머로 눈이 마주쳤지. 나는 입을 틀어막고, 데루 씨는 가볍게 어깨를 들썩였어.

엘리베이터 문이 열리고 데루 씨가 나오더라고. 평상복에 운동화 차림이었는데, 전부 본인이 샀던 것이었어.

"정말 미안해요. 또 검은 산에 있었어요." 데루 씨는 턱을 긁적이며 말했지.

무슨 말인지 이해할 수는 없었지만 어쨌든 이유는 일관되잖아? 당황스럽긴 했지만 '그런가?'라는 생각도 들었어. 어쨌든 마음도 진정되고 출근 시간도 약간 빨라서, 일단 데루 씨랑 같이 집으로 들어갔지.

마침 남편이 일어났을 때였어. 방에서 나온 남편과 마주쳤는데, 내 뒤쪽에 있는 데루 씨를 발견한 순간…….

남편은 목이 터져라 비명을 질렀어. 꺄아아아, 하고 여자처럼 말이야. 그 자리에 주저앉더니 기어가듯 거실로 도망치더라고. 어머님이 큰 소리를 듣고 일어나서 뭐라고 말을 했지만 나는 남편의 얼굴에서 눈을 뗄 수 없었어.

남편은 순식간에 땀투성이가 되더니, 당장이라도 눈물을 흘릴 듯한 표정을 지었거든. 과호흡 상태가 되기 직전이라고나 할까. 히익히익, 하고 큰 소리로 거칠게 숨을 쉬며 계속 데루 씨를 쳐다보더라고.

"겐타로, 왜 그래?"

데루 씨는 눈을 크게 뜨고 물었지만 남편은 대답하지 않았어.

그날 밤의 일이야.

데루 씨와 어머님이 잠들고 나서 나는 남편에게 물었어. 왜 그래, 무슨 일이야, 왜 그렇게 겁을 먹은 거야, 라고.

물론 나도 알고 있어. 사라지는 것도 이상하고 돌아오는 것도 이상해. 하지만 데루 씨는 모습도 태도도 아무렇지 않으니까, 놀랍기는 하지만 겁을 먹을 필요까진 없잖아?

하지만 남편은 달랐어. 다시 돌아온 데루 씨를 보고 이해가 되지 않을 만큼 벌벌 떨더라고.

남편은 한동안 아무 말도 하지 않고 조용히 나를 노려보았어. 그러더니 이윽고 포기했는지 이불 속에서 나와 책상다리를 하고 앉아서는 말하더군.

"죽였어."

"뭐?"

"내가 형을 죽였어. 첫 번째는 한밤중에 데리고 나가서. 두 번째는 저녁 식사 후에. 오이노코 산 강가로 데려가서 뒤에서 삽을 내리쳤지. 그런 다음엔 목을 졸라서 숨 쉬지 않는 것까지 확인했어. 시체는 모래밭에 묻었고."

나는 한 손으로 입을 틀어막은 채, 알전구 밑에 있는 남편의 무표정한 얼굴을 말없이 쳐다보았어.

"그런데⋯⋯ 돌아왔어. 두 번 모두." 남편은 머리를 감싸고 벌벌 떨면서 말했어.

무슨 말인지 조금씩 이해가 되고 의미를 깨달은 순간, 나는 소스라치게 놀라서 남편으로부터 떨어졌지. 앉은 채 뒤로 물러나서 벽에 딱 달라붙었어. 방에서 나가고 싶었지만 그러면 소리가 나서 어머님과 데루 씨가 깰 것 같아 죽을힘을 다해 참으면서.

너무 무서워서 이가 딱딱 부딪친다는 건 그런 때 하는 말이겠지. 무슨 말을 하려고 해도, 뭐라고 물으려고 해도 따닥따닥 이가 부딪칠 뿐 말이 나오지 않았어. 눈앞에 있는 남편은 살인자야. 친형을 죽인 인간이지. 온몸에 소름이 끼치고 얼마나 무서웠는지 몰라. 하지만 그것만이 아니었어.

"저건 인간이 아니야. 형의 모습을 하고 있는 것뿐이라고. 처음에 돌아왔을 때부터 이미 딴 놈이었을지 몰라. 아니, 분명히 그래." 남편은 말을 하면서 어느새 울고 있었어. "30년이나 지났는데 평범하게 돌아올 리 없잖아? 그렇게 쉽게 세상에 적응할 리 없잖아? 저건 귀신의 아이야. 귀신이 버린 아이가 형으로 둔갑해서 이 집으로 들어오려는 거야."

난 그 말을 부정했어. "그렇지 않아!"

귀신의 아이는 도롱이벌레잖아? 겐타로 씨는 귀신과 아무 관계도 없고, 애초에 이 세상에 귀신이 어디 있어? ……그런 이야기도 했어. 남편은 고개를 가로저을 뿐, 아무 대답도 하지 않았지만.

말을 하는 사이에 겨우 의문이 솟구쳤어. 가장 중요한 걸 묻지 않았다는 사실을 깨달았지.

"왜 죽였어?"

남편은 어린애처럼 몇 번이나 코를 훌쩍이면서 말했어. "빼앗길 것 같았어. 놈은 나와 교대로 이 집에서 살 생각이야. 실제로 놈은 내 이름으로 일을 하고 있잖아? 엄마도 놈을 나라고 생각하고, 어떤 의미에선 이미 나로 살고 있고……."

"그만해." 나는 속삭이는 소리로 남편의 말을 가로막았어.

그때 처음으로 나도 울고 있다는 걸 깨달았지. 언제부터 울고 있었는지는 기억나지 않지만.

"지금 제정신이야?"

그렇게 물은 순간, 더욱 슬퍼지고 한심해지더라고. 남편과의 거리가 아득히 멀게 느껴졌지. 고작해야 2미터밖에 떨어지지 않았는데.

일을 하지 않은 건 물론이고 어머님 간병도 나한테만 맡기고, 그런 주제에 자존심만 강해서 자기 자리가 없어질까 봐 형을 죽인 남자. 형이 없어져서 이런 꼴을 당했다고 피해자인 척하는 주제에, 막상 형이 돌아오니까 방해꾼 취급을 하며 죽이다니. 그것도 두 번씩이나. 정말 어이가 없지 않아? 미치지 않고서야 어떻게 그럴 수가 있지? 내가 지금까지 이렇게 한심하기 짝이 없고, 머리의 나사가 풀린 인간과 같이 산 거야? 그렇게 생각하니 괴로워서 견딜 수 없더라고.

"……뭘 보고 있어?" 별안간 남편이 위협하듯 말했어. "너, 저걸로 갈아탔지?"

나한테 가까이 다가오면서, 모든 걸 알았다는 목소리로 말하더라고.

어둠 속에서 눈만 번들번들 빛나고, 얼굴엔 아무 표정이 없었지. 심장이 으깨진 듯한 느낌이 들어서 무서웠지만 도망칠 순 없었어. 소리도 낼 수 없었고. 쓸데없는 행동을 하면 그 자리에서 죽임을 당할 것 같았으니까.

남편이 내 귓가에서 속삭였어. "저놈이 더 장래성이 있으니까. 인간이 아니라도 나보다 더 쓸모가 있으니까 말이야."

토해내는 숨결이 역겨웠고 온몸에 소름이 돋았어. 벌벌 떨면서 가까스로 고개를 좌우로 흔들어서 내 뜻을 전했지. 몇 번이고, 몇 번이고.

그랬더니 훗, 하고 웃으면서 남편의 표정이 풀어지더라.

다행이다……. 무심코 마음을 놓은 순간 목을 잡혔어.

꽉 조이지는 않았는데 숨이 막혔지. 정말로 죽을지도 모른다고 생각하니 눈물이 멈추지 않았어. 말하고 소리치려고 했지만 목구멍에서 소리도 나오지 않더라고.

"내가 시키는 대로 할 거야?"

나는 고개를 끄덕였어. "으응" 하고 몇 번이나 대답했지.

그랬더니 그 사람이 이렇게 말했어. "그럼 이번엔 도와줘."

우리 둘은 미리 준비한 뒤, 일요일 저녁에 마트에 가자고 하면서 데루 씨를 차에 태웠어. 집에서 나오기 직전에 수면제가 든 차를 먹였더니, 데루 씨는 5분 만에 푹 잠들더라고. 우린 그대로 오이노코 산으로 갔어. 차로 갈 수 있는 곳까지 가서 짐승 길을 지나 인적이 없는 곳으로 데루 씨를 옮겼지.

남편은 공포에 질린 얼굴로 벌벌 떨었어. 데루 씨를 운반할 수는 있어도 자를 수는 없다고 하면서. 뭐가 나올지 모른다고 하면서. 하지만 방법은 가르쳐주겠다면서 이것저것 지시를 하더라고. 나는 남편이 시키는 대로 했어.

뭘 했느냐고?

식칼로 목을 잘라서 땅에 묻었어.

몸통은 조금 떨어진 곳에 묻었고.

그러면 이제 다시는 돌아오지 못할 거라고 남편이 그랬거든.

강물을 길어와 부지런히 흘려보내서 그런지 냄새도 별로 나지 않더라고. 자르는 도중에 "끄으으" 하고 목에서 한 번 소리가 났을 때는 나도 남편도 기겁하며 근처에 있는 나무 뒤에 숨었지. 그건 무슨 소리였을까? 아마 공기가 가슴이나 목으로 이상하게 흘러 들어간 탓이 아니었을까?

우리는 누구에게도 들키지 않고 집으로 돌아왔어. 어머님은 아무것도 눈치채지 못했고.

그게 그저께 일이었어.

그때부터 한숨도 자지 않았어. 아니, 잘 수 없었지. 직장에도 갈 수 있는 상태가 아니라서 쉬고 있어. 왜 그렇게 정해져 있을까? 일주일이 지나서 돌아올지도 모른다고 생각하면 마음에 걸리잖아.

지난번과 똑같은 데루 씨가 돌아올까? 아니면 이번에는 다른 데루 씨가 돌아올까? 그건 모르지만 만약 돌아오면 어떻게 할까? 상상만 해도 인터폰 소리가 들려. 노크 소리도 들리고. 집에 있어도 밖에 있어도. 신칸센을 타고 여기에 오는 동안에도 계속 그 생각만 했어.

있잖아, 노자키.

나랑 같이 우리 집에 가지 않을래? 넌 이런 걸 좋아하니까 이 것저것 조언도 해주고 알아서 처리해줄 거잖아? 나랑 같이 우리 집에 가자. 신칸센 승차권과 특급권은 미리 예매해놨어.

부탁해.

나를 도와줄 사람은 이제 너밖에 없어.

남편도 어느새 어딘가로 사라졌지 뭐야? 어떻게 된 걸까?

내 말을 못 믿겠어? 하긴 그렇겠지.

이걸 보면 믿어줄래? 위험하니까 조금 떨어져.

그래, 식칼이야.

식칼에 묻은 갈색은 데루 씨의 피고.

노자키, 이제 내 말 믿겠지?

나랑 같이 우리 집에 가자.

산속에서 남성의 토막 사체 발견, 아내 체포

효고 현 T경찰서는 27일, 이번 달 10일에 효고 현 T시 오 이노코 산에서 발견된 남성의 머리와 몸통이 T시에 사는 고 하시 겐타로 씨(38)로 밝혀졌고, 남편을 살해한 혐의로 아 내인 기요코(35)를 체포했다고 발표했다. 시신은 현저하게 손상되어서 치형 등으로 누군지 특정하긴 어려운 상태였지 만, DNA 감정 결과 겐타로 씨라고 밝혀졌다. 겐타로 씨가 근무했던 음식점 점장의 말에 따르면 겐타로 씨는 성실하 고 친절했으며 아내인 기요코 용의자를 따뜻하게 위로하는 등 "살해한 이유는 짐작이 되지 않는다"고 했다. 한편 동거 중인 겐타로 씨의 어머니는 치매 때문에 2년 전부터 누워만 있어서, 경찰에서는 용의자가 간병 스트레스로 인해 범행을 저지른 것으로 보고 수사를 진행하고 있다. 이에 대해 용의자는 "시신의 정체는 남편이 아니라 시아주버니이자 둔갑한 귀신의 아이다", "남편이 시켜서 어쩔 수 없이 죽였다"라고 이해할 수 없는 진술을 하고 있어서, T경찰서에서는 자세한 사정을 조사함과 동시에 주변의 탐문 수사도 진행하고 있다.

겐타로 씨의 형인 데루 씨는 1989년 5월 오이노코 산에서 누군가에게 납치된 뒤, 아직까지 행방이 묘연한 상태다.

《마이아사 신문》 2018년 9월 27일 석간, 간사이 지역판

빨간 학생복의
소녀

*

　넓은 새 엘리베이터를 혼자 타고 위로 올라갔다. 문의 반대편
에 붙어 있는 큼지막한 거울을 바라보았다.

　거울 속에 내가 비치고 있다. 석 달 전에 서른 살이 되었지만,
갑자기 꽉 늙은 것 같다. 볼살이 늘어지고, 지저분한 수염에 하얀
털이 섞여 있다. 의식을 되찾았을 때는 거의 빡빡이였던 머리가
지금은 1센티미터가 조금 넘게 자랐다.

　안색은 몹시 나쁘다.

　환자복은 연두색과 옅은 오렌지색의 체크무늬다.

　오른 손가락과, 왼손의 팔꿈치부터 위쪽에 붕대가 감겨 있었
다. 양쪽 모두 감각은 거의 없다. 오른발에 이르러서는 움직일 수
도 없다. 목발을 이용해 간신히 이동할 수 있지만 제대로 걷는 건
불가능하다.

하지만 가야 한다.

가서 만나야 한다.

그녀를. 홀로 외로움에 떨고 있는 그녀를.

이제 거의 다 왔다. 나는 목발로 자세를 잡으면서 몸을 180도 회전시켰다.

"7층입니다."

문이 열렸다.

무기질적인 복도는 캄캄하고 아무도 없다. 한밤중이니까 당연하다. 7층에는 카페테라스 선샤인이라는 식당이 있지만 이 시간에는 영업을 하지 않는다. 원래대로라면 문도 잠겨 있고, 애초에 엘리베이터도 멈추지 않는다.

하지만 지금은 다르다. 지금의 나는 다르다. 간호사에게도 들키지 않고 병실을 빠져나와, 복도를 걸어 엘리베이터를 타고 7층에 갈 수 있다. 식당에도 들어갈 수 있다.

이유는 단 하나. 그녀에게 보였기 때문이다.

지금까지 같이 입원해 있었던 사람들과 마찬가지로.

나는 엘리베이터에서 내렸다.

1

입원한 지 20일이 지난 모양이다.

실감이 나지 않는다. 느낌으로는 절반도 되지 않은 것 같다. 최초의 열흘은 의식을 잃었던 탓이다.

평일 저녁. 영업용 회사 차로 고속도로의 아랫길을 달리고 있을 때, 돌연 앞차가 납작하게 찌부러졌다. 황급히 급브레이크를 밟았다. 다행히 추돌은 피할 수 있었지만, 무언가 떨어진 모양이다. 타이어다, 아니 차다, 그리고 오토바이도, 사람도 떨어졌다. 위험하다…….

그곳에서 의식이 끊기고, 눈을 떴더니 병원 침대였다. 머리에 머리칼이 사라지고 꿰맨 자국이 생겼다. 머리를 세게 부딪히는 바람에 뇌 안에 출혈이 생겨서 머리를 열고 수술했다, 라고 나중에 의사에게 들었다. 바로 위의 고속도로에서 대규모 연쇄 추돌 사고가 발생했고, 나는 영업용 회사 차를 탄 채 위에서 떨어진 왜건 밑에 깔렸다고 한다.

머리 말고 크게 다친 곳은 없다. 뼈도 부러지지 않았고 장기도 멀쩡하다. 몸의 여기저기에 가벼운 타박상과 찰과상뿐이다. 기적이라고 할 수 있었다. 하지만 뇌는 큰 손상을 입었는지, 처음 눈을 떴을 때는 계속 눈앞이 핑핑 돌고 말도 제대로 할 수 없었다. 그리고 아직도 입원해서 매일 재활 치료를 받고 있다.

도쿄 도 히가시무라야마 시에 있는 미쓰카도 학원 대학병원, 나름대로 역사는 있지만 최근에 다시 리모델링해서 시설도 인테리어도 새것이다.

내가 입원한 곳은 외과 입원병동 3층에 있는 4인 병실인 307호. 배당된 침대는 병실의 오른쪽 창가에 있는 D다. 번호로 불린다면 나는 입원 환자 307D가 된다.

지금은 현기증도 없어서 문제없이 대화 할 수 있다. 하지만 가끔 손발이 저리고, 가벼운 기억상실증도 있다. 어제 재활 치료를 받을 때는 아침 식사 메뉴가 도통 기억나지 않았다. 퇴원은 아직

할 수 없다고 했다.

조바심은 싹트지 않았다. 계속 이대로 있어도 상관없다는 생각 조차 들었다. 어차피 내가 있든 없든…….

"가려운 곳은 없습니까, 후루이치 슌스케 니임?"

애교 섞인 콧소리가 들렸다.

스르륵. 경쾌한 소리와 함께 커튼이 열렸다.

얼굴을 내민 사람은 갈색 머리를 바싹 묶은, 덩치 큰 여성 간호 사였다. 마스크를 써서 눈밖에 보이지 않았고, 그 눈도 짙은 인조 속눈썹에 가려져 있었다. 가슴에 있는 이름표에는 '하마기(히우 라)'라고 쓰여 있었다. 괄호 안에 있는 건 결혼 전의 성인 모양이 다. 옛날 성과 새 성을 같이 쓰는 이유는 모르겠다. 어쩌면 이 병 원에 하마기란 성을 가진 사람이 또 있는 게 아닐까?

하마기 씨는 환하게 웃으며 손을 내밀고, 조금 전과 똑같은 어 투로 말했다. "이다음에 외출이라도 하시나요? 헤어왁스 같은 걸 발라줄까요오?"

오늘은 미용사 성대모사를 하는 모양이다.

"당분간 외출할 예정은 없습니다."

나는 성실하게 대답하면서 조금 전까지 겨드랑이에 채웠던 체 온계와, 오늘 아침, 점심, 저녁의 체온과 배변 시간을 적은 종이를 내밀었다. 뒤쪽의 종이는 매일 이 시간에 오는 간호사에게 제출 하기로 정해져 있었다.

"그럴 수가! 건강해져서 빨리 나가주세요." 하마기 씨는 웃으면 서 말했다.

그녀만의 방식으로 기운을 북돋는 건 이해할 수 있지만, 웃음 으로 대꾸할 마음은 들지 않았다.

그녀가 병실에서 나간 뒤, 나는 최적의 각도로 조정한 침대에 기댔다. 실내에서는 다른 입원 환자의 담소가 들렸다. 이것은 최연장자인 모리 씨의 웃음소리이고, 대화 상대는 최연소자인 간바라 군이다. 미즈시나 씨도 끼기 시작했다. 나도 끼워달라고 할까?

입원 생활은 쾌적했다. 오히려 이곳이 더 편할 정도다. 나 같은 건 아무도 걱정하지 않고 필요로 하지 않는다. 그 증거로 의식을 찾고 나서 지금까지 병문안 오는 사람이 아무도 없다. 의식을 잃어버린 사이에 온 사람도 없다고 한다.

회사 사람도, 아내도, 아들도.

아무도 나를 필요로 하지 않는다면 열심히 재활 훈련을 해서 빨리 나갈 필요도 없으리라.

스마트폰, 태블릿 PC, 휴대폰, 노트북 컴퓨터. 통신용 장치는 사고로 모두 망가졌다. 그것만이 아니다. 누군가에게 연락하고 싶다, 연락해야 한다는 생각까지 없어졌다. 내게 볼일이 있다면, 나를 만나고 싶다면 그쪽에서 올 테니까.

이렇게 생각하는 것도 후유증의 일종일까?

다음 날 아침, 307C 침대에서 모리 씨가 말했다. "오히려 그게 본래의 모습이 아닐까?"

예순여섯 살. 가늘고 긴 얼굴은 눈과 코 이외에 전부 붕대로 가려져 있다. 정년퇴직한 다음 날, 헬스클럽에 화재가 나는 바람에 심각한 화상을 입었다고 한다.

"조종당하고 있는 걸세. 연락할 필요가 있어서 스마트폰을 가지고 있었던 게 아니라, 스마트폰을 가지고 있어서 연락할 필요가 있다고 생각하게 됐다고나 할까?"

"그런가요?"

"통신용 장치를 잃어버려서 끊어질 인간관계라면 처음부터 그 정도였다는 거지."

"그럴지도 모르죠."

그때 부르르 하고 모리 씨의 손에 있는 낡은 휴대폰이 몸을 떨었다.

"이런이런, 마누라야. 잠시 실례하겠네." 그는 싫지 않은 얼굴로 병실에서 나가며 말했다.

항상 있는 일이다. 아침 식사 후, 라운지에서 아내와 통화하는 게 그의 일과다.

창밖에는 비가 내렸다.

비에 젖은 희뿌연 집들을 보고 있자 가슴 안쪽이 따끔거렸다. 조금 전 모리 씨가 한 말이 아직 가슴에 꽂혀 있는 모양이다.

아내의 얼굴, 아들의 얼굴이 머릿속에 떠올랐다. 이름은…….

입에서 이름이 나오지 않는다.

이 상태로 퇴원하는 건 너무나 불안하다. 얼굴을 마주치면 상대에게 상처를 주게 된다. 그렇다. 아직 만날 시기는 아니다. 연락할 단계도 아니다. 지금은 이걸로 좋다.

스스로를 이해시키면서 나는 침대에서 내려왔다. 커튼을 열고 화장실을 가려고 하다가 문득 깨달았다. 307A의 침대가 비어 있었다.

미즈시나 씨가 없어졌다. 같은 시기에 입원한, 나와 나이가 같은 트럭 운전사다. 그의 소지품은 전부 없어지고 시트와 매트리스도 보이지 않았다.

퇴원한 걸까? 그런 것치고는 너무 급하다.

"아아, 미즈시나 씨 말인가? 그러고 보니 말을 안 했군." 모리 씨가 전화를 마치고 돌아와서 말했다. 손에는 휴대폰과 페트병이 들려 있었다. "어젯밤에 죽었네. 자네가 잠든 사이에."

"네?"

"2시쯤 됐을까? 자지 않고 있었는데 스르륵 소리가 나더니, 미즈시나 씨가 갑자기 나가더군. 잠시 지나자 복도에서 타닥타닥 발소리가 들렸다네. 잠시 후, 갑자기 조용해지더니 간호사들이 와서는 이렇게 깨끗하게 정리하더군. 아무래도 이상해서 물어봤는데."

"사…… 원인은요?"

'사인'이라는 단어가 경솔하게 느껴져서 순간적으로 말을 바꾸었다. 미즈시나 씨가 입원한 건 두 다리가 복합 골절됐기 때문인데, 그걸로 죽는다곤 생각하기 힘들다.

"말해주지 않더군." 모리 씨는 턱을 매만지며 말했다.

어떻게 그럴 수가 있지?

뼈가 부러졌을 뿐인데 돌연 사망하다니! 왜 다른 환자에게 사인을 말해주지 않는 건가? 더구나 환자가 사망하자마자 개인 물건을 치워버린다고? 모리 씨도 아무렇지 않은 일로 받아들이고 있다. 이런 일이 익숙한가. 여기에서는 이런 일이 당연한가.

사람의 기척이 완전히 사라진 307A 침대를 바라보면서 나는 인생의 허무함을 느꼈다.

"저기." 307B의 간바라 군이 말을 걸었다.

여드름투성이의 얼굴이 새하얗게 질렸다. 열일곱 살의 축구를 좋아하는 소년이지만 평소의 활기는 손톱만큼도 찾아볼 수 없었다. 미즈시나 씨의 죽음을 알고 동요하는 걸까.

"왜?"

"아니에요, 역시 괜찮아요."

"그렇게 말하면 신경 쓰이잖아."

"그렇지." 내 말에 모리 씨가 맞장구를 쳤다.

간바라 군은 팔에 꽂힌 링거 바늘을 바라보다가 이윽고 작은 목소리로 말했다. "실은 어제 잠들기 전에 미즈시나 씨와 얘기를 나눴거든요. 잠깐이었지만요. 그때 미즈시나 씨께서 이상한 말씀을 하셔서……"

"그랬어?" 나는 눈을 동그랗게 떴다.

"네, 그때는 졸리거나 피곤해서 잘못 말한 건가, 하고 생각했어요. 좀 몽롱한 것 같았거든요. 그런데 지금 생각하니……"

"뭐라고 했는데?"

모리 씨의 질문에 나도 고개를 끄덕이며 재촉했다.

간바라 군은 더욱 목소리를 낮추고 말했다. "……고 올 거야."

"뭐?"

"지금 빨간 학생복의 소녀를 만나고 올 거야……라고 했어요. 분명히 그렇게 말했어요. 식당에서 기다리고 있어, 홀로 외로움에 떨고 있어, 라고요."

모리 씨가 얼굴을 찡그렸다.

그 말을 들은 순간, 나의 머리와 가슴이 동시에 쿡 쑤셨다.

2

이제 슬슬 날짜가 바뀔…… 것이다.

그렇게 짐작은 했지만 시계를 확인할 마음은 들지 않았다.

병실은 캄캄했다. 잠자는 숨소리와 천 스치는 소리만이 희미하게 들렸다. 창문의 커튼을 살며시 들추자 안개가 끼어 있었다. 가로등 불빛이 희미해서 아무것도 보이지 않았다.

잠들 수 없었다. 머리와 가슴의 통증은 아직도 사라지지 않았다. 아침의 대화가 머릿속에 떠올랐다.

"잠꼬대야."

모리 씨는 그 말로 간바라 군의 말을 일축했다. 그것이 가장 합리적인 판단이라고 덧붙이면서. 나도 같은 의견이었지만, 그것으로 이야기가 끝났다면 지금쯤 푹 자고 있으리라.

하지만 뜻밖에도 간바라 군이 반론을 제기했다. "저도 그분에게만 들었다면 그렇게 생각했을 거예요. 하지만 그 얘긴 저희 중학교에서 들은 소문과 미묘하게 이어지거든요. 학교괴담이라고 할까요?"

"그러니까 더 거짓말 같은데……."

모리 씨는 그렇게 말했지만 얼굴에는 관심이 있을 때의 표정이 자리했다. 간바라 군도 알아차렸는지, 헛기침을 하고 나서 말을 이었다.

"전 미쓰카도 중학교 출신이에요. 여기에서 걸어갈 수 있는 삼류 공립이지만요."

"여기와 관련이 있어?" 모리 씨가 두 손의 검지로 바닥을 가리켰다.

"아뇨, 이 미쓰카도 학원 대학병원은 저희 학교와 관계없는 사립병원이에요. 야마나시에도 고베에도 있잖아요? 이름이 흔해 빠져서 헷갈리는 대학 말이에요."

"도호쿠에도 있어. 도쿄엔 메이지라는 이름이 흔하지. 어쨌든 그래서?"

"그 중학교에서 옛날에 한 여학생이 변사 상태로 발견됐어요. 보건실에서 피투성이로 죽었다고 하는데, 자살인지 타살인지는 몰라요."

"정말이야?"

"사실인지 아닌지는 모르겠지만 소문에 따르면 그 여학생이 구급차로 실려 온 게 바로 이 병원이래요. 병원에 도착했을 무렵에는 이미 숨을 거두었고, 블라우스며 치마며 피투성이가 되어서 새빨갛게 물들었대요."

땀이 등줄기를 타고 흘러내렸다. 심장의 고동이 빨라지는 게 느껴졌다.

"그때부터 이 병원에선 밤이 되면 빨간 학생복을 입은 소녀가 배회하게 됐죠. 그리고……."

가슴이 아프다. 두통도 심해졌다.

"이 이야기를 들은 사람은 나흘 후에……." 간바라 군의 목소리는 거의 속삭임에 가까웠다. "꿈에 나타난 그 소녀에게 영혼을 빼앗겨요. 만약 살고 싶으면 자기 전에 이 주문을 말해야 해요…… 아교산, 사교고, 이카니."

"지어낸 얘기 아니야?" 모리 씨가 씁쓸하게 웃었다. "올해 마흔 살 된 우리 아들이 중학교 때 그 얘기를 해줬거든. 이거 참, 세월이 흘러도 학교괴담은 똑같군."

"저도 어렸을 때 똑같은 이야기를 들은 적이 있어요." 나는 간신히 모리 씨의 말에 동의했다.

주문의 수수께끼는 아주 간단하다. '아교산, 사교고, 이카니(あ

行3 , さ行5 , いかに)'는 '아 행의 세 번째 글자, 사 행의 다섯 번째 글자는 뭘까요?' 하는 뜻이고, 대답은 '우소', 거짓말이란 뜻이다. 즉, 이 이야기는 거짓말이라고 결말에서 밝히고 있다. 따라서 믿을 만한 가치가 없다. 당연하다. 그런데…….

"물론 저도 결말의 뜻은 알아요. 하지만 빨간 학생복의 소녀는 미즈시나 씨가 말한 것과 똑같잖아요? 더구나 미즈시나 씨는 계속 도치기에 살았고, 여기로 이사 온 건 6개월 전이라고 했어요."

"너희 중학교에서 도치기까지 소문이 퍼질 수도 있잖아? 그걸 기억했다가 어젯밤에 잠에 취해 중얼거린 거 아니야?"

모리 씨의 지적과 가설은 충분히 이해할 수 있다.

"하긴 그쪽이 더 현실적이겠죠?" 간바라 군도 후련한 표정으로 말했다.

그다음은 짧은 시간에 주제가 몇 번이나 바뀌더니, 이윽고 두 사람은 며칠 전에 TV에 나온, 자칭 시각장애인이자 음악가의 기자회견에 관해 말하기 시작했다.

하지만 나는 공포에 휩싸였다. 계속 미즈시나 씨 이야기가 생각났다. 그것만이 아니다. 그 이야기에 빠져서 고통을 느끼고 슬픔에 젖었다.

설마. 말도 안 돼. 왜. 어째서.

나는 기억을 더듬었다.

'후루이치, 사립 중학교에 갈 거야?' 그날 그녀는 물었다.

'응. 내가 말하지 않았던가?'

사실은 기억하고 있었다. 잊을 리 없지 않은가. 나는 그녀에게 말하는 걸 계속 뒤로 미뤘다. 아침에 일어나면 "오늘은 꼭 말해야지"라고 결심했고, 밤에 자기 전에는 "내일은 꼭 말해야지"라고 다짐했다. 매일 그것의 반복이었다. 그리고…….

쓰디쓴 후회의 기억에서 빠져나오지 못한 채, 잠꼬대인 척하며 신음하고 있을 때.

스르륵. 커튼 소리가 들렸다.

캄캄한 병실의 침대에서 나는 귀를 기울였다.

우두둑우두둑 관절 소리가 나더니 잠시 후에 슬리퍼가 규칙적으로 바닥을 때렸다. 소리 나는 위치로 짐작하건대 간바라 군이다. 걷고 있는 것이다.

이상하다. 직감적으로 그렇게 생각했다.

다음 순간, 왜 이상하다고 생각했는지 이유를 알았다.

걸음걸이가 다르다. 더구나 이 시간에 간바라 군이 일어나는 것도 부자연스럽다. 한번 잠들면 일어나지 않는다고 들은 게 언제였더라.

간바라 군이 병실에서 나가더니 순식간에 발소리가 멀어졌다. 나는 침대에서 몸을 일으킨 뒤, 바닥의 정해진 곳에 놓아둔 슬리퍼에 발을 끼웠다.

복도는 어두컴컴했다. 천장에 있는 동그란 LED 전등은 낮의 절반밖에 켜 있지 않았다. 그래도 간바라 군의 등은 보였다. 간호사실 앞을 지나 모퉁이를 돌았다. 나는 살금살금 뒤를 따라갔다.

간호사의 모습은 보이지 않았다. 발소리도, 카트의 바퀴 소리도 나지 않았다. 간호사실 접수창구는 안쪽에서 연두색 커튼이 내려져 있었다. 한밤중에는 닫는 걸까. 어떻게 이런 일이 있을 수 있지? 처음 보는 상황에 당황하면서 나는 계속 간바라 군의 뒤를 따라갔다.

간바라 군이 돌풍으로 쓰러진 축구 골대에 깔려 내장 파열로 입원한 것은 한 달 전이다. 대화는 별문제 없이 할 수 있지만 식사는 할 수 없었고 걷는 것도 힘들어했다. "배에 진동이 전해져서 스치듯 걸을 수밖에 없어요"라고 그에게서 직접 들었다. 취침하기 전에 화장실에 갈 때도 그렇게 걸었다. 그런데 지금은 등줄기를 쭉 펴고, 규칙적으로 번갈아 발을 내딛고 있다.

역시 이상하다. 나는 확신했다.

간바라 군은 계단을 통해 1층으로 내려갔다. 그러곤 롤 커튼이 내려진 종합접수처에서 걸음을 멈추더니 빙글 몸을 돌렸다. 나는 자동판매기 뒤에 숨어서 그가 지나가기를 기다렸다가 숨을 죽인 채 거리를 두고 나서 다시 쫓아갔다.

숨을 필요가 없다고 생각했지만, 그렇다고 일부러 말을 거는 것도 부자연스럽다. 말없이 뒤를 쫓아가자 그는 다시 계단을 오르기 시작했다.

누구와도 지나치지 않는다. 사람의 기척조차 느껴지지 않는다. 이 공간에 울려 퍼지는 것은 오직 간바라 군의 발소리뿐이었다. 3층으로 돌아와 복도를 지나 그가 향한 곳은 307호실에서 가까운 라운지였다.

복도 벽에 기대어 살며시 안을 살펴보았다. 눈앞에 그의 등이 있어서 순간적으로 숨을 집어삼켰다. 그는 라운지에 들어가자마자 걸음을 멈추고 우두커니 서 있었다.

12평쯤 되는 정사각형의 어두운 방.

벽에는 자동판매기 두 대가 나란히 있었다. 버튼에는 전부 '판매 중지'라는 빨간 램프가 켜 있었다. 옆에는 정수기가 있고, 그 옆에는 세면대와 거울, 쓰레기통, 노란색 둥근 테이블이 네 개 놓여 있었다. 네 개의 노란색 의자가 각각의 테이블을 에워싸고 있었다.

막다른 곳의 커다란 창문에는 블라인드가 내려지고, 그 앞쪽에 누군가가 서 있었다.

키가 크고 날씬한 사람의 그림자.

머리칼은 짧고 목은 길지만 고개를 숙이고 있어서 얼굴은 보이지 않았다. 무릎까지 오는 치마가 눈에 들어왔다. 더 잘 보려고 까치발을 한 순간.

띵, 띠링.

형광등 하나가 소리를 내고 불이 켜지면서 바로 밑의 그림자를 비추었다.

앗! 소리를 지를 뻔했지만 손으로 입을 막았다. 무시무시한 오한이 온몸을 빠져나갔다.

학생복을 입은 피투성이의 소녀였다.

새하얀 블라우스는 새빨갛게 젖어서 어깨와 가슴에 달라붙었다. 주름치마도 피에 젖어서 빛나고 있었다. 목도 손가락도 무릎도, 위에서 떨어지는 피에 물들어서 새빨갰다.

이 거리에서도 얼굴은 보이지 않았다.

빨간 학생복의 소녀인가.

알전구가 그대로 드러난 형광등 밑에서 그녀는 조심스럽게 오른손을 들었다. 천천히 손짓을 한다. 흔들. 간바라 군이 발을 내밀고 서서히 그녀에게 다가간다. 소녀가 손짓을 할 때마다 한 걸음씩 확실하게.

안 돼! 가지 마! 그 애에게 다가가지 마!

머릿속에 경고가 울려 퍼졌지만 말이 나오지 않았다. 입안은 아플 만큼 바싹 말랐고, 혀가 달라붙어서 움직일 수 없었다. 그래도 나는 죽을힘을 다해 말을 짜냈다.

"그……."

입에서 나온 것은 목소리라고 할 수 없는, 의미를 이루지 않는 소리뿐이었다.

그녀가 손을 멈추었다. 간바라 군이 그 자리에 멈추었다.

순간, 긴장이 풀렸다.

나는 간바라 군의 팔을 잡고 라운지에서 끌어냈다. 그러곤 뒤도 돌아보지 않고 뛰었다.

"어? 후루이치 씨, 왜 이러세요?"

간바라 군이 무표정하게 말했다. 아직 잠에 취해 있는가?

"도망치자, 일단 병실……."

"안 돼요." 그는 진지한 얼굴로 대답하더니, 발에 힘을 주고 내 손을 뿌리쳤다.

생각지도 못한 행동을 보고 깜짝 놀라서 나는 그 자리에 멈춰 섰다.

간호사실의 바로 앞이었다.

간바라 군의 뒤에 있는 라운지 출입구에서 불길한 기운이 새어 나왔다. 새빨갛고 거무칙칙하고 사악한 기척이. 눈에 보이지 않지만 몸에 느껴졌다. 누군가가 목을 조이는 것처럼 숨이 막혔다.

"저 애는 기다리고 있어요. 자기 혼자 있어서 외롭다고 했어요. 그래서……."

간바라 군의 가느다란 눈은 크게 벌어져 있지만 내게 초점을 맞추지 않는다.

그의 등 뒤에 있는 라운지에서 짧게 자른 머리가 스윽 나타났다. 새빨갛게 물든 육체가 그 뒤를 따랐다. 발소리는 나지 않았다. 형광등의 창백한 빛이 깜빡이면서 뚝뚝 떨어지는 핏방울을 비추었다.

흠칫하며 눈을 돌린 순간, 접수처 창문의 테두리에 달린 작은 초인종 버튼이 눈에 들어왔다. 나는 생각하기도 전에 손을 내밀어 연신 버튼을 눌렀다.

호출음은 나지 않았다.

누군가가 나오는 듯한 기척도 없다. 소리도 나지 않는다. 어떻게 된 거지?

"이제 가도 되나요?"

"안 돼. 어서 도망치자."

얼굴을 들자 소녀가 보이지 않았다. 기척도 사라졌다. 바닥에 떨어진 핏방울도 없어졌다.

"전 이미 늦었어요."

간바라 군이 그렇게 말하고 쓸쓸하게 웃은 순간.

덜컹덜컹. 손을 짚은 곳에서 커다란 소리가 울렸다.

접수처 창문이 열렸다.

그곳에서 새빨간 손이 뻗어 나와 내 왼쪽 손목을 잡았다.

미끄러운 감촉과 함께 강렬한 냉기가 피부와 근육을 관통했다.

"이봐요. 이보세요, 환자분. 참, 그게 아니라…… 후루이치 씨."

나는 눈을 떴다. 중국 국적의 간호조무사인 창 씨가 "아, 일어났다! 일어났다!"라고 말하며, 기미투성이 얼굴에 환한 웃음을 담더니 하얀 마스크를 다시 썼다.

아침 햇살이 커튼 너머로 병실을 비추었다.

"걱정했어요. 아침밥 가져와도 돼요?"

"부, 부탁해요."

타들어가는 듯한 목의 통증에 얼굴을 찡그리면서 무심결에 대답했다. 실제로는 배가 고프지 않았고, 오히려 욕지기에 시달리고 있었다.

"하마기 씨, 후루이치 씨 일어났어요."

"진짜?" 하마기 씨가 커튼을 젖히고 들어왔다. 맥박을 재더니 인조 속눈썹을 흔들며 말했다. "다행이다아."

"그렇게 위험했나요?"

"선생님을 부를 뻔했어요. 만일을 위해 나중에 진찰받도록 해놓을게요."

"죄송해요."

하마기 씨에게 사과를 했을 때, 온몸이 땀투성이인 것을 알아차렸다. 몸 상태가 좋지 않아서 악몽을 꾸었나 보다.

하마기 씨가 내 상태를 살펴보는 동안, 창 씨가 테이블에 아침 식사를 두고 나갔다.

"갈아입을 옷을 가져올게요."

"아뇨, 제가 할게요. 어차피 화장실에 가야 하니까요."

하마기 씨의 말을 완곡하게 거절한 뒤, 슬리퍼를 신고 커튼을 빠져나왔다. 맞은편에 있는 307B 침대가 눈에 들어왔다.

간바라 군이 사라졌다. 소지품도 보이지 않았다. 개켜놓은 시트와 이불, 베개가 매트리스 한쪽에 겹쳐서 놓여 있었다. 망연히 서 있자 병실에서 나가려고 했던 창 씨가 나를 발견하고 걸음을 멈추었다.

"간바라 군, 죽었어요."

"언제요?"

"전 없었는데, 한밤중이었대요."

"갑자기 왜요?"

"모르겠어요." 창 씨는 고개를 가로저었다.

하마기 씨는 대답조차 하지 않았다. 침통한 얼굴로 살며시 눈을 내리깔았을 따름이었다.

3

꿈이 아니었던 모양이다.

증거는 두 가지다. 간바라 군이 갑자기 사망한 것. 그리고 내 왼팔이 이상해진 것.

오전의 재활 치료에서 의사의 질문에 대답하던 중에 왼팔이 나른해졌다. 점심 식사를 할 즈음에는 손목 위쪽이 몹시 저리더니, 저녁 식사 때에는 꼬집고 때려도 감각이 느껴지지 않았다. 간신히 움직일 수는 있지만 국그릇을 들어도 감촉도, 무게도 알 수 없었다.

의사의 진찰을 받았을 무렵에는 왼팔이 잿빛으로 변해 있었다. 오래된 아스팔트 같은, 또는 죽은 사람의 얼굴색 같은 잿빛으로.

당직 의사는 세밀하게 검사해주었지만 원인은 알 수 없었다. 모리 씨는 자기 일처럼 걱정해주었다.

"이상하군, 이렇게나 불행이 계속되다니."

붕대 사이로 보이는 그의 눈에는 불안의 빛이 감돌고 있었다.

그날 밤은 한숨도 잘 수 없었다. 화장실에도 갈 수 없었다.

옆 침대의 천 스치는 소리도, 복도의 발소리도, 환자가 절반으로 줄어든 307호실의 정적도 신경에 거슬렸다. 눈을 감으면 눈꺼풀 안쪽에 라운지의 광경이 떠올랐다. 하얀빛을 받은 새빨간 모습도. 접수 창문에서 뻗어 나오던 새빨간 손도.

소녀에게 잡힌 순간, 손에 느껴졌던 얼어붙을 듯한 냉기도 기억났다.

기나긴 밤이 밝았을 무렵에는 무거운 피로감으로 온몸이 녹초가 돼서, 그날은 몽롱하게 지냈다. 하마기 씨에게 부탁해 수면제를 받았지만 큰 효과는 없었다.

흐느적거리는 상태로 며칠을 보내는 사이에 마침내 시간 감각이 이상해졌을 무렵.

"어떡하지?"

모리 씨의 우울한 목소리를 듣고 정신이 들었다. 나는 침대에 걸터앉아 밖을 내다보았다. 조금이지만 안정을 되찾았다. 주변 일에 신경 쏠 여유가 생긴 것이다.

"으음, 이거 정말 큰일이군." 모리 씨가 또 중얼거렸다.

"……무슨 일이 있으신가요?"

커튼 너머로 말을 걸었더니 평소의 온화한 목소리가 돌아왔다.

"어? 내가 소리를 내어 말했던가?"

"네, '어떡하지, 이거 정말 큰일이군' 하고요."

"그랬던가? 이것 좀 보게." 커튼을 열고 모리 씨가 휴대폰을 보여주었다. "아내와 통화가 되지 않아서 그래. 전화가 와서 받으면 끊어지지 뭔가?"

"다시 걸어보시면……."

"계속 신호가 가는데 받질 않아."

"로비에 공중전화가 있잖아요?"

"거기서도 해봤어. 근데 안 돼. 받질 않는군."

어떻게 된 걸까, 하고 모리 씨는 고개를 갸웃거렸다. 나는 그제야 겨우 지금이 아침 식사가 끝난 이후의 시간이란 걸 알았다. 오늘 아침 식사의 메뉴는커녕, 먹었는지 먹지 않았는지도 기억나지 않았다.

모리 씨는 어제보다 더 오그라든 것처럼 보였다. 그림자도 희미해지고, 삶에서 멀어진 것처럼 느껴졌다.

"저…… 괜찮을 거예요. 전파가 닿지 않거나 사모님 휴대폰이 고장 났거나, 아니면 타이밍이 좋지 않아서 그런 걸지도 몰라요."

"보통은 그렇게 생각하겠지. 음……."

"안절부절못하시는 건 이해해요. 전화 통화를 즐거워하셨으니까요."

"그냥 쓸데없는 얘기를 했을 뿐이야." 모리 씨는 쑥스러운 얼굴로 말하더니, 이내 진지한 표정을 지으며 휴대폰을 꼭 움켜쥐었다. "뭐, 이걸로 이어져 있는 것만은 분명하니까. 여기 있는 거, 생각보다 꽤 힘들거든. 기본적으로 아프고, 그렇지 않으면 가렵고. 미열도 계속 내려가지 않고."

뜻밖이었다. 그렇게 증상이 심할 줄은 상상도 못 했고, 더구나 모리 씨가 자신의 용태에 대해 말하는 건 처음 들었다.

"솔직히 건강한 자네가 부럽다고 몇 번이나 생각…… 아! 미안해, 지금 한 말은 잊어줘. 너무 이기적인 말이었네."

"저는 모리 씨가 부러워요." 나는 얼떨결에 대꾸했다. "사모님께서 매일 전화를 하셔서 이런저런 말씀을 나누시잖아요. 저희

집과는 딴판이에요. 뭐, 어쩔 수 없지만요. 전 지금까지 계속 아내와 자식을 등한시했으니까요."

모리 씨를 위로하려고 했는데 어느새 신세타령으로 변했다. 자각은 하고 있지만 멈출 수가 없었다.

"가정을 돌보지 않고 일을 열심히 했느냐 하면 그런 것도 아니고, 해고되지 않을 정도로 적당히 했어요. 친한 사람도 없고요."

그래서 누구의 이름도 떠오르지 않는다. 직장 동료도, 아내도, 자식도, 얼굴은 떠오르는데 이름은 떠오르지 않는 것이다. 머리를 다친 탓만은 아니다.

모리 씨의 말대로다. 처음부터 그 정도였던 것이다.

어쩔 수 없이 알게 되었고, 타성으로 이어져 있을 따름이다. 옛날부터 그러했다. 학창 시절, 즉 고등학교에 들어간 무렵에는 누구와도 어울리지 않았고, 무엇에도 관심이 없었다. 겉으로는 적당히 위장해서 모가 나지 않도록 살았다. 그것뿐이다. 따라서 나에게 연락할 사람은 아무도 없다. 연락할 리 없다.

이렇게 살게 된 이유는 알고 있다. 그녀가 죽은 탓이다. 그런데 마치 운명의 장난처럼, 지금 그녀는 내 눈앞에 나타났다.

나는 침대에 걸터앉아 마비된 잿빛 왼손을 바라보았다.

"병원에 있으면 이런저런 생각을 하게 되지." 모리 씨가 입을 열었다.

긍정도 부정도 아닌, 다정하게 다가오는 말이었다.

"하긴 나와 자네도 어느 한쪽이 먼저 퇴원하면 그걸로 끝이겠지. 연락처 정도는 교환할 수도 있겠지만, 앞으로도 계속 친하게 지낸다고 장담할 수는 없네."

"그건 그렇죠."

그런 이야기가 아니다, 라고 머릿속으로만 반박했다.

"하지만 그걸로 좋지 않을까. 억지로 밀접한 인간관계를 만들 필요는 없으니까. 오히려 우연히 알게 된 사람이기에, 이렇게 속마음을 솔직히 털어놓을 수도 있고 말이야."

"……그럴지도 모르죠."

"응. 그래서 나도 오늘 밤, 빨간 학생복의 소녀를 만나러 1층 로비에 가려고 하네. 혼자 있으면 외로울 테니까." 모리 씨는 잡담처럼 태연하게 말하더니, 침대에 누우면서 말을 이었다. "좀 피곤하군. 미안하네."

커튼이 닫혔다.

오한이 몸의 구석구석까지 퍼져나갔다. 나는 그대로 앉은 채 눈앞의 커튼을 바라보았다.

이번에는 307호실에서 나가기 전에 말을 걸자. 모리 씨가 빨간 학생복의 소녀를 만나지 못하게 하자.

그렇게 결심했지만 흠칫 놀라 눈을 뜨자 병실은 이미 캄캄한 상태였다. 오전 1시가 지났다.

307C의 커튼이 활짝 열린 채 이불이 바닥에 떨어져 있었다. 개인 물품은 아직 놓여 있었다. 하필 이렇게 중요한 때 잠들어버리다니.

"젠장!"

허벅지를 몇 번 힘껏 때리고 나는 침대에서 뛰쳐나왔다. 아직 늦지 않았다. 아니, 늦지 않게 할 것이다.

계단을 뛰어 내려가 복도를 달렸다. 이번에도 어느 누구와도 만나지 않았다. 어쩌면 여기는 현실 세계가 아닐지도 모른다. 간바라 군 이야기에 따르면 소녀는 꿈에 나타나니까.

모퉁이를 돌자 복도의 한참 건너편에 로비가 보였다. 종합접수처에는 롤 커튼이 내려져 있었다. 그 앞에 모리 씨가 우두커니 서 있었다.

"모리 씨!" 숨을 헐떡이며 기다란 복도를 가로질러, 로비에서 모리 씨의 어깨를 두들겼다.

"아아, 무슨 일인가?"

주변에 사람의 그림자는 보이지 않는다. 사악한 기척도 느껴지지 않는다.

모리 씨가 멍한 얼굴로 눈을 깜빡거렸다. "뭐지? 내가 왜 여기에 있지?"

괜찮다. 아직 늦지 않았다. 나는 그의 팔을 잡고 지금 온 길로 돌아갔다.

모리 씨는 주변을 둘러보면서 즐거운 얼굴로 말했다. "이건 몽유병인가? 잠에 취해 이렇게 돌아다니는 사람이 있나?"

"잘 모르겠어요. 일단 병실로 돌아가요."

"뭐 돌아가긴 하겠지만. 그나저나 굉장하군. 마누라한테도 말해줘야지."

"깜짝 놀라시지 않을까요?"

"아니, 분명히 비웃을 거야. 머리가 멍청해졌다면서……."

모리 씨를 잡아당기는 팔에 강한 저항을 느끼고, 나는 복도의 중간쯤에 멈추었다. 뒤를 돌아보자 모리 씨가 몸을 비틀고 로비 쪽을 쳐다보고 있었다.

로비 한가운데에 빨간 그림자가 서 있었다.

새빨간 얼굴과 목, 블라우스, 젖은 주름치마, 무릎, 하이 삭스,

실내화. 형광등 밑에서 우두커니 서서 이쪽을 쳐다보고 있다.

얼굴은 확실하지 않았다. 확인하려고 시선을 고정했을 때, 모리 씨가 내 손을 뿌리치려고 했다. 나는 황급히 손에 힘을 주었다.

"안 돼요. 가시면 안 돼요."

"뭐 어때서 그래? 마누라는 이제 내 전화도 받지 않아." 모리 씨는 나를 보고 쓸쓸하게 웃으며 말했다.

빨간 학생복의 소녀가 걷기 시작했다.

일직선으로 이쪽을 향해 걸어왔다. 발소리도 내지 않고 다가온다. 눈 깜짝할 새에 다가오고 있다. 움직일 수 없다. 뛰어서 도망치려면 어떻게 해야 하는가. 조바심이 머리끝까지 차올라서 생각이 나지 않는다.

공포가 몸을 관통했다. 다음 순간.

"히가! 멈춰!" 나는 주위가 떠나가라 고함을 질렀다.

소녀가 걸음을 멈추었다.

목소리가 복도에 메아리치다가 사라졌다. 몇 미터 정도밖에 떨어지지 않았는데, 얼굴은 여전히 보이지 않았다. 다만 온몸이 빨간 것만은 알 수 있었다.

그녀가 발을 멈추었다. 내 말을 들어준 것이다.

그렇다는 건…….

"히가?"

다시 이름을 부른 순간, 둔통이 배를 덮쳤다. 모리 씨가 주먹으로 내 명치를 때린 것이다.

으윽. 입에서 신음과 위액이 흘러나왔다.

숨을 쉴 수 없다. 눈물이 흘러넘쳤다.

"방해하지 마!"

모리 씨는 그렇게 말하면서 나를 힘껏 밀쳤다. 바닥으로 쓰러진 뒤에는 계속해서 발로 짓밟았다. 평소의 그에게서는 상상도 할 수 없는 행동에, 나는 아무 생각도 할 수 없게 되었다. 정신없이 머리를 가리고 몸을 굴려서 발을 피할 뿐이었다.

"모리 씨!"

"난 이미 늦었어!"

모리 씨의 환자복 여기저기에 피가 배어 있었다. 얼굴의 붕대가 풀리고 거즈가 벗겨지면서 고름으로 문드러진 살과 피부가 그대로 드러났다.

모리 씨의 바로 뒤쪽에 소녀의 빨간 얼굴이 있었다.

모리 씨의 뒤에서 나를 쳐다보았다.

이렇게 가까운데도 역시 얼굴을 알아볼 수 없었다. 천장의 형광등이 역광이기 때문일까.

그렇게 생각한 순간, 오른발이 얼어붙었다.

그녀가 내 오른발의 정강이를 잡은 것이다.

목덜미를 타고 머리끝까지 마비되는 듯한 냉기가 전해졌다. 악다문 치아 사이에서 뒤집어진 신음이 새어나왔다. 절망의 늪에서 나는 손발을 마구 휘둘렀다.

그녀가 내 정강이를 놓았다.

눈앞의 벽에 있는 문이 살짝 열렸는지, 그 틈으로 바람이 들어왔다.

나는 순간적으로 일어나 손잡이를 잡고 재빨리 문을 열어서 안으로 뛰어들었다. 다음 순간, 발이 허공을 가르고 우당탕탕 넘어졌다.

쓰러진 곳은 풀밭이었다. 메마른 풀이 따끔따끔 뺨을 찔렀다.

안뜰이었다. 나는 병원의 안뜰에 큰대자로 누웠다. 안개비가 소리도 없이 피부를 적셨다. 땅은 병동의 바닥보다 조금 낮고, 복도의 문과는 작은 계단으로 이어져 있었다. 아마 계단을 헛디딘 모양이다.

몸 여기저기의 통증에 신음하면서 일어선 순간, 창문 너머로 복도가 보였다. 두 개의 그림자가 내 쪽을 바라보았다.

공허한 표정의 모리 씨와 빨간 학생복의 소녀였다. 그들은 잠시 나를 내려다보더니 이윽고 로비 쪽으로 걸어갔다. 경계를 풀지 않고 계속 시선을 고정했지만 한 번도 돌아보지 않았다.

나는 산 걸까.

나를 놓아준 걸까. 반대로 모리 씨는 놓아주지 않은 걸까.

생각하는 사이에 힘이 빠져서 나는 그 자리에 주저앉았다.

"이보세요, 환자분. 아니, 후루이치 씨."

창 씨의 목소리를 듣고 벌떡 일어났다.

아침이었다. 내가 누워 있는 곳은 307D의 침대 위였다.

비라도 맞은 것처럼 머리에서 발끝까지 땀으로 젖어 있었다.

"아아, 다행이다!"

옆에서 하마기 씨가 기쁜 얼굴로 가슴을 쓸어내렸지만 나는 아랑곳하지 않고 옆의 커튼을 열었다. 307C 침대는 비어 있었다.

"한밤중, 이었나요?"

내가 따지듯 캐묻자 두 사람은 말없이 고개를 작게 끄덕였다.

오른발이 완전히 움직이지 않게 된 것은 그날 점심때가 지나서였다.

4

사인은 모른다고 한다.

이번에는 창 씨가 대강 가르쳐주었다. 어젯밤 2시에 로비에서 쓰러져 있는 모리 씨를 간호사가 발견했다고 한다. 그 시점에서 이미 심장이 멎어 있었다.

모리 씨가 왜 그런 곳에 있었는지는 아무도 모른다. 나 말고는.

손을 대지 않은 저녁 식사를 물린 뒤, 나는 목발을 짚고 로비의 공중전화로 향했다. 가지고 있는 모든 10엔짜리 동전과 100엔짜리 동전을 집어넣고는 집에 전화를 걸었다.

아내의 목소리를 듣고 싶었다. 아들의 목소리를 듣고 싶었다. 냉담하게 대답해도, 건성으로 대꾸해도 상관없다. 이 병원 밖에 있는 누군가와 말하고 싶었다.

수십 번을 걸어도 아무도 받지 않고 전부 자동 응답기로 이어졌다. 아내의 휴대폰에 걸어도 마찬가지였다. 전화기를 부수고 싶은 충동에 휩싸인 채 떨리는 손으로 내가 다니는 회사의, 내가 속한 부서의 번호를 눌렀다.

일곱 번 신호가 가고 달칵 소리가 났다.

"죄송합니다, 입원 중인 후루이치입니다만……."

"지금 거신 번호는 현재 사용하지 않는 번호입니다. 번호를 확인하신 후 다시……."

나는 수화기를 치켜들고 모든 힘을 짜내서 본체에 내리쳤다. 몇 번이고, 몇 번이고. 수화기를 잡은 손가락에서 피가 나는 것에도 아랑곳하지 않고.

비명이 들렸다. 고함치는 목소리가 들렸다. 등 뒤에서 타닥타닥 뛰어오는 소리가 늘어났다. 경비원이 뒤에서 잡아도 내리치는 손을 멈출 수 없었다.

"후루이치 씨!" 하마기 씨의 목소리가 들렸다.

나는 몇 명이나 되는 경비원들에게 붙들린 채 바닥에 깔렸다. 오른손은 피투성이가 되었고, 다섯 손가락은 모두 엉뚱한 방향으로 구부러졌다.

"……죄송합니다."

나는 이야기를 마치고 침대에 체중을 맡겼다. 하마기 씨는 둥근 의자에 앉아서 슬픈 눈으로 나를 바라보았다. 평소처럼 마스크는 썼지만 인조 속눈썹은 보이지 않았다. 눈이 작을 거라고 짐작했지만 의외로 크고 강력했다.

307호실은 고요함에 잠겨 있었다. 새로운 환자는 오지 않아서 1인실이나 마찬가지였다. 빈 침대를 보는 건 견디기가 힘들어서 307D의 커튼을 완전히 닫았다.

오른 손가락의 응급처치를 마치고 병실로 옮겨졌을 때, 우연히 옆에 있던 하마기 씨를 불러 세웠다. 그러곤 미즈시나 씨의 죽음에서부터 지금에 이르기까지, 내가 보고 들은 걸 전부 이야기했다. 빨간 학생복 소녀의 소문과 그 소녀를 본 것, 같은 입원실 환자들이 소녀에게 목숨을 빼앗긴 것 같고, 소녀에게 붙잡힌 부분이 마비되었다는 것.

말하지 않으면 정신이 이상해질 것 같았다. 아무리 비과학적이고 말이 안 되는 일이라도 말할 수밖에 없었다.

"이런 건 간호사님 일이 아니지만요."

말하는 도중에 몇 번이나 말했지만 그때마다 그녀는 가볍게 미소를 지었다.

"그것도 저희 일이에요."

환자의 이야기를 듣고 마음 편하게 해주는 것도 자신의 일이라는 것이다. 실제로 그녀는 내 이야기를 끝까지 들어주었다. 아무리 황당한 이야기라도 가끔 맞장구를 쳐주면서.

종이컵의 물로 목을 적시고 있자 하마기 씨가 말했다. "저기, 한 가지 부탁을 해도 될까요?"

"네."

"히가 씨라는 사람에 관해서 자세히 말씀해주세요."

나는 작게 쓴웃음을 지었다. 그렇다. 이야기에 몰입하는 바람에 중요한 부분을 설명하지 않은 모양이다. 나는 자세를 바로 하고 나서 다시 이야기를 시작했다.

"초등학교 5, 6학년 때의 동급생이에요. 히가 미하루라고 하는데, 아주 독특한 애였죠. 냉소적이면서도 인정이 있다고 할까, 어른스러우면서도 어린애 같다고 할까. 영감도 있었고요."

"영감……."

"유령이 보였다고 하더군요. 목소리를 들은 적도 있고요. 히가와 같이 있었을 때 기묘한 일을 겪은 적이 몇 번 있습니다. 한 번은 선생님까지 휘말려서 상당히 큰 사건이 되었지만, 그 얘긴 길어지니까 지금은 생략하기로 하죠."

"네."

"히가하곤…… 그럭저럭 사이가 좋았어요. 무엇 때문일까요? 히가는 아무와도 같이 다니지 않았고, 나도 무리 지어 다니는 건 싫어해서 죽이 잘 맞았다고 할까요? 쉬는 시간에 종종 어울렸습니다."

"그랬군요."

"이상한 상상을 해서 놀리는 녀석도 있었지요. 같이 있으면 휘파람을 휘휘 불면서, '뜨겁다, 뜨거워! 알나리깔나리!' 하고 놀리는 고전적인 수법이죠. 히가는 신경도 쓰지 않았어요. 저는 신경쓰지 않는 척을 했고요."

"척을, 했다고요?"

"완전히 틀린 것도 아니라고 할까, 정곡을 찔렀다고 할까."

"그건……."

"그게…… 항상 마음에 걸렸어요, 히가가." 남에게 말하는 건처음이라서 기묘한 긴장감에 휩싸였다. 나는 물로 입술을 적시고나서 말했다. "물론 본인에게는 말하지 않았죠. 태연한 척하는 게고작이었거든요. 그래서 초등학교를 졸업하고 저는 사립, 히가는공립으로 갔는데, 그걸로 끝이었어요. 히가는 나 같은 건 티끌만큼도 의식하지 않았고요."

"과연 그럴까요?"

하마기 씨는 눈으로만 미소를 지었다. 나에 대한 배려 때문이겠지만 나는 작게 고개를 좌우로 흔들었다.

"히가가 변사체로 발견되었다고 들은 건 중학교 3학년 1학기말이었죠."

조용한 307호실이 더욱 조용해진 것 같았다.

"히가가 다니던 미쓰카도 중학교 보건실에서 피를 흘리며 쓰러져 있었다, 자살인지 타살인지 알 수 없다, 라고 들었어요. 신문에도 실렸고, 뉴스 프로그램에서도 살짝 나왔지요. 단순한 소문이아니라 사실이었던 겁니다." 나는 하마기 씨의 하얀 마스크를 바라보면서 말했다. "학교를 빠지고 장례식에 갔습니다. 이유는 잘 모르겠지만 부모님은 안 계시고, 고등학생 언니가 상주 노릇을 하고 있더라고요. 어린 동생들이 많이 있었는데, 다들 울고 있었어요. 고등학생 언니한테 부탁했지만 히가의 얼굴은 보여주지 않았어요…… 보여드릴 수 없습니다, 라는 말만 할 뿐 냉담하리만큼 쌀쌀맞게 대답하더라고요."

하마기 씨는 아무 말도 하지 않았다.

"그때부터는 모든 게 아무래도 상관없었습니다. 그냥 닥치는 대로 살기 시작했지요. 그런 식으로 15년을 살다가 여기에 입원했는데, 그런데……" 가슴이 찢어질 것 같아서 나는 나머지 말을 단숨에 토해냈다. "죽은 히가가 있었어요. 빨간 학생복의 소녀는 히가 미하루예요. 그렇게밖에 생각할 수 없어요. 신문에서 봤어요. 히가는 이 병원으로 이송됐는데, 여기에 도착했을 때는 이미 죽었다고 하더라고요. 그 학생복도 실내화도 당시의 미쓰카도 중학교 겁니다. 히가는 지금도 여기에 있어요. 여기에서 입원 환자의 목숨을 빼앗고 있습니다. 미즈시나 씨도, 간바라 군도, 모리 씨도, 모두 히가에게 당했어요. 다음 목표는 분명히 저입니다."

그렇다.

내 입으로 말한 순간, 확신이 강해졌다. 다음은 내 차례다. 틀림없다. A, B, C 침대 환자를 순서대로 죽이면, 다음 사냥감은 D가 아닌가.

제삼자에게는 한심한 망상에 불과하리라. 애당초 병원에 유령이 있다는 것조차 믿지 않으리라. 눈앞의 간호사도 지금까지 이런 괴담을 100건도, 200건도 더 들었을 테니까 분명히 "또야?"라고 지긋지긋해할 것이다.

하지만 나에게는 사실이다.

나에게 어울리는 최후다.

겨우 히가 곁으로 갈 수 있다. 더구나 히가 본인에게 이끌려서. 이걸로 모든 게 원만히 수습된다.

하마기 씨가 말했다. "수습되지 않아요."

무의식중에 머릿속의 생각을 말했던 모양이다.

그녀는 나를 똑바로 처다보았다. "후루이치 씨는 마음이 약해진 거예요. 계속 여기에 있어서 우울한 것뿐이에요."

"아닙니다. 이건 히가의 의지가……."

하마기 씨는 예리한 목소리로 내 말을 가로막았다.

"그런 건 아무도 바라지 않아요!" 조용한 병실에 그녀의 목소리가 울려 퍼졌다. "건강해져서 나가주세요. 죽어서 나가지 말고요……. 저는 그걸 위해서 여기에 있는 거예요."

간호사라면 누구나 그렇게 말할 것이다. 나를 격려하려고 하는 말이다. 머리의 한쪽으론 냉정하게 생각했지만 그녀의 말이 고맙기도 했다. 조금 전까지 거무칙칙하게 가라앉았던 머리와 마음이 약간 밝아졌다.

아내의 얼굴이 떠올랐다. 아들의 얼굴도. 아들이 태어난 날, 아내와 결혼한 날도.

"그렇……지요. 죄송합니다." 나는 다시 사과했다.

이야기는 조금씩 단순한 잡담이 되었다. 이 이상 붙잡아두는 것은 미안하다고 생각한 순간, 하마기 씨가 일어섰다.

"그럼 전 이제 그만……." 그녀는 커튼을 잡고 뒤돌아보았다. "오늘은 편히 쉬세요. 내일도 힘내시고요."

"네에."

"저도 도와드릴게요."

"고맙습니다."

하마기 씨가 커튼 너머로 사라졌다. 부러진 오른 손가락이 쿡쿡 쑤시는 걸 새삼 알아차렸다. 어리석은 짓을 했다, 많은 사람에게 민폐를 끼쳤다. 전화기 수리비는 얼마일까.

난 지금 현실에 있다. 조금 전까지 생각한 건 망상이다. 하마기 씨 말처럼 우울한 것뿐이다. 그러니까……

오늘 밤에 빨간 학생복의 소녀를 만나러 가자. 분명히 홀로 외로워하고 있으리라.

아무런 맥락도 근거도 없는 생각이 가슴속으로 내려오더니 결심이 굳어졌다. 나도 모르게 감정이 억제되어 있었다. 이것이 필연이고 순리다. 원래 이렇게 돼야 한다, 라고 순순히 받아들였다.

그대로 소등 시간이 지나고 날짜가 바뀌었다.

자아, 이제 때가 되었다…… 아무런 근거도 없이 또 그렇게 생각했다. 나는 침대를 빠져나와 벽에 세워놓았던 알루미늄 목발을 잡았다.

5

엘리베이터에서 내렸다.

내리자마자 바로 왼쪽으로 구부러졌다. 세 대 나란히 있는 자동판매기를 지나서 다시 왼쪽으로 구부러지고, 길고 어두컴컴한 복도를 걸어갔다. 7층에 온 건 오랜만이다, 복도 인테리어는 어느 층도 똑같군…… 하고 멍하니 생각했다. 육체가 멀게 느껴졌다.

내 의지가 아닌, 다른 것에 조종당하고 있다.

복도를 다 지나갔을 무렵에는 익숙지 않은 목발 탓도 있어서 온몸이 땀으로 뒤범벅이 되었다.

눈앞의 커다란 문에는 '카페테라스 선샤인 CLOSED'라고 쓰인 팻말이 걸려 있었다. 문을 당기고 몸을 비틀어 집어넣어 겨우 들어왔다.

식당의 조명은 꺼져 있었다.

35평쯤 되는 공간에 긴 테이블과 의자가 나란히 놓여 있었다.

막다른 곳의 창문이 열려서 소리도 없이 커튼이 펄럭이고 있었다. 멀리 있는 길거리의 불빛을 받고 밤하늘이 어슴푸레 빛나고 있었다.

주방과 식당을 구분하는, 스테인리스 스틸로 된 커다란 카운터 앞에서 사람의 그림자가 보였다.

띠링. 경쾌한 소리와 함께 갓이 없는 형광등이 켜졌다.

빨간 학생복의 히가가 카운터에 걸터앉아 있었다. 역시 얼굴은 보이지 않는다.

누군가의 의지에서 해방된 걸 알았지만 공포와 소외감은 들지 않았다. 그렇기는커녕 오히려 기쁘고 고마웠다. 어차피 밖에는 아무것도 없다. 나와 이어진 사람은 아무도 없다. 여기서 히가에게 죽임을 당한다면, 그보다 기쁜 일은 없으리라.

"히가."

내가 먼저 몇 걸음 다가갔다. 목발이 답답하다. 눈앞에 있는 의자가 성가시다. 몇 번이나 넘어질 것 같으면서도 나는 히가의 곁으로 다가갔다.

몇 걸음 앞까지 다가갔을 때, 그녀가 카운터에서 내려왔다. 정면에서 서로를 바라보았다.

키는 168센티미터인 나와 비슷했다. 기억 속의 히가는 초등학교 5, 6학년 여자아이치고는 키가 컸지만 중학교에서 더욱 컸나 보다. 손발을 타고 흘러내리는 빨간 피가 번들번들 빛나고, 이렇게 가까운데 얼굴은 보이지 않았다. 다만 온몸이 빨갛다는 것만은 알 수 있었다.

"히가." 나는 다시 한번 그녀의 이름을 불렀다.

그녀는 대답하지 않고 천천히 두 손을 들어 올렸다. 그 손이 얼마나 차가울지 상상한 순간, 등줄기에 소름이 돋았다.

그녀는 손을 더욱 높이 들어 올렸다. 나를 껴안을까? 아니면 목을 조를까? 어쨌든 이번에는 살 수 없으리라. 그렇게 확신했지만 거부할 생각은 조금도 없었다.

"계속 여기에 있었구나."

그녀는 대답하지 않았다. 빨간 블라우스의 가슴 부분에 미쓰카도 중학교의 마크가 수놓여 있었다.

"너 혼자 여기에."

그녀는 대답하지 않는다. 실내화까지 새빨갛다.

"혼자 있으면 너무 외로워서 이렇게 사람들을……."

역시 대답하지 않는다. 단지 두 손을 높다랗게 들어 올리고 있을 뿐이다. 창백한 빛이 스포트라이트처럼 그녀에게 쏟아졌다. 그녀 이외의 모든 공간은 깊은 어둠 속에 짓눌려 있었다.

짧은 머리가 반짝반짝 빛났다. 입가가 희미하게 보인다. 뺨도 입술도 턱도 피투성이다. 다리는 길쭉하다. 쭉 뻗은 손도 길쭉하다. 손과 다리를 비롯해 피에 젖지 않은 부분은 하얀 체모로 빼곡하게 뒤덮이고, 번들번들…….

하얀 체모.

그 순간, 정신이 들었다. 가까이에서 보고 겨우 이해했다.

그녀의 움직임이 멈추었다.

목의 털도, 손등의 털도, 위에서 쏟아지는 빛을 받고 하얗게 빛나고 있다.

아니다. 이 여자는 히가가 아니다.

그 이전에 유령도 아니다.

다른 누군가…… 무언가다.

차가운 공포가 등줄기를 관통했다.

순간적으로 목발로 바닥을 짚고 뒤쪽으로 점프했다.

히가, 아니…… 여자의 두 손이 허공을 갈랐다. 곧바로 나를 노려본다. 눈도 코도 보이지 않는데, 나를 노려본다는 것만큼은 똑똑히 알 수 있었다.

으아아, 하고 얼빠진 소리를 내면서 나는 문을 향해 내달렸다. 몸으로 부딪혀서 문을 빠져나온 뒤, 목발과 왼발만으로 기다란 복도를 달렸다.

등 뒤에서 기척이 다가왔다.

들리지 않는 발소리가 들렸다. 지금이라도 목덜미를 잡힐 것 같다. 아무리 서둘러도 앞으로 나아가지 않는다. 넘어질 뻔할 때마다 기묘한 비명을 지른다.

구부러진 모퉁이가 보였다. 엘리베이터는 안 된다. 계단으로 내려가야 하지만 어떻게 가야 할지 생각나지 않는다. 조바심이 싹튼 순간, 몸의 균형이 크게 무너졌다.

나는 바닥에 쓰러졌다. 목발이 바닥에 떨어지며 귀를 찢는 소리가 났다. 어떻게 넘어졌는지 모르겠지만 벽에 머리를 부딪혔다. 눈물이 고인 눈을 고정하자, 그녀의 보이지 않는 얼굴이 바로 코앞에 있었다.

여자가 내 옆에서 몸을 웅크리고 있었다.

도망쳐라. 기어가라. 손을 써라. 뇌가 명령한 순간, 그녀가 내 왼쪽 발목을 잡았다.

들은 적이 없는 비명이 복도에 메아리쳤다. 내 비명이었다. 피부가 갈가리 찢길 듯한 냉기가 발목에서 허리와 배로 기어 올라왔다. 손톱과 발톱이 튕겨서 날아갈 것 같은 감각에 휩싸였다.

몸이 움직이지 않는다. 뿌리쳐라, 날려버려라, 하고 생각하기도 전에 온몸이 나른해졌다. 아무것도 하고 싶지 않다. 사는 게 귀찮다. 눈꺼풀이 무겁다. 졸리다. 그런가, 죽는다는 건 이런 것인가. 조금씩 닫히는 눈꺼풀을 눈 안쪽에서 보면서 나는 천천히 숨을.

다음 순간.

"안 돼!"

날카로운 목소리와 함께 덜컹덜컹 바퀴 소리가 다가왔다. 무언가가 순식간에 얼굴 앞으로 지나간다. 순간, 엄청난 파열음이 두 귀를 꿰뚫었다. 수십 개나 되는 거대한 깡통이 마구 부딪치는 듯한, 귀를 막고 주저앉고 싶은 소리였다.

냉기가 사라졌다.

발목을 잡은 손의 감촉도 느껴지지 않는다.

살며시 눈을 뜨자 바닥에 네모난 커다란 물체가 누워 있었다. 네 귀퉁이의 바퀴가 덜컹덜컹 돌아가고 있다. 크고 무거워 보이는 철제 카트였다. 흔히 볼 수 있는 간호사가 사용하는 철제 카트. 그렇다는 건.

"괜찮아요?" 귓가에서 귀에 익은 목소리가 들렸다.

하마기 씨가 내 옆에서 무릎을 꿇고 다시 물었다. "괜찮으세요? 후루이치 씨?"

"어? 여긴 어떻게……."

"괜찮냐고요?" 마스크 너머로 그녀의 콧김이 느껴졌다.

"네, 네에, 살아 있어요."

나는 가까스로 대답한 뒤, 그녀의 부축을 받고 상체를 일으켜 주변을 둘러보았다. 여자의 모습은 보이지 않았다.

"사라졌어요. 카트에 부딪혀서 벽과 카트 사이에 낀 것까지는 보였는데……." 하마기 씨가 말했다.

기척도 사라졌다. 하지만 아직 안심할 수 없다.

"도망쳐요. 여기에 있으면 안 돼요."

나는 고개를 끄덕였다. 둘이서 목발을 줍고 일어섰다. 조금 전에 잡힌 발목이 벌써 마비되고 있었다. 엘리베이터 쪽으로 걸음을 내디딘 순간, 하마기 씨가 발을 멈추었다.

앞쪽에 여자가 서 있었다.

다친 곳은 아무 데도 없이, 지금까지와 똑같은 모습이다. 역시 이 세상의 존재가 아니란 걸 새삼 깨달았다.

여자가 걷기 시작했다. 히가와 많이 닮았지만, 히가가 아닌 누군가가 천천히, 똑바로 다가왔다. 나도 모르게 뒷걸음질을 쳤다. 스스로도 놀랄 만큼 절묘하게 목발을 사용해 뒤쪽으로 물러섰다.

"하마기 씨."

하지만 하마기 씨는 대답하지 않았다. 멍하니 여자를 바라본 채 우두커니 서 있었다. 여자는 한 걸음씩 착실하게 하마기 씨에게 다가왔다. 거무칙칙한 기척이 복도를 가득 메웠다.

이대로 있으면 안 된다. 하마기 씨까지 휘말리게 된다. 나는 죽을힘을 다해 도망치고 싶은 마음을 억누르고 가까스로 멈춰 섰다. 하지만 앞으로 나아갈 수는 없다. 몸이 거부하고 있다. 하마기 씨를 부르려고 해도 목소리가 나오지 않는다. 여자는 하마기 씨의 눈앞까지 다가와서 두 손을 활짝 펼쳤다. 안 된다. 틀렸다, 도망쳐라.

"……그런 거군."

하마기 씨의 목소리가 복도에 울려 퍼진 순간.

그녀는 발길을 빙글 돌리고 맹렬하게 뛰기 시작했다. 나를 향해서 일직선으로 다가온다. 눈 깜짝할 사이에 거리를 좁히더니, "잠깐만 빌려줘요!"라고 목발을 하나 빼앗아 온 길로 되돌아갔다. 나는 창틀을 잡고 간신히 균형을 잡아서 넘어지지 않을 수 있었다. 하마기 씨는 목발을 거꾸로 들고는 최대한 치켜올렸다.

내려칠 생각인가. 너무 무모하다.

하지만 그녀는 내려치지 않고, 그대로 여자에게 돌진했다. 기다렸다는 듯이 여자가 그녀를 껴안았다.

피투성이의 팔에 안긴 채 하마기 씨의 입에서 신음이 새어나왔다. 어두운 복도에 두 사람의 모습만이 형광등 불빛을 받고 떠올랐다.

"하마기 씨!" 나는 목이 터져라 소리쳤다.

그 순간, 몸을 얽매고 있던 공포가 튕겨나갔다. 나머지 목발을 이용해 가까스로 그녀 쪽으로 다가가려고 한 찰나.

"오지 마세요." 하마기 씨가 낮은 목소리로 말했다. 그녀는 몸을 절반만 돌려서 한쪽 눈으로 나를 쳐다보았다. "괜찮아요. 이걸로 됐어요."

마스크 너머로도 고뇌의 표정이 느껴졌다.

"잠자코 보고 있어요."

"하, 하지만……."

"정말 괜찮다니까요!" 그녀는 여자에게 안긴 채 몸을 크게 뒤로 젖히며 말했다. "알아차리면 간단했어요. 이 애는 가짜이고 그림자 같은 거예요. 진짜는……."

그녀는 목발 옆에 달린 나무를 잡고 사냥총처럼 들더니, 천장에 있는 형광등을 힘껏 찔렀다.

"이 녀석!"

팡! 경쾌한 소리가 났다고 생각한 순간, 주변이 암흑세계로 변했다.

정신이 들자 복도 벽에 기댄 채 주저앉아 있었다. 맨 먼저 쓰러진 카트가 눈에 들어왔고, 이어서 복도의 분위기가 완전히 달라진 것을 알아차렸다. 여자의 기척이 완전히 사라졌다. 모습도 없어졌다. 형광등의 깨진 조각조차 어디에서도 보이지 않고, 오직 청정한 공기의 냄새가 코로 스며들었다. 감정도 안정되었다.

하마기 씨가 한 손에 목발을 들고 서 있었다.

괜찮으냐고 말을 걸자 그녀는 내 쪽을 향하더니 눈을 가늘게 뜨고 말했다. "사라졌어요."

"뭐가, 어떻게 된 건지……."

"후루이치 씨가 여자에 대해서 가르쳐준 덕분에 알아차렸어요. 보면서 이상하다고 생각하지 않았나요? 앞뒤가 맞지 않는다고 할지."

"네? 아니, 기이하다곤 생각했지만."

"그 애가 나타날 때는 형광등이 켜져요. 머리 위에 있는 형광등이 항상 켜지는 게 이상했지만 그보다 더 이상한 건."

하마기 씨가 천장을 가리키는 걸 나는 천천히 올려다보았다. 바로 그때.

"앗!" 나도 모르게 작게 소리를 질렀다.

천장에 있는 것은 LED 전등이었다. 색깔도 다르다.

그제야 생각이 났다. 몇 번이나 보았는데 왜 몰랐을까? 애초에 이 병원의 복도에는 형광등이 없다.

"이 세상에는 인간의 모습으로 변하지 않는 요괴도 꽤 있어요. 인간은 허상이고, 본체는 등불로 변하기도 하죠. 사방등이나 제등 같은 걸로 말이죠. 이번에는 형광등으로 변했고요."

"원래 그런 건가요?"

"네, 어린이용 요괴 책에 쓰여 있었어요. 데라무라 데루오*의 『요괴 이야기(1)』나, 갓켄출판사에서 나온 『요괴 전설 사전②』 같은 만화책에. 그런 이야기는 옛날부터 전해 내려오고 있죠. 뭐, 옛날이야기에선 요괴의 정체는 여우라든지 두꺼비이지만, 이번에는 어떨까요?"

나는 그제야 이해가 되었다. 그래서 천장이 없는 안뜰까지는 쫓아오지 못한 것인가. 그때 알아차리지 못했던 자신이 부끄러워졌다. 정면으로 마주해도 어떻게든 기억 속의 히가와 맞춰보았을 뿐, 주변까지…… 머리 위까지는 생각이 미치지 않은 것이다.

"그런데 그런 책……."

"전부 미쓰카도 초등학교 도서실에 있었어요."

나는 말문이 막혔다. 불쑥 등장한 그리운 단어에 머리가 혼란

---

* 1928~2006, 일본의 아동문학 작가.

스러웠다.

"그나저나." 주변을 걸어 다니던 하마기 씨가 벽을 쿡쿡 찔렀다. "이쪽은 리얼하군. 인간의 모습은 어설픈 주제에. 인간을 잘 모르는 걸까?"

"저기…… 그게 무슨 말인가요?"

"이곳은 삼도천* 같은 곳이에요. 꿈의 세계라고도 할 수 있죠. 어느 쪽이든 현실이 아니에요."

이 말에는 별로 놀라지 않고 오히려 고개가 끄덕여졌다. 사람이 없는 병동, 잠기지 않은 식당. 어느새 침대에서 자고 있는 것. 전부 여기가 현실이 아니라는 증거다.

그런데.

"어떻게 된 거죠?"

내 질문을 받고 하마기 씨가 고개를 갸웃거렸다.

"아니, 물론 제 목숨을 구해준 건 고마워요. 아까 그 여자도 없어져서 다행이라고 생각하고요. 그런데 더 이해할 수 없는 게 있다고 할까요……." 나는 잠시 숨을 돌리고 결론을 말했다. "여기가 꿈의 세계라면 하마기 씨는 어떻게 여기에 있는 건가요?"

"구하러 왔어."

"네?"

"사경을 헤매고 있을 때, 이상한 것이 파고들어서 구하러 왔다고."

"죄송하지만 점점 더 무슨 뜻인지……."

"아직도 모르겠어? 후루이치?" 하마기 씨는 마스크를 벗으며

---

* 사람이 죽어서 저승으로 가는 도중에 있는 큰 내.

답답하다는 듯이 말했다.

앗! 나는 다시 소리치면서 벌떡 일어섰다.

키는 나보다 한참 크고 체격은 더 탄탄해졌다. 머리칼은 예전과 달리 길고 색깔도 밝아졌다. 얼굴이 약간 길어진 탓인지 인상은 많이 달라졌다. 하지만 눈앞의 간호사는 틀림없이.

"히가?"

"그래."

그녀는…… 히가 미하루는 후후 하고 가볍게 웃었다.

6

"늦었구나, 후루이치."

히가는 그렇게 말했지만 나는 대답할 수 없었다. 내가 간신히 할 수 있었던 것은 그녀의 얼굴을 가리키는 것뿐이었다.

"어떻게 된 거야, 얼굴이……."

"미안해. 나도 어떻게 된 건지 모르겠지만 어른으로 보여?"

"응. 그래서 그런지 화장도 의외로……."

"뭐, 아무렴 어때? 죽으면 나이를 먹지 않는다는 사고방식은 그렇게 보편적인 게 아니야. 옛날 중국이나 에도시대*의 괴담에도 있어. 사후 세계도 현실 세계와 똑같이 시간이 흐르고, 똑같이 사회가 있으며 죽은 자는 똑같이……."

---

* 1603~1867.

"미안하지만 잠깐만." 나는 황급히 그녀의 설명을 가로막았다.

또랑또랑한 목소리는 거의 달라지지 않았다. 약간 나지막하고 콧소리가 섞인 그리운 목소리였다. 귀에 기분 좋게 스며들기도 했다. 하지만.

"히가, 실제로는 미쓰카도 학원 대학병원에 있는 거 아냐? 여긴 어떻게……."

"아니야."

"뭐?"

"내게 그런 힘은 없어. 여기와도 계속 이어져 있는 건 힘들고, 내가 할 수 있는 범위도 별로 넓지 않아. 그래서 계속 뒤로, 뒤로 미뤄진 거지만."

"그러면."

머리가 어지러웠다. 발밑이 무너져 내리는 듯한, 눈앞의 경치가 멀어지는 듯한 감각에 휩싸였다. 벽에 체중을 싣고 넘어지는 걸 간신히 막았다.

그녀의 설명이 사실이라면 나는, 나는.

"계속 꿈을 꾸고 있는 거야?"

"그래, 사고가 난 다음부터 계속." 히가는 내가 생각했던 것을 그대로 대답했다. "하지만 이제 곧 깨어날 거야. 의사 선생님이 최선을 다해 치료해줬고, 아까 그것도 쫓아버렸으니까. 후루이치, 넌 죽지 않아. 건강해져서 여기에서 나갈 수 있어."

나는 사는 건가? 안도한 것도 한순간, 가슴속이 탁해지기 시작했다.

"……아니, 미안하지만 그런 건 의미가 없어. 어차피 아무도 병문안을 오지 않고, 연락도"

"그러니까 그것도 꿈이라니까."

"현실도 큰 차이가 없어. 아니, 현실이 그러니까 이쪽 세계에서도 이런 상태인 거야. 누구의 얼굴도……."

말이 이어지지 않는다.

기껏 살려줬는데 불평을 하고 있다. 히가의 호의를 물거품으로 만들고 있다. 최악이다. 알고 있어도 그게 진심이었다. 나는 지금까지 계속 현실을 제대로 살지 않았다.

히가는 슬픈 미소를 지었다. "미안해."

왜 그녀가 사과하는 거지. 다음 순간, 이유를 알아차렸다. 나는 그녀에게 모든 걸 솔직히 털어놓았다. 그녀가 죽고 나서 이렇게 되었다고, 모든 걸 그녀의 탓으로 돌린 것이다.

"아니, 네 잘못이 아니야. 그런 뜻이 아니었어. 왜 이렇게 됐는진 잘 모르겠지만."

"난 죽임을 당했어."

"그럴 수가…… 아니, 그렇다면 넌 더욱……."

"아니, 내 잘못이야. 동생들을 슬프게 했고, 장례를 치르느라 돈도 들게 했고…… 언니도 싫지 않았을까? 부모님은 잘 모르겠지만." 히가는 내뱉듯이 말했다.

부모와 형제에 대한 감정이 복잡하다는 걸 짐작할 수 있었다.

잠자코 있자 히가는 다시 입을 열었다. "내 몫까지 살아줘, 후루이치."

비겁하다. 그 부탁은 함부로 거절할 수 없다. 죽은 사람의 부탁은 거부할 수가 없지 않은가. 하물며 상대는 히가다. 망설이고 망설인 끝에 나는 순순히 대답했다.

"그건 비겁해. 싫다고 대답할 수 없잖아."

"그럼 싫어?"

"……아까도 말했지만 현실 같은 건 아무래도 상관없어."

"넌 아무래도 상관없어도, 너를 그렇게 생각하지 않는 사람도 있어."

"과연 그럴까?"

"그래. 최소한 한 사람은 반드시 있어."

"누구?"

"글쎄, 하지만 내가 보증할게." 히가는 가슴을 펴고 말했다.

무슨 근거로 그렇게 말하는가? 하지만 히가의 말에는 기묘한 설득력이 있었다. 믿을 수 있을 것 같았다.

"가자." 히가가 손을 내밀었다.

오른손으로 잡으려고 하다가 손가락이 부러진 걸 떠올렸다. 하지만 왼손도 움직이지 않았다. 왼발의 마비는 아직 풀리지 않아서 혼자는 걸을 수 있을 것 같지 않았다.

"미안해, 이런 꼴이라서."

"괜찮아."

그녀는 치아를 보이며 생긋 웃더니 내 허리에 손을 두르고는 어깨를 부축했다. 그녀의 부축을 받으면서 나는 한 걸음씩 복도를 걸어갔다. 모퉁이를 오른쪽으로 돌고, 곧바로 또 오른쪽으로 꺾어졌다. 히가가 엘리베이터 버튼을 누른 뒤, 나를 안에 들이고는 자신은 그대로 남았다.

"히가, 이건……."

"잘 가."

작게 손을 흔드는 그녀의 모습을 엘리베이터 문이 냉혹하게 가로막았다.

수많은 얼굴이 나를 내려다보았다.

"슌슌!"

아내인 미도리가 누워 있는 내 위에서 꼭 껴안았다. 옛날 별명이다. 지금은 그렇게 부르지 말라고 말하고 싶었지만 입에서 나온 것은 신음뿐이었다.

"다행이다…… 정말 다행이야……."

내 가슴 위에서 미도리가 흐느껴 울었다. 거기에 겹치듯이 카랑카랑한 울음소리가 들렸다. 어린아이다. 어린아이의 울음소리다. 미도리 옆에서 세 살배기 아들인 슈헤이가 차렷 자세로 얼굴을 새빨갛게 물들인 채 울고 있었다.

나는 병원 침대에 누워 있었다. 무기질적인 천장이 눈에 들어왔다.

"여기는……?"

가까스로 목소리를 짜내자 미도리가 콧물을 훌쩍이면서 대답했다.

"세타가야 중앙병원이야. 당신, 지난주에 사고를 당했거든. 일주일간 의식불명 상태였어."

"지난주? 세타가야? 미쓰카도…… 히가시무라야마가 아니라?"

"왜 그런 곳까지 가겠어? 사고는 마쓰바라의 고슈 가도에서 났는데."

"위에서 떨어졌어? 왜건?"

"그래, 그래. 위의 수도고속도로에서 사고가 있었어."

미도리는 울어서 부은 눈을 훔쳤다.

나는 지금까지 꿈을 꾸었다. 길고 어둡고 무서운 꿈을. 감촉과 감정은 기억에 또렷하게 새겨져 있지만 자세한 부분은 모호하다.

전체로서는 틀림없이 악몽인데, 기뻤던 것 같기도 하고 소중한 사람을 만난 것 같기도 하다.

예를 들면 히가를.

그녀에게서 무슨 말인가 들은 것 같기도 하다.

'비겁하다'고 생각하거나 '믿어보자'고 생각한 기억도 있다. 하지만 무슨 이야기였는지는 잊어버렸다.

"후루이치!"

동기인 오기노의 얼굴이 가까이 다가왔다. 수염을 기른 곰 같은 얼굴이 눈물과 콧물로 뒤범벅되어 있다. 평소에는 부루퉁한 얼굴인데, 이런 표정을 짓기도 하다니. 그의 뒤쪽에서는 상사와 부하직원들이 서 있었다. 눈에 눈물을 가득 담은 채 서로 어깨를 두드리며 기뻐하고 있다. 꼭 도쿄대 합격자 발표 순간을 보는 듯했다.

히가의 말을 믿어봐도 좋을지 모르겠다. 문득 그런 생각이 들었지만 어떤 말이었는지는 기억나지 않는다. 꿈의 기묘한 감각에 당황하고 있을 때 의사와 간호사가 나타났다. 당연하지만 눈에 익은 얼굴은 아무도 없다. 그들은 아내나 오기노와 이야기를 했다.

슈헤이가 도깨비처럼 새빨간 얼굴로 나에게 매달렸다. "아빠, 아빠!" 하는 말만 되풀이할 따름이다. 이제 '파파'라곤 부르지 않는 모양이다.

머리를 쓰다듬어주려고 하다가 위화감을 알아차렸다. 신체가 이상하다. 손과 발에 힘이 들어가지 않는다. 감각도 없다. 간신히 들어 올린 건 오른손뿐이었다. 다섯 손가락 모두 깁스가 되어 있었다. 턱을 당기고 머리를 들어 올려서 침대에 누워 있는 자신의 모습을 바라보았다.

없어졌다.

왼손 팔꿈치에서 아래쪽이 사라졌다.

두 발 모두 허벅지에서 아래쪽이 보이지 않았다.

으아앙. 아내가 다시 울음을 터뜨리고, 오기노와 회사 사람들도 침통한 얼굴로 눈길을 피했다. 의사도 나에게 말할 기회를 엿보고 있는 것처럼 보였다.

놀랐다. 눈 깜짝할 사이에 불안이 팽창되었다. 하지만 슬프지는 않았다. 각오는 이미 되어 있었다. 이렇게 될 걸 미리 알고 있었고, 받아들이고 있었다.

미도리가 울면서 설명했다. 사고 직후에는 아무렇지도 않았는데, 손발이 서서히 괴저 현상을 일으켜 자를 수밖에 없었다고. 괴저 현상의 원인은 알 수 없다. 오른 손가락의 골절은 불과 몇 시간 전에 발견했고, 그 이전에는 아무런 이상이 없었다고 한다. 아내와 의사는 고개를 갸웃거렸지만 나는 왠지 수긍이 되었다.

"괜찮아." 나는 오른손으로 아내의 뺨을 어루만지면서 말했다.

붕대에 가로막혀서 감촉도, 체온도 느낄 수 없었지만 아내의 뺨은 분명히 손끝에 있었다.

"살 거야. 약속했으니까."

"약속?"

"응. 열심히 살게."

나는 얼굴의 근육을 움직여서 웃음을 지었다.

의사의 설명을 들을 힘은 없어서 그 후에 곧장 잠들었다. 눈을 뜨자 옆에 있는 의자에서 아내와 아들이 껴안듯이 잠들어 있었다. 몸을 움직였더니 슈헤이가 눈을 떴다.

"미안해, 내가 깨웠구나." 나는 속삭이는 목소리로 사과했다.

"아빠, 잘 잤어?" 슈헤이가 나를 보고 웃으면서 말했다. "이쿠토가 말이야, 가이무* 재미없다고 했는데, 난 재미있다고 했어."

"응, 응."

"미나미가 「꿈의 라이브 프리즘스톤」의 렌조지 베루**를 좋아하는데, 난 안 본다고 했어. 그건 여자애들이 보는 거니까."

"그랬어?"

어린아이들이 보는 만화영화 이야기라는 걸 알았다. 어린아이 사회에서 벌어지는 이야기라는 것도 알 수 있었다. 즐거운가 보다. 즐거우면 됐다.

손을 내밀자 슈헤이는 조심스럽게 손가락 끝으로 찔렀다. 나는 "아얏!" 하고 아파하는 척을 하다가, 재빨리 연기라고 밝혔다. 겨우 이 정도로 아들은 만면에 미소를 지었다.

"안 아파?"

"그래. 금방 건강해질 거야."

"진짜? 발도 자라나?"

"하하. 그건 힘들 거야."

"도와줄게. 엄마도 도와준다고 했어."

"고마워. 아빠도 힘을 낼게."

"나도 힘낼게. 오늘은 집에 갈 수 있어?"

"아직 안 돼. 세 달은 여기에 있어야 한대."

"세 달? 모레의 내일쯤이야?"

---

* 일본의 특수 촬영물로, 가면라이더 시리즈 중 하나이다.
** 한국의 로컬라이즈명은 류빈이다.

입가에 웃음이 흘러넘쳤다. 아직 시간의 흐름을 모르는 것이다. 너무나 어린애답다.

"그러니까…… 아직 한참 뒤야."

"흐음, 난 오늘 볼일이 있어."

"그래? 지금부터?"

"응."

"으흠, 어디 갈 거야?"

"응. 매점에 놀러 갈 거야."

"매점…… 매점?"

슈헤이는 고개를 갸웃거렸지만 곧바로 얼굴에 미소를 담고 말했다. "있잖아, 놀아줄 거야. 빨간 학생복의 소녀라는 사람과."

젠슈의
발소리

가네쓰구가 생각하며 말하기를 "이 이름은 아울러 **젠슈**, 또는 **가슈소쿠세이**이니라". 나는 그 뜻을 물어보았으나 가네쓰구는 "변변치 않도다, 변변치 않도다"라고 말하며 파안대소만 할 뿐 대답하지 않았도다.

1

전화벨이 울렸다. 스마트폰의 착신음이다.

등이 차갑다. 하지만 손발은 뜨겁다. 얼굴도 뜨겁다. 눈도 뜰 수 없을 만큼 열이 있다. 온몸의 여기저기에서 통증이 아우성치고 있다. 의식은 몽롱해서 무슨 일이 있었는지 기억나지 않는다.

착신음은 아직 그치지 않는다. 굉음도 그치지 않는다.

다가왔다가 지나가고 다가왔다가 지나가는 기계 소리. 이것은 자동차다. 몇 대, 몇 십 대의 차량이 바로 옆을 달리고 있다. 지금 이 순간에도, 또 지금 이 순간에도. 소리는 밑에서 들리고 있다.

밑.

나는 지금 위를 보고 누워 있다.

자동차 소리는 몇 미터 밑에서 들리고, 착신음은 바로 옆에서 들린다.

상하 감각과 거리감을 되찾은 순간, 의식이 또렷해짐과 동시에 통증은 더욱 격렬해졌다. 멈칫멈칫 눈을 뜨자 밤하늘이 보였다. 거리의 가로등에 어둠을 빼앗긴 희미하고 얕은 밤하늘.

지금은 밤이고 나는 밖에 있는 듯하다.

착신음이 멈추었다.

잠시 후, 스피커폰으로 바꾸지도 않았는데 목소리가 귀에 닿았다. "노자키, 괜찮아?"

스마트폰이 바로 옆에 있는 모양이다.

"노자키, 내 말 들리면 대답해."

귀에 익숙한 목소리. 약간 콧소리가 섞인 다정한 목소리. 목소리를 듣기만 해도 통증이 부드러워진다. 이것은, 이 목소리는.

나는 육교 위에서 뒹굴고 있는 자신을 발견했다.

어찌 된 일인지 귓가에 스마트폰이 떨어져 있었다.

내가 왜 이런 곳에 있지? 왜 통증으로 신음하면서 이런 곳에 누워 있지?

생각나지 않은 상태로 나는 몸을 비틀어 스마트폰을 잡았다.

노자키 마코토.

화면에는 그 이름과 녹음 중이라는 표시, 그리고 통화 시간이 크게 표시되어 있었다.

마코토. 그렇다, 마코토다.

나는 얼마 전에 그녀와 결혼했다. 사람들을 앞에 두고 레스토랑에서 결혼식을 올리고, 몇 안 되는 친구들의 축하를 받았다. 그런 다음에 어떻게 됐더라? 나는 왜 지금 여기에 있지?

통화 버튼을 눌렀다.

"마코토."

"노자키?"

"그래."

"다행이야, 살아 있었구나!"

안도하는 그녀의 목소리를 들으면서 나는 조심스럽게 몸을 일으켰다. 통증으로 일어서기는 힘들어서 우선 난간에 기댔다.

"지금 어디에 있어?"

"그게…… 여기가 어디지?"

"뭐?"

"모르겠어. 어떻게 된 건지, 육교에서 기, 기절해 있었어."

"기절? 그럼 위험하잖아? 어디야? 어느 육교야?"

"어디더라……?"

아직 기억이 돌아오지 않는다. 단서를 찾으려고 주변을 둘러보았다. 왼쪽에는 육교가 이어지고, 오른쪽에는 낯선 물체가 놓여 있었다. 커다란 천 뭉치다. 그 옆에 있는 작고 검은 물건은 신발…… 펌프스다. 펌프스 옆에서 구깃구깃한 종잇조각이 보였다. 종잇조각에 그려진 것은 화려한 앵무새였다.

이것이 무엇을 의미하는지 알 수 없었다. 아무것도 기억나지 않는다.

"빌어먹을, 틀렸어." 나도 모르게 입에서 욕설이 튀어나왔다. "내가 왜 이런 곳에서, 혼자……."

"뭐? 혼자라고?" 마코토의 목소리가 한층 높아졌다. "언니는 어디 있어? 왜 언니와 같이 있지 않지? 왜 따로 행동한 거야?"

"……뭐?"

그렇게 되물은 순간, 그때까지 천 뭉치로 보였던 물체가 다른 모습으로 보였다.

옆으로 누운 채 쓰러져 있는 바지정장 차림의 몸집이 작은 여성. 포니테일이 아스팔트에 넓게 펼쳐져 있다. 손가락 끝에 있는 하얗고 길쭉한 것은 담배다. 표정은 확실히 보이지 않았지만 아무래도 눈을 감고 있는 것 같다.

처형이다.

마코토의 언니, 히가 고토코다.

나는 망연히 그녀를 바라보면서 무의식적으로 말했다. "같이, 있었어."

"엉? 그게 무슨 소리야? 지금 어딨어?"

"그게……."

그때 끼릭, 하고 소리가 났다.

육교가 흔들리고 있다. 이건…… 이 소리와 진동은.

갑자기 무언가가 나의 양어깨를 잡고 확 들어 올렸다. 눈 깜빡할 사이에 난간 높이를 넘었다. 순간적으로 휘두른 손에서 스마트폰이 빠져나가 아득히 밑에 있는 차도로 떨어졌다.

두 어깨를 잡은 굵은 발가락의 감촉이 느껴졌다. 기다란 발톱이 등을 찌르는 것도, 바늘처럼 강한 털이 피부를 쓰다듬는 것도 알 수 있었다. 하지만 가장 중요한 발가락도, 발도, 발의 주인도 보이지 않았다.

보이지 않는 무언가에 잡힌 채 나는 육교의 몇 미터 위에 떠 있었다.

떨어진다. 내던져진다. 그리고 달리는 차에 치여서 짓눌린다.

앞으로 벌어질 일을 떠올린 순간, 차가운 공포가 온몸으로 퍼져나갔다. 그 순간, 지금 여기까지 오게 된 과정이 주마등처럼 떠올랐다.

*

닷새 전. 2016년 10월 15일의 일이다.

어느 무게감 있는 잡지의 취재로, 아침부터 히노 시에 있는 사원을 몇 군데 돌아다녔다. 마지막으로 들른 다카하타후도손 곤고지*를 나온 것이 오후 4시. 도쿄메트로 히가시코엔지 역에 도착할 때까지 약 한 시간 동안 전철 안에서 기사를 완성해 사진과 함께

---

* 高幡不動尊金剛寺, 일본 도쿄 도 다카하타에 있는 진언종 사찰. 701~704년에 건립되었다고 한다.

편집부에 보냈다.

역에서 걸어서 10분. 주택가 모퉁이에 있는 작은 이탈리안 레스토랑인 'MEW'의 검은색 문에는 '금일 전체 대관'이라는 팻말이 걸려 있었다. 나는 조용히 문을 열고 안으로 들어갔다.

레스토랑 내부의 인테리어는 복고적이고 차분했다. 주방에서는 사무라이처럼 머리를 묶고 콧수염을 기른 점주가 대량의 식재료를 썰고 있었다. 고개를 들어 나를 보자마자 가볍게 미소를 지었다.

"축하드립니다."

나는 뭐라고 대답해야 좋을지 몰라서 어물거리며 고맙다고 말했다.

그때 홀의 한쪽에 있는 칸막이 너머에서 나를 부르는 소리가 들리더니, 이어서 일어서는 기척이 느껴졌다. 칸막이 뒤에서 나타난 사람은 웨딩드레스 차림의 마코토였다. 밤색 머리를 기이한 모양으로 올리고, 기묘하게 생긴 장식을 꽂았다. 화장은 평소와 달리 눈부실 만큼 화려해서 나는 몇 번이나 눈을 깜빡였다.

"어때? 어울려?"

"……그래."

"예뻐?"

"그래."

"내가 먼저 말하게 하면 안 되지."

"아니, 먼저 생각하고 있었어."

"흐음, 그래?"

마코토는 나를 살짝 흘겨보다가 이내 환한 미소를 지었다. "뒤에서 옷 갈아입고 와. 저기 행거에 턱시도 걸려 있어."

"아직 시간 있어. 당신과 달리 난 금방 갈아입으니까."

"그건 그렇지만." 마코토는 내 손을 잡으며 말했다. "왠지……
빨리하지 않으면 도망칠 것 같아서 그래."

"도망쳐? 내가?"

"아니, 기쁜 일이. 지난번 장마 때는 굉장히 위험했잖아."

"하긴."

넉 달쯤 전의 일이 떠올랐다.

사악한 저주를 받은 나와 마코토는 말 그대로 절체절명의 위기
에 빠졌다. 살아남은 건 우리가 저주를 풀어서가 아니라 운이 좋
아서였다.

방을 온통 뒤덮은 새빨간 실.

선혈보다 붉은, 지렁이처럼 꿈틀거리는 실.

머리에 떠오른 광경을 뿌리치고 있을 때, 마코토가 다시 입을
열었다. "지금도 딱히 평온한 건 아니야. 우리는 평화롭지만 이 주
변은 그렇지 않거든. 그 보이지 않는……."

"마코토." 나는 그녀의 손을 꼭 잡으면서 말했다. "알았어. 옷 갈
아입고 올게."

"고마워."

"하지만 오늘은 당신만 생각해줘. 의뢰받은 일은 일단 옆으로
제쳐두고."

"노자키……."

"결혼식이란 건 그런……."

"죄송해요, 제가 좀 늦었어요!"

커다란 목소리가 레스토랑에 울려 퍼진 뒤, 거친 숨소리가 이
어졌다.

야윈 체구의 키가 큰 청년이 출입구 문의 손잡이를 잡고는 숨을 헐떡이고 있었다. 초록색 머리를 세우고 누더기 같은 배낭을 멘 채, 민속의상 같은 하늘하늘한 갈색 옷을 입은 청년이었다.

내 지인 중에 이런 사람은 없다. 이 레스토랑의 아르바이트생인가. 아니면 수상한 사람인가.

몸을 도사렸을 때 마코토가 목소리를 높였다. "덴!"

"마코토 씨, 늦어서 미안해요." 청년은 옆에 껴안고 있던 네모난 액자 같은 걸 내밀면서 말했다.

웰컴보드였다. 결혼식이나 피로연이 있음을 알리는, 연회장이나 레스토랑의 현관에 놓는 안내판. 이름과 날짜와 최소한의 글자만 쓴 소박한 것도 있고, 꽃이나 리본으로 예쁘게 장식한 세련된 것도 있다.

청년이 가져온 웰컴보드에는 나와 마코토의 상반신이 그려져 있었다. 캐리커처, 즉 사람의 특징을 극단적으로 과장하여 우스꽝스럽게 그린 그림이다. 마코토는 큰 눈과 입이 강조되었고, 나는 좁은 얼굴이 강조되었다. 번화가의 한쪽 구석이나 이노카시라 공원에서 보는 것보다 훨씬 잘 그렸다. 나의 날카로운 눈초리가 좀 마음에 걸렸지만, 마코토의 아름다운 얼굴은 그것을 보충하고도 남음이 있었다.

"노자키, 이쪽은 내 친구 덴 호마레, 화가야. 덴, 이쪽은 내 남편인 노자키야."

"처음 뵙겠습니다."

내가 인사하자 덴 청년은 그 자리에 철퍼덕 주저앉았다.

"주, 죽을 것 같아. 이렇게 정신없이 달린 건 10년 만이에요. 아참, 난 화가가 아니에요. 백수에다 한때 범죄자였죠."

"범죄자?"

"길어지니까 그 얘긴 나중에 해줄게." 마코토는 웰컴보드를 받아들고 뚫어지게 쳐다보았다. "덴, 고마워. 너무너무 예뻐. 정말 맘에 쏙 들어."

"어떻게 하는 게 좋을까 고민하는 사이에 최악의 상황에 빠졌지 뭐예요? 아슬아슬한 순간까지 걸렸어요. 더구나 휴대폰이 정지돼서 연락할 수도 없었고……. 정말 미안해요. 내가 까먹었다고 생각한 건 아니죠?"

"아냐, 믿었어."

마코토는 환하게 웃으면서 웰컴보드를 껴안았다. 덴 청년도 이마의 땀을 닦으며 만족한 얼굴로 마코토를 바라보았다.

결혼식과 피로연은 무사히 끝났다.

하지만 모든 기억은 다 사라지고, 기억나는 것은 오직 마코토뿐이었다. 사랑의 서약을 말하는 마코토. 입을 크게 벌리고 내가 준 케이크를 받아먹는 마코토. 반대로 나에게 케이크를 먹여주는 마코토. 친구들과 기념 촬영을 하는 마코토. 기가출판의 편집자인 다케시나 후지마와 이야기하는 마코토. 문 옆에서 친구들을 배웅하는 마코토. 그러고는…….

레스토랑 출입구에서 마지막 손님을 배웅한 직후의 일이었다.

덜컹덜컹. 바퀴 소리가 가까이 다가오면서 앞길에 사람의 그림자가 나타났다. 체구가 작은 여성이 커다란 캐리어 가방을 끌고 있었다. 다운코트 탓인지, 작은 몸이 더욱 작아 보였다.

마코토의 언니인 고토코였다.

내 옆에서 마코토가 멍하니 입을 벌렸다. 눈 깜짝할 사이에 눈에 눈물이 고였다.

"……어떻게?"

"조사했어." 고토코는 무표정하게 말했다. "마코토, 결혼 축하해. 노자키 씨도요."

으윽. 마코토가 오열하면서 두 손으로 얼굴을 덮었다. 생각지도 못한 상황 앞에서 나는 망연히 서 있을 뿐, 어떤 반응도 할 수 없었다.

고토코가 검은색 장갑을 낀 손을 내밀었다. 마코토가 흐느껴 울면서 그 손을 꼭 잡았다. 나는 정신을 차리고 황급히 고토코에게…… 처형에게 사과했다.

"초대 못 해서 죄송합니다."

"당연해요, 연락처를 말하지 않았으니까요. 방해가 되지 않았다면 좋겠네요."

마코토는 세차게 머리를 가로저으며 언니의 손을 살짝 잡아당겼다. 나는 그 동작의 뜻을 번역해주었다.

"당치도 않습니다. 괜찮다면 안으로 들어가시죠. 마코토도 쌓인 이야기가 있는 것 같고요."

"아니에요, 내일 아침에 일이 있어서 전 이걸로……."

"언니."

"마코토, 안 돼."

"하지만."

"중요한 일이야."

마코토는 야단맞은 어린애처럼 고개를 떨구었다가 이윽고 웃는 얼굴로 말했다. "응, 와줘서 고마워."

"오기를 잘했네. 그리고 이거." 고토코가 코트 안주머니에서 꺼

낸 것은 기와처럼 두툼한 갈색 봉투였다. "축의금이야. 예쁜 축의
금 봉투에는 얼마 안 들어가서."

"……고맙지만 이렇게 많이 받을 수 없어."

"받아줘. 내 부탁이야."

고토코는 갈색 봉투를 더 앞으로 내밀었다. 마코토는 한참을
망설인 끝에 폭탄이라도 받는 것처럼 조심조심 받아들었다.

"정말 받아도 돼?"

"물론이야."

"하지만…… 어?"

봉투 뒷면에는 얼룩이 묻어 있었다. 불그죽죽한 얼룩이 여기저
기에.

마코토는 나에게 던지듯 봉투를 넘기고 고토코의 두 어깨를 잡
았다. "다쳤어?"

"안 다쳤어. 점심때 나폴리탄 스파게티를 먹었거든."

"거짓말."

마코토는 말이 끝나기도 전에 고토코의 다운코트 지퍼를 힘껏
내렸다. 적나라하게 드러난 재킷은 흙먼지투성이에, 하얀 블라우
스의 가슴 부분은 희미하게 붉게 물들어 있었다.

고토코의 상처투성이 손이 머릿속에 떠올랐다. 처절하기 짝이
없는 그녀의 일도.

"역시…… 옷이 너무 두껍더라니……." 마코토가 다시 눈에 눈
물을 담고 고토코의 손을 잡았다.

"신경 쓰지 마."

"어떻게 신경을 안 써? 이렇게 힘들게 올 것까진 없었는데."

"힘들지 않았어."

"하지만."

"난 괜찮다니까." 고토코가 마코토의 손을 뿌리치며 말했다.

다음 순간, 마코토의 몸이 휘청거렸다. 황급히 손을 내밀었지만 닿지 않았고, 그녀는 그대로 요란스럽게 넘어졌다.

"아야야야……."

"마코토!"

고토코가 나를 밀어젖히며 재빨리 마코토 옆에 무릎을 꿇었다.

마코토는 왼발을 삐었다. 익숙지 않은 하이힐을 신은 탓에 고토코가 손을 뿌리친 순간, 균형을 잃고 접질린 것이다. 더구나 넘어질 때 손을 잘못 짚는 바람에 오른손 엄지의 큰마름뼈에 금이 갔다.

"정말 미안해."

다음 날 점심시간이 되기 조금 전.

병원에 갔다가 집에 와서 힘없이 침대에 눕는 마코토를 보고 고토코가 말했다. 그녀는 연지색 상하 저지에 하얀색 앞치마를 입고는 침대 옆에 무릎을 꿇고 앉았다.

고토코가 사과하는 건 이걸로 몇 번째일까? 표정은 없는 것이나 마찬가지이고 말투도 침착했지만, 후회와 죄책감이 몸의 구석구석에서 배어나오고 있었다.

"이제 괜찮다니까." 마코토가 지긋지긋한 얼굴로 대답했다.

길고 부석부석한 머리칼이 얼굴의 절반을 가렸다.

"괜찮지 않아. 소중한 첫날밤을 엉망으로 만들었잖아."

"첫날밤은 무슨. 딱히 소중하지도 아무렇지도 않아. 다치지 않았어도 집에 와서 그대로 잠들었을 거야."

"그래요. 그러니까 신경 쓰지 않아도…….."

"그건 모르잖아요?" 고토코는 무릎 위에서 주먹을 꽉 쥐고 강하게 주장했다. "둘의 마음이 간절해지고, 그러는 사이에 분위기가 타올라서…… 그런 일도 충분히 있을 수 있었어. 그런데."

"지금 무슨 말을 하는 거야?"

"어쨌든 미안해." 고토코는 손으로 바닥을 짚고 사과했다.

마코토는 무슨 말인가 하려다 그만두고 커다란 베개를 베고 누웠다.

나는 방을 둘러보았다.

예전에 마코토가 혼자 살았고 지금은 나와 둘이 사는, 나카노구 야마토초 상가 건물에 있는 집은 몰라볼 만큼 깨끗해졌다. 마코토는 원래 청소를 싫어했다. 나도 결혼식 준비와 일을 하느라 정신이 없어서 지저분한 상태 그대로 놔두었다. 그런데 지금은 먼지 한 톨 떨어져 있지 않다. 마코토를 병원에 데려간 동안 고토코가 깨끗이 청소한 것이다. 베란다에는 행거에 가지런히 걸려있는 세탁물이 바람에 흔들리고 있었다.

나는 태연함을 가장하면서 넌지시 물어보았다. "실례지만 일은 어떻게……."

"우연히 상대 쪽 사정으로 연기됐어요."

거짓말일 게 뻔했지만 깊이 따지고 들 수는 없었다.

마코토도 미간에 주름을 잡고 언니를 쳐다보다가 이윽고 작게 한숨을 쉬었다. "언니, 다친 데는 어때?"

"찰과상이야."

고토코가 그렇게 말하며 저지의 지퍼를 내리는 걸 보고 나는 황급히 눈길을 돌렸다.

"으음. 뭐, 긁힌 것뿐이네."

"그래. 넌 어때?"

"걷기가 힘드네. 손은 살짝 흔들기만 해도 욱신거리고."

"미안해."

"언니 잘못이 아니라고 몇 번을 말해야 해? ……참, 그렇지. 데라시네에 전화해야지."

마코토가 아르바이트를 하고 있는 고엔지의 작은 바다. 지금 상태로는 당분간 일할 수 없다.

"결혼식 다음 날부터 일해?" 머리맡의 스마트폰을 든 마코토를 바라보며 고토코가 물었다.

"그럴 생각이었어."

"생활이 그렇게 힘들어?"

"아니야. 그냥 평소처럼 지내려는 것뿐이야. 노자키도 일이 밀려 있고."

"그러세요?"

"네. 오늘과 내일, 마감이 몇 개나 있어서요."

고토코는 이해가 되지 않는 얼굴로 나와 마코토를 번갈아 쳐다보았다. "쉬겠다고 연락하려는 거구나."

"그래."

"그쪽 일에 구멍이 생기는 거네."

"그렇긴 한데……." 마코토가 밤색 머리칼을 쥐어뜯으며 말했다. "그래도 괜찮아. 일요일엔 손님이 많지 않으니까……."

"다른 사람이 대신 가도 되느냐고 물어봐."

"뭐? 그게 무슨 말이야?"

고토코는 자세를 바로 하고 말했다. "네가 나을 때까지 내가 대신 일해도 되는지, 점장에게 물어보라고. 물론 내가 일한 돈은 전부 너한테 줄게."

"뭐?" 마코토가 몸을 일으키며 황당한 표정을 지었다. "그렇게 말도 안 되는 짓을 한다고?"

"할 거야." 고토코는 일어서더니 동생을 내려다보았다. "나에게 맡겨줘, 마코토."

당당하게, 너무나 당연한 것처럼.

마코토도, 나도 어이가 없어서 대꾸를 할 수 없었다.

데라시네 점장은 의외로 순순히 받아들여서, 고토코는 마코토 대신 출근하게 되었다. 점장은 좋게 말하면 융통성이 있고 나쁘게 말하면 뭐든지 대충한다고 마코토에게서 듣긴 했지만, 이 정도일 줄은 상상도 못 했다.

"그럼 다녀올게."

저녁이 되자 고토코는 마코토의 작업복을 입고 집을 나섰다.

단숨에 긴장이 풀려서 나는 침대에 쓰러졌다. 마코토도 녹초가 된 얼굴로 천장을 올려다보았다.

나는 단도직입적으로 물었다. "옛날부터…… 저런 사람이야?"

"글쎄, 뭐든지 똑 부러지게 하긴 했어."

"고집도 셌어?"

"으음, 그건 잘 모르겠어. 이렇게 오랫동안 같이 있는 건 오랜만이거든. 10년? 아니, 더 됐나? ……어쨌든 내가 어른이 되고 나서는 처음이야." 마코토는 얼굴을 찡그리곤 몸을 빙글 뒤집으며 말을 이었다. "솔직히 대하기 힘들지? 미안해."

"사과할 거 없어. 처형에겐 오히려 고마워하고 있어."

"진짜?"

"그래."

"저것도? 부담스럽지 않아?"

마코토는 몸을 뒤로 젖히고 부엌을 가리켰다. 커다란 냄비에는 돼지고기 찌개가, 프라이팬에는 무와 돼지고기 볶음이 들어 있었다. 냉장고 안에는 배추장아찌가 들어 있을 것이다. 모두 고토코가 집에서 나가기 직전에 만든 것이다. 그녀는 냉장고에 있는 재료를 이용해 익숙한 손놀림으로 뚝딱 만들었다.

저녁 식사를 만든다고 했을 때는 부드럽게 거절 의사를 전달했지만 그녀는 물러서지 않았다.

"노자키 씨는 원고를 마무리하세요."

나는 마지못해 고토코의 말을 받아들였다.

당황스럽지 않다고 하면 거짓말이리라. 동생을 다치게 한 대가라곤 하지만 도가 지나치다는 생각도 들었다. 하지만.

나는 속마음을 솔직하게 말했다. "저녁 식사가 기다려져."

"그렇다면 다행이야."

마코토는 미소를 지으며 베개에 얼굴을 묻었다.

고토코의 요리는 생각보다 간이 셌지만, 마코토는 그리웠는지 평소보다 많이 먹었다. 냄비의 음식을 남김없이 다 먹더니 목욕도 하지 않고 잠들었다. 피곤이 쌓였던 것이리라. 결혼식 준비를 둘이서 같이 한다고 했지만 분명히 마코토에게만 부담이 갔을 것이다. 생각해보니 나는 웰컴보드의 완성이 늦어진 것조차 모르고 있었다. 누가 업어가도 모를 만큼 정신없이 잠든 마코토의 얼굴을 잠시 바라보고 나서 원고로 돌아갔다.

고토코가 집에 온 것은 다음 날 점심 식사를 하기 전이었다. 얼굴에 약간 기름기가 도는 것 말고는 나가기 전과 달라진 점은 없었다. 손에 든 비닐봉지에는 말보로 골드 오리지널이 한 보루 들어 있었다.

마코토가 걱정스러운 얼굴로 물었다. "어땠어……?"

"익숙해지니까 의외로 즐겁더라, 술 취한 손님을 상대하는 것도 말이야."

"그, 그랬어?"

"마지막까지 있던 손님들과 노래방에 갔다 왔어. 그래서 지금 온 거야."

"노래방이라니…… 언니, 무슨 노래 불렀어?"

"「겨울왕국」의 주제가."

"뭐? 렛잇고?"

"농담이야."

"그럼 무슨 노래 불렀어?"

고토코는 대답하지 않고 세면장 겸 탈의실로 사라졌다.

마코토와 내가 얼굴을 마주 보는 사이에, 샤워하는 소리가 들리기 시작했다.

30분 후. 머리를 말린 고토코가 산뜻한 얼굴로 거실로 돌아왔다. 장갑은 벗었다. 그녀의 상처투성이 손을 보는 건 이걸로 두 번째지만 아직 익숙해지지 않는다. 시야에 슬쩍 들어온 것만으로도 지금까지 살아온 그녀의 인생과, 그녀가 대치해온 수많은 위협에 대해서 생각할 수밖에 없었다.

물이 든 페트병을 내밀자 그녀는 순순히 받았다.

"고마워요." 그러곤 절반쯤 마시더니 담배를 손에 들고 말했다.

"마코토, 의뢰를 받고 있다면서?"

"응." 마코토는 얼굴을 찡그리며 대답했다.

"손님한테 들었어. 사건이 꽤 많은 것 같던데? 왜 나한테 말하지 않았어?"

"딱히 말해야 하는 건……." 마코토는 우물거리면서 말끝을 흐렸다.

"노자키 씨도 아시나요?"

"네, 특별히 조사할 게 있으면 해주고 있습니다."

"그러세요?"

고토코는 부엌의 환기팬을 돌리고 나서 담배에 불을 붙였다.

그러곤 몇 모금 피우고 날카로운 눈으로 마코토를 바라보았다. "보이지 않는 괴물, 이라고?"

"그래."

"또는 괴이한 발소리?"

"응."

"어떻게 생각해? 얌전해지고 있어? 아니면 이미 끝났어?"

"둘 다 아니야. 이대로 있으면 더 무서운 일이 일어날 것 같아. 단지 감에 불과하지만."

"나도 그렇게 생각해." 고토코는 보라색 연기를 내뿜으면서 우리를 똑바로 쳐다보았다. "마코토, 이 일도 나한테 맡겨줘."

6개월 전, 새벽 2시.

고엔지에서 술을 마시고 집에 가던 40대 남성이 집 근처인 아사가야키타 4번가 부근에 접어들었을 때, 누군가에게 숄더백을 잡혔다. 이어서 멱살이 잡혀 쓰러진 뒤, 그대로 10미터 정도 끌려가서 단독주택 담벼락에 내던져졌다.

정신이 들었을 때는 하늘이 희뿌옇게 밝아오고 있었다. 그날 일출 시각은 오전 5시 15분, 즉 남성은 세 시간 넘게 밤길에서 기절해 있었던 것이다.

가방의 벨트가 끊어지고 내용물이 산산이 흩어졌다.

이 사건은 세상에 알려지지 않았다. 남성 본인이 "술에 취해 누군가와 싸우기라도 하고 기절했는지, 기억이 마구 뒤섞였다"라고 해석한 탓이다. 그가 자신의 경험을 말하게 된 것은 이웃 지역…… 즉, 도쿄 도 스기나미 구 일각에서 비슷한 사건이 수차례 발생한 다음이었다.

우메자토, 호리노우치, 신코엔지 역과 가까운 오우메 가도에서 하나 들어간 골목.

아사가야키타 3번가, 산시노모리 공원, 조금 떨어져서 나카노 구 다이와초. 우리 집 근처다.

오전 0시부터 5시 사이, 인적이 없는 어둠 속에서 옷이나 가방이 잡혀 질질 끌려다니거나 내동댕이쳐진다. 피해자는 지금까지 남성 다섯 명, 여성 두 명 등 총 일곱 명이다. 그중 여섯 명은 경상으로 끝났지만 한 명은 두 다리의 뼈가 부러지는 중상을 입었다.

뉴스에 따르면 피해자 사이에는 공통점이 없고, 수사도 진전되지 않았다고 한다. 대형 미디어에서는 '묻지 마 범죄', '연쇄 폭행범'이라고 어디까지나 일반적인 범죄 행위처럼 보도했지만, 실상은 다른 듯하다. 피해자들의 증언은 그 일대의 소문이 되어서 나와 마코토의 귀에도 들어왔다. 피해자 중 어느 누구도 가해자의 모습을 보지 못했다. 기억이 나지 않는 게 아니다. 보이지 않는 것이다.

다만…….

발소리만은 들었다.

밤길에서 기묘한 발소리를 들었다.

짐승의 발톱이 아스팔트를 긁는 듯한 소리. 개나 고양이가 아닌, 훨씬 큰 짐승의 발소리.

그런 소리가 점점 가까이 다가와서 기이하게 생각한 순간…….

피해를 당한 사람들은 남녀를 불문하고 한결같이 입을 모아 그렇게 말했다.

이 일련의 사건은 어느새 오컬트 영역으로 소문나게 되었다. 제대로 대처할 수 있는 상대가 아니라 요괴 종류라고 보는 사람도 조금씩 늘었다. 또한 오컬트 사이트나 오컬트 잡지에서 적당히 기사를 쓰는 바람에 전국의 호사가들에게 알려지게 되었다. 리얼타임 오컬트 사건, 또는 괴이로서. '눈에 보이지 않는 괴물'이라는 말을 제일 먼저 사용한 곳은 오래된 오컬트 사이트인 '비마나'*이고, '괴이한 발소리'란 말을 제일 먼저 사용한 곳은『별책 실화 데들리 프렌드(Deadly Friend) vol.2 검은 이야기』다.

중상을 입은 피해자의 친구 중에 데라시네의 단골손님이 있었다. 친구는 슬픔과 분노를 토로했고, 그걸 보고 가슴이 아팠던 마코토는 해결을 하기 위해 움직이게 되었다. 눈에 보이지 않는 흉악범의 정체를 밝혀내고, 그 정체에 맞춰 움직이기로 한 것이다. 물론 자원봉사로서.

"언니 정도가 아니면 돈을 받을 수 없어요."

---

* Vimana, 고대 인도 신화에 등장하는 비행체로, 하늘을 날아다니는 수레라고도 한다.

처음 만났을 때부터 거듭 강조했던 그녀의 방식이었다.

하지만 단서는 일절 잡을 수 없었다. 결혼식 준비를 하는 틈틈이 둘이 밤에 돌아다니거나 의논을 했지만 결과로 이어지지 않았다. 최근 한 달 사이에는 사건이 일어나지 않았는데, 이제 슬슬 일어나지 않을까 하는 생각도 들었다. 불길한 예감을 껴안은 채, 나와 마코토는 결혼식을 맞이한 것이다.

나는 보이지 않는 괴물에 관해 조사한 것을 전부 고토코에게 전했다.

그동안 담배를 두 개비 피운 고토코가 조용히 입을 열었다. "마코토, 아르바이트하는 날짜를 가르쳐줘."

"왜?"

"몰라서 물어? 밤에 돌아다닐 수 있는 건 아르바이트가 없을 때뿐이잖아."

"괜찮아, 그렇게까지 해주지 않아도."

"안 돼. 네가 빠진 구멍은 메워야지."

"언니도 일이 있잖아?"

"이상하게도 전부 다 연기되거나 중지됐어. 물론 다 그쪽 사정으로."

"정말이야?"

"내가 거짓말하는 것 같아?"

나폴리탄 스파게티 건이 머릿속에 떠올랐지만 따질 마음은 들지 않았다.

마코토도 포기했는지 귀찮은 얼굴로 말했다. "오늘과 내일은 아르바이트가 있고, 3일은 없어."

"그럼 노자키 씨, 모레 밤에 저 좀 도와주시지 않겠어요? 현장을 대강 봐두고 싶은데, 이 일대는 잘 모르거든요."

2년 전, 그녀를 처음 만났을 때의 일이 떠올랐다. 그때 고토코는 정체를 알 수 없는 강력한 요괴를 혼자 상대했다. 나는 그저 그녀의 지시에 따라 도와주는 것밖에 할 수 없었다.

그렇다면 이번에는.

나는 목소리에 힘을 실어 대답했다. "좋습니다."

고토코는 담뱃불을 끈 뒤, 거실 구석에 있는 소파에 눕자마자 머리부터 담요를 뒤집어썼다.

곧바로 새근새근 잠자는 소리가 들렸다.

마코토가 난감한 얼굴로 나지막이 말했다. "옛날부터 눕자마자 잠들었어."

고토코는 저녁때쯤 일어나 마코토 옷을 입고 데라시네에 갔다가, 아침에 와서 샤워를 하고 소파에서 잤다. 마코토에게는 거의 말을 하지 않고, 마코토 또한 고토코에게 좀처럼 말을 걸지 않았다.

그런 날이 두 번 반복된 뒤, 나는 예정대로 고토코와 밤에 돌아다니게 되었다. 집을 나선 것은 밤 9시. 다섯 시간 전의 일이다.

일단 집 근처의 사건 현장을 돌아다닌 뒤, 이어서 아사가야 부근의 현장을 차례대로 안내했다. 고토코는 모든 현장에서 귀를 쫑긋 세우거나 땅에 손을 댔지만 부루퉁한 얼굴로 생각에 잠길 뿐 아무 말도 하지 않았다.

밤 12시가 지났다. 아사가야 역에서 주오 선을 타고 고엔지 역에서 내려 북쪽 출구로 나왔을 때, 나는 이변을 알아차렸다.

로터리가 한산했다.

보통은 한밤중이라도 남녀노소가 우글우글 모여 있는데, 소주 칵테일과 담배를 손에 든 양복 차림의 샐러리맨 몇 명이 흡연 공간에 서 있는 정도였다. 스케이트보드를 즐기는 젊은이도, 길거리에서 노래하는 뮤지션도 보이지 않았다. 너무나도 고엔지에 살 것 같은 히피 차림의 직업도 나이도 알 수 없는 사람들도 자취를 감추었다. 개찰구에서 나온 승객들도 말없이 종종걸음으로 주택가로 사라졌다.

역의 불빛과 역 건물에 있는 패밀리 레스토랑의 불빛, 편의점 불빛만이 조용한 로터리를 비추고 있었다.

고토코가 내 얼굴을 쳐다보며 물었다. "왜 그러세요?"

"아뇨…… 이렇게 사람이 적은 건 처음 봐서요."

"데라시네 손님들도 밤에 돌아다니는 사람이 줄었다고 그러더군요. 그 보이지 않는 괴물 탓이겠지요."

"이 마을 사람들은 의외로 이런 이야기를 진지하게 믿는군요."

"자신의 안전을 먼저 생각하는 건 좋은 일이에요. 데라시네의 매출이 떨어지는 건 곤란하지만요." 고토코가 혼잣말처럼 중얼거렸다.

남쪽 출구의 상점가로 가려고 고가도로 밑을 지날 때, 어미를 길게 끄는 맥 빠진 목소리가 들렸다.

"노자키 씨이, 마코토 씨의 남편부우운."

초밥 가게의 셔터 앞에서 초록색 머리의 청년이 책상다리를 하고 앉아 있었다. 몸에는 누더기를 이어 붙인 듯한 화려한 색깔의 코트를 걸치고 있었다.

덴 청년이었다.

그의 앞에 있는 돗자리에는 그림엽서가 늘어서 있었다. 엽서에는 화려한 앵무새와 투구풍뎅이, 나비 등이 생생하게 그려져 있고, 옆의 팻말에는 '오리지널, 직접 그린 엽서, 한 장에 200엔'이라고 붓글씨로 휘갈겨 쓰여 있었다.

나는 고토코와 덴 청년을 서로에게 소개했다.

덴 청년은 스스럼없는 미소를 지으며 말했다. "와아, 하나도 안 닮았어요."

"웰컴보드 만들어줘서 고마워. 현관에 장식해 놓았어."

"정말이에요? 이거 기분 좋은데요?"

"이런 그림도 그리는구나."

"헤헤, 괜찮으시면 한 장 가져가세요. 마코토 씨의 언니니까 특별히 서비스로 드릴게요."

"돈은 줄게요." 고토코가 덴 청년의 말을 가로막듯이 말했다. "난 앵무새로 할게요. 노자키 씨는 어느 걸로 할래요? 제가 사드릴게요."

"……그럼 난 도마뱀을."

"이거 죄송하기도 하고 고맙기도 하네요. 오늘 오랜만에 장사를 나왔는데 하나도 안 팔리지 뭐예요? 역시 길거리 장사는 매일 해야 하나 봐요. 아르바이트를 너무 많이 해서, 한 달 정도 땡땡이 쳤거든요." 덴 청년은 그림엽서를 내밀며 밝은 얼굴로 말했다.

"보이지 않는 괴물 탓 아닌가요?" 고토코가 물었다.

나는 도마뱀 카드를 잠시 바라본 뒤 재킷 안주머니에 넣었다.

"글쎄요, 그건 잘 모르겠어요. 뭐, 돌아다니는 사람이 줄긴 했더라고요."

"덴 씨는 무섭지 않아요?"

"아까 끄르륵하는 소리가 나서 완전 쫄았어요. 길고양이였지만요, 헤헤."

"그래요……. 그러면 앞으로도 우리 마코토와 친하게 지내주세요."

덴 청년은 송구스러운 표정을 지으며 말했다. "친하게 지내다니, 그런 은인과 친하게 지낸다면 저야 영광이죠."

"은인?" 나는 의아한 표정을 지으며 물었다.

그러고 보니 마코토의 지인이라는 것 말고 그에 관해서 아는 것이 없다.

덴 청년은 부끄러운 듯 코를 긁적이면서 말했다. "실은 작년 봄에 부모님 집을 뛰쳐나와 이쪽으로 왔는데, 솔직히 상태가 좀 안 좋았거든요. 도쿄예대에 여덟 번이나 떨어져서요."

일본 최고의 예술대학이다. 6수, 7수는 당연하고, 11수해서 들어가는 사람도 있다고 한다. 그 학교가 그토록 매력적인 건가?

"많이 힘들었겠군요. 꿈이 깨졌다고 할까……."

"아니요, 깨진 게 아니라 패배한 거예요. 형에게 진 거죠. 혹시 일본 화가인 사카에 덴이라고 아세요? 나이는 저보다 한참 위지만요."

"아아, 그……."

사카에 덴. 나도 알 만큼 유명한, 뉴욕에 거주하는 화가다. 일본화 기법으로 그린 고층 빌딩이나 공장은 보기만 해도 재미있고 독특하다. 몇 번 사진을 본 적이 있는데, 그러고 보니 눈앞에 있는 덴 청년과 눈 주변이 닮은 것 같기도 하다.

"저희 집안은 친척들까지 모두 예술을 해요. 그 녀석은 그중에서 톱이라고 할까, 한마디로 집안의 자랑거리죠. 전 떨거지고요. 그 녀석이 한번에 붙은 대학을 8수해서도 떨어졌으니, 당연히 버러지 취급을 받을 수밖에 없죠. 예대에 불합격했다, 그러면 덴 가문에는 필요 없다, 그렇게 돼서……."

"참 한심한 얘기군요." 고토코가 차갑게 내뱉었다.

"저도 지금은 그렇게 생각하지만 6개월 전에 여기에 왔을 때는 완전 밑바닥이라고 할까, 그대로 평생 쓰레기로 살 것 같았어요. 뭐, 집안사람들한테 세뇌당한 거죠. 형도 왠지 재수 없었고요." 덴 청년은 헤헤헤 웃고 나서 말을 이었다. "그래서 친구 집에 얹혀살면서 밤낮이 뒤바뀐 생활을 했고, 속에서 솟구치는 불길을 가라앉히지 못해 밤이면 밤마다 낙서를 하면서 돌아다녔죠. 그라피티*처럼 훌륭한 건 아니에요. 셔터나 벽에 스프레이로 스윽 선이나 동그라미를 그리며 더럽힌 것뿐이죠."

그는 몇몇 장소를 예로 들었다. 그중 두 군데 낙서는 본 기억이 있다. 코미디언인 다모리가 예전에 순산을 기원하며 그렸다는, 초중생 남자아이가 좋아할 만한 종류의 낙서다.

"그런데 올해 3월 30일, 절대 잊을 수 없는 날이었죠. 한밤중에 마구 낙서를 하고 있었는데 백발에 가까운 금발의 여자한테 들켰지 뭐예요? 그 사람이 마코토 씨예요."

"그래, 그 무렵엔 그런 색깔이었지."

"겁을 주면서 위협을 했는데 마코토 씨는 쫄지도 않고 나를 술집으로 데려가더니, 아침까지 놔주지 않더라고요. 처음에는 귀찮고 짜증도 났어요. 나이도 별로 차이 나지 않는데 한참 누나처럼 굴어서요. 근데 뭐, 그걸 계기로 이것저것 생각하게 됐고…… 일

---

* 길거리 여기저기 벽면에 낙서처럼 그리거나 페인트를 분무기로 내뿜어서 그리는 그림.

단 낙서는 그만뒀어요."

처음 듣는 얘기라서 놀라기도 했고 동시에 이해하기도 했다. 마코토라면 그런 이야기를 주변에 퍼뜨리지 않으리라.

"그때부터 상점가…… 저쪽에 있는 사이제리야에서 알바를 하고, 여기서 길거리 그림을 그리면서 지금에 이르렀어요. 아직 친구에게 얹혀살고 떨거지라는 마음도 없어지지 않은 데다 이것도 한심한 그림이라고 생각하지만, 예전보다는 즐거워요. 그래서 마코토 씨는 제 은인이에요."

"마코토가……." 고토코가 앵무새 그림엽서를 뚫어지게 바라보았다.

모든 게 해결된 건 아니지만 적어도 한 걸음, 아니 두세 걸음 내딛고 있다. 마코토의 따뜻한 마음 덕분에 이 청년은 앞으로 나아간 것이다. 마코토가 자랑스러웠다. 그와 동시에 미안하기도 했다. 마코토처럼 훌륭한 여성에게 내가 어울릴까? 불쑥 솟구친 비굴한 열등감에 당황하고 있을 때, 뒤에서 한층 높은 여성의 목소리가 들렸다.

"이거 주세요!"

20대 중반처럼 보이는 남녀 커플이 덴 청년의 그림엽서를 샀다. 여성은 공작과 벌새 그림을, 남성은 송충이와 뱀 그림을.

두 사람은 서로의 그림에 관해 즐겁게 이야기하면서, 어깨를 나란히 하고 남쪽 출구 쪽으로 걸어갔다. 그들과 교대하듯 학생처럼 보이는 사람들이 다가와서 그림엽서를 들여다보았다.

나와 고토코는 덴 청년에게 인사하고 그 자리를 뒤로했다.

"마코토 씨에게 안부 전해주세요!" 덴 청년의 경쾌한 목소리가 고가도로 밑에 울려 퍼졌다.

고난도오리를 남쪽으로 내려가 신코엔지 방면으로 향했다. 사람도 차도 드문드문하고, 아직 문을 닫지 않은 술집이나 라면가게도 조용히 숨을 죽이고 있는 것처럼 느껴졌다.

"이 주변은 길거리 흡연이 금지인가요?" 고토코가 시선을 앞으로 향한 채 물었다.

손에는 담배 케이스가 들려 있었다.

"네, 유감스럽지만요."

"마코토는…… 그런 식으로 살고 있나요?"

"무슨 말씀이신지……."

"사람들과 말하는 일을 하고, 사람들과 술잔을 나누면서 친하게 지내냐는 거예요."

"그렇습니다."

"공짜로 사람을 구해주고요?"

"네, 그게 마코토입니다." 나도 눈길을 앞으로 향한 채 말했다.

마코토는 지금까지 사람들을 미혹에서 구해주고, 더 좋은 방향으로 이끌어준 적이 한두 번이 아니다. 그녀를 처음 만났을 때도 그러했다. 본인은 별로 말하고 싶어 하지 않지만, 지금 사는 집을 고작 한 달에 5만 엔으로 빌릴 수 있었던 것도 누군가를 도와준 덕분인 듯하다.

대충 상황을 설명해주자 고토코가 나지막이 코웃음을 치며 말했다. "사람을 도와주는 것도 좋지만 힘이 부족해서 무서운 일을 당할 때도 있죠. 치사 사건이 좋은 예예요. 그 후에 그 모녀는 어떻게 됐나요?"

"지난달에 만났는데, 밝고 건강하게 잘 지내고 있더군요."

"그것 말고는 어때요? 무모한 일에 끼어들었다가 죽을 뻔한 적은 없었나요? 노자키 씨가 휘말린 적은요? 장마 때는 일본에 없어서, 그때 마코토가 어땠는지는 잘 모르거든요."

"그 무렵은……."

"있었군요."

내가 대답하지 못하는 걸 보고 고토코는 한숨을 쉬었다.

"마코토가 너무 무모한 짓을 하지 않도록 해주세요." 그녀는 담배를 한 개비 빼내 입에 물면서 말했다. "가능하면 내 흉내도 내지 못하게 해주시고요."

"하지만."

"물론 아무리 말해도 듣지 않겠죠. 그러니까 적어도 무모한 짓만이라도 못 하게 해달라는 거예요." 그녀는 재킷 주머니를 더듬으며 덧붙였다. "괜히 며칠간 민폐를 끼치는 게 아닐까 걱정했는데, 오히려 잘된 것 같아요. 마코토가 무모한 짓을 하지 않아도 됐고…… 이번 일은 내가 더 적임자니까요."

나는 그 말만은 단호하게 부정했다. "민폐라니, 당치도 않습니다. 저도 물론이고, 마코토도 좋아하고 있습니다."

"정말인가요?"

고토코가 내 얼굴을 들여다보았다. 놀라움인지 기쁨인지 모를 표정이 희미하게 감돌고 있었다.

"네. 그렇게 말한 적은 없지만 느낌으로 알 수 있어요. 오랜만이라서 당황하는 것일 뿐, 분명히……."

"잠깐만요!" 고토코가 날카로운 목소리로 내 말을 끊더니 걸음을 멈추었다. 그러곤 이내 원래의 무표정으로 돌아가서 먼 곳을 바라보았다. "지금 들리지 않나요? 비명이에요. 도움을 청하고 있어요."

"전 아무 소리도 들리지 않습니다만."

정말로 아무 소리도 들리지 않았다. 귀에 닿는 것은 걸어온 길 쪽에서 들리는 주오 선의 전철 소리뿐이었다.

"그래요? ……현실의 소리가 아닌가 보군요."

그녀는 담배를 아무렇게나 주머니에 쑤셔 넣고 뛰기 시작했다. 놀라우리만큼 발이 빨랐다. 눈 깜짝할 사이에 자그마한 몸이 멀어졌다. 나는 황급히 그녀의 뒤를 쫓았다.

재활용품점을 왼쪽으로 돌아서 주택가를 가로질렀다. 낡은 아파트와 좁은 단독주택이 답답하리만큼 빼곡히 들어서 있는 지역을, 고토코는 포니테일을 휘날리며 달려갔다.

그녀가 발을 멈춘 곳은 작은 공원 안이었다. 미끄럼틀과 그네와 벤치, 그물로 뒤덮인 모래밭이 있을 뿐인 쓸쓸한 공원이었다.

그네가 흔들렸다. 그 옆에 두 개의 그림자가 누워 있었다. 가로등 불빛 안에서 거무칙칙한 그림자가 떠올랐다.

헐떡이며 다가가서 들여다본 순간, 나는 숨을 들이마셨다. 조금 전에 고가도로 밑에서 보았던 젊은 커플이었다. 남성의 머리는 부자연스러운 형태로 움푹 들어갔고, 여성의 목은 기묘한 방향으로 꺾여 있었다.

그네를 받치는 기둥이 크게 구부러져 있었다.

주변에 흩어진 꾸깃꾸깃한 엽서의 새와 벌레 그림이 흑백의 광경에 색채를 더했다.

두 사람의 목과 입에 손을 댄 고토코가 기계적으로 머리를 가로저었다.

"설마……."

"쉿."

고토코가 입술에 검지를 댔다. 다음 순간.

끼릭.

소리가 들렸다. 단단한 못 같은 걸로 아스팔트를 긁는 소리다.
나와 고토코의 거친 숨소리 사이로 분명히 들렸다.

끼릭, 끼릭, 끼릭.

공원의 바로 밖에서 불연속적으로.

끼릭, 끼릭, 끼릭, 끼릭.
끼릭, 끼릭, 끼릭, 끼릭.

밖의 길을 왔다 갔다 하고 있다.
마치 이쪽의 모습을 살피는 듯하다.
거기까지 생각하고 겨우 알아차렸다.
이것은 발소리다. 보이지 않는 괴물의 발톱이 땅을 할퀴는 소리다.
"노자키 씨는 보이지 않으세요?" 고토코가 작은 목소리로 속삭이듯 물었다.
나도 작은 목소리로 대꾸했다. "네, 발소리가 들릴 뿐입니다."
"그렇군요." 고토코는 차갑게 말하더니, 주머니에서 구부러진 담배를 꺼내 재빨리 입에 물었다.
"혹시…… 보이시나요?"

"네에." 이번에는 한번에 라이터를 찾아내서 담배에 불을 붙였다. "처음 봤어요. 저렇게 생긴 요괴는."

끼리릭.

그 순간, 한층 큰 발소리가 주변에 울려 퍼졌다. 이어서 지금까지보다 작은, 종종걸음으로 달리는 발소리가 엄청난 속도로 멀어졌다.

도망치는 건가.

"신고해주세요." 고토코는 그 말을 남기고 소리가 나는 쪽으로 달려갔다.

나는 110번*을 눌러서 공원의 소재지와 함께 사람이 쓰러져 있다고 신고하고, 커플의 시신 앞에서 두 손을 모으고 난 뒤 고토코를 쫓아갔다.

환상 7호선, 통칭 '환7'로 나왔다. 스기나미 구와 나카노 구의 경계선 근처를 종단하는 도로다.

편도 3차선의 넓은 도로를 트럭과 택시가 굉장한 속도로 달리고 있었다. 이런 상태에서는 발소리가 들리지 않으리라. 숨이 목구멍까지 차올랐다. 주변을 둘러보자 멀리 있는 크림색 육교에서 몸집이 작은 사람이 보였다.

고토코였다. 고엔지 쪽 계단을 올라가자마자 장승처럼 우뚝 선 채, 담배를 피우면서 반대편에 있는 나카노 쪽 계단을 뚫어지게

---

* 일본의 긴급전화로 경찰본부와 연결된다.

처다보고 있었다.

고토코가 천천히 걸음을 내디뎠다. 나는 벌써 통증을 호소하는 발을 억지로 움직여 육교 쪽으로 달려갔다. 멀리에서 지켜볼 마음은 들지 않았다. 그 이상으로 불길한 예감이 들었다.

이상하다. 고토코가 있는데도 조금도 마음이 놓이지 않는다.

육교에 도착해 난간에 매달리며 간신히 계단을 올라갔다. 고토코는 다리의 한가운데에서 내 쪽에 등을 돌리고 서 있었다.

고토코 주변에서 보라색 연기가 춤을 추었다. 마치 안개처럼 그녀를 감싸고 떠다녔다. 헤드라이트와 가로등 불빛에 반사되어 희미한 빛을 뿌리기도 했다.

트럭이 연속적으로 몇 대나 굉음을 내면서 다리 밑을 빠져나갔다.

휘청. 발밑이 흔들렸다.

트럭 탓이라고 여겼지만 얼마간 기다려도 흔들림이 멎지 않았다. 규칙적인 진동이 아스팔트에서 신발을 통해 몸으로 전해졌다. 나는 중심을 잃고 넘어질 것 같아서 난간을 잡았다.

이 흔들림은, 이 진동은……

바로 그때, 불쾌한 금속음이 귀를 관통했다.

고토코로부터 몇 미터 떨어진 양쪽 난간이 바깥쪽으로 크게 구부러졌다. 마치 기다란 엿이나 철사처럼. 지금까지보다 더 크게 육교가 흔들렸다.

눈앞의 아스팔트에 균열이 내달렸다.

그 순간, 확실히 깨달았다. 눈에 보이지는 않지만 알 수 있었다.

무엇인가가 이쪽을 향해 육교를 걸어온다. 고토코에게 다가오고 있는 것이다. 고토코가 앞쪽을 향해 힘껏 담배 연기를 내뿜었다. 주변에 있던 보라색 연기도 그것을 따라가듯 건너편으로 퍼져나갔다.

연기 속에서 그림자가 떠올랐다.

"앗!"

나는 작게 비명을 질렀다. 오한이 머리끝에서 발끝까지 뛰어다녔다.

그림자는 거대했다.

육교가 답답해 보일 만큼 크고 둥글었다. 높이는 족히 3미터가 넘는다. 온몸이 털로 뒤덮여 있고, 팔과 다리도 통나무처럼 굵은 것을 윤곽으로 알 수 있었다. 곰처럼 보였지만 결정적으로 다른 점이 있었다.

커다란 머리에 휘어진 뿔이 자라나 있었다.

끼리릭, 끼리릭.

그림자가 맹렬히 뛰어와서 힘차게 팔을 치켜올렸다. 육교가 격렬하게 흔들렸다.

다음 순간, 둔탁한 소리와 함께 고토코의 몸이 허공에서 춤을 추었다. 보이지 않는 팔에 일격을 당한 것이다. 황급히 뛰어가서 떨어지는 그녀를 받은 순간, 나는 균형을 잃고 엉덩방아를 찧었다.

고토코의 얼굴을 들여다보려고 했을 때, 머리 위에서 으르렁거리는 소리가 들렸다.

어떻게 된 것인지 상황을 생각하기도 전에 어마어마한 충격이 몸을 덮쳤다.

그곳에서 의식이 끊어졌다.

2

나는 지금 보이지 않는 괴물의 공격을 받고 죽어가고 있다.

눈에 보이지 않는 팔에 잡힌 채 들어 올려지면서 공원에서 숨이 끊어진 젊은 커플을 떠올렸다. 흑백의 공원. 말없이 누워 있는 남녀 그림자. 덴 청년의 그림엽서만이 색채를 띠고 있었다.

마코토의 예감은 적중했다. 가장 무섭고 가장 끔찍한 일이 현실에서 일어났다.

그녀의 얼굴이 머릿속에 떠올랐다. 웃는 마코토, 화내는 마코토, 잠자는 마코토, 상복 차림에 검은 가발을 쓴 채 눈이 새빨개질 정도로 우는 마코토.

안 된다. 무의식중에 죽음을 각오하고 있다. 죽음을 받아들이고 있다. 조바심과 함께 새로운 공포가 솟구치려는 찰나.

창백하게 빛나는 연기가 시야를 스쳐 지나갔다.

그 순간, 눈에 보이지 않는 팔이 나를 놓아주어서 육교 아스팔트에 등부터 떨어졌다. 온몸이 산산조각 나는 듯한 통증에 휩싸여서 나도 모르게 비명을 질렀다.

"노자키 씨!" 고토코가 옆구리를 누르면서 뛰어왔다.

나는 가까스로 상체를 일으키고 난간에 기댔다.

"노자키 씨, 괜찮으세요?"

"……뼈는 부러지지 않은 것 같아요. 고토코 씨는요?"

"찰과상이에요." 고토코는 아무렇지도 않게 말했지만 입술에는 피가 배어 있었다.

"그 녀석은요?"

"담배 연기를 내뿜었더니 도망쳤어요. 어서 쫓아가요. 즉석 발신기를 붙여뒀으니까 어디에 있는지 알 수 있어요."

즉석 발신기. 현실과 동떨어진 단어를 듣고 한순간 머리가 어지러웠다. 하지만 믿을 수밖에 없었다. 고토코의 말투는 조용했지만 강력한 설득력이 있었다.

나는 일어서서 물었다. "어느 쪽으로 도망쳤나요?"

"저쪽이에요. 점점 멀어지고 있어요." 고토코는 남서쪽을 가리켰다.

환7에서 택시를 잡아타고 오우메 가도를 오른쪽으로 꺾어졌다가, 서쪽으로 구부러져서 직진했다. 운전사는 우리 모습을 보고 놀라움을 감추지 않았지만 아무것도 묻지 않았다. 귀찮은 일에 휘말렸다고 생각한 것이리라. 마코토에게서 전화가 왔었고 스마트폰을 떨어뜨렸다고 말하자 고토코는 주머니에서 본인의 스마트폰을 꺼내주었다.

"나야. 둘 다 무사해. 당신은 자고 있어." 마코토와 통화를 마치고 나는 혼잣말처럼 중얼거렸다. "아마 자지 않겠죠."

고토코의 지시에 따라 운전사가 미나미아사가야 우체국 앞에서 택시를 세웠다. 길이로 보면 육교에서 1킬로미터 남짓이었다. 생각보다 가까웠지만 결코 이상하지는 않다. 사건은 좁은 범위에 집중되어 있다. 이 일대에 보이지 않는 괴물의 거처가 있어도 이상할 게 없다.

아니, 괴물이라는 호칭은 조금 어정쩡하다.

육교에서 어렴풋이 본 모습은 괴물이라기보다 요괴라는 말에 더 어울렸다. 윤곽도, 크기도.

고토코의 뒤를 따라 남서쪽을 향해 걸었다. 오우메 가도의 차 소리는 이미 들리지 않았다. 완만한 내리막길에는 단독주택이 쭉 늘어서 있었다. 지나가는 사람은 보이지 않았다.

비탈길을 내려가자 시야가 확 트였다. 그곳에는 지은 지 얼마 되지 않는 고급 저층 아파트들이 자리하고 있었다. 좁은 도로를 사이에 두고 맞은편에 있는 예스러운 건물은 세무서였다. 어느 쪽도 요괴에게는 어울리지 않지만, 그렇다면 요괴에게 어울리는 건물이란 무엇인가. 오래된 사찰인가. 아니면 명문가의 저택인가. 직업병인지, 이런 상황에서도 어리석은 생각을 하게 된다.

그때 고토코가 느닷없이 말했다. "멈췄어요. 움직이지 않아요."

고토코의 걸음이 빨라졌다. 그녀의 속도에 맞춰서 내 걸음도 빨라졌다.

아파트 앞길을 지나 스기나미 구를 구불구불 가로지르는 젠푸쿠지 강을 건너, 강을 따라 아래쪽으로 걸어갔다. 봄이 막 시작되는 계절이라면 밤이 이슥해도 꽃구경이라는 이름의 술자리로 흥청망청하겠지만, 지금은 우리 말고 사람의 그림자가 보이지 않았다. 들리는 것은 쓸쓸한 강물 소리와, 바람에 낙엽이 흔들리는 소리뿐이었다.

"소굴로 돌아간 걸까요?"

"그렇겠죠."

"그러고 보니…… 이 앞쪽에 야요이시대* 말기의 유적지가 있어요. 이쪽 기슭에선 무덤이 발굴됐을 거예요."

말을 하면서 생각이 났다. 그렇다. 이 일대에는 유적이 있고, 고대의 무덤이 있다. 그 녀석은 그곳에 잠들었다가 어떤 계기로 눈을 떴을지도 모른다.

2,000년 가까운 잠에서 깨어난 고대의 요괴.

고토코의 "처음 봤어요"라는 말과 부합한다. 그 거대한 육체와 기이한 형태와도 일치하는 듯하다. 삼류 오컬트 작가의 망상이라고 하면 그뿐이겠지만, 그렇게 상상할 수밖에 없었다.

"……이상해요." 고토코가 걸음을 멈추었다.

"왜 그러세요?"

"안 보여요. 가까운 곳에 있을 텐데." 고토코가 주변을 둘러보면서 말했다.

"발신기의 위치는요?"

"저기 있어요. 저 나무 주변에요."

고토코는 발소리를 죽이면서 몇 미터 앞에 있는 벚나무를 향해 서서히 다가갔다.

벚나무 위쪽에 시선을 고정하고 귀를 기울였지만, 아무것도 보이지 않고 아무 소리도 들리지 않았다. 생각해보니 육교가 그렇게 크게 흔들릴 정도니까, 만약 놈이 나무에 올라갔다면 가지가 크게 휘어져 있어야 한다.

"설마……."

고토코가 몸을 숙이고 손으로 나무 밑둥을 더듬었다. 무엇인가를 들어 올리는 듯했지만 아무것도 보이지 않았다. 가까이 가서 확인하자 가늘고 검은 실 같은 것이 눈에 들어왔다.

---

* 일본의 청동기시대와 철기시대로, 보통 기원전 10세기에서 기원후 3세기까지를 가리킨다.

기다란 머리카락이다.

"이게 즉석 발신기인가요?"

"네, 제 머리칼이에요. 흔히 있는 주술의 응용이죠."

"그럼 이 벚나무가 놈의……?"

나는 엉거주춤한 자세로 벚나무를 올려다보았다. 주변의 벚나무와 비교해도 결코 훌륭하다곤 할 수 없고 오히려 빈약할 정도였다. 시각적으로 그 요괴와 이어지지 않는다.

"아니요, 이건 단순한 벚나무예요."

그러곤 재빨리 일어서서 담배에 불을 붙인 뒤, 주위로 시선을 향했다.

강한 바람이 낙엽을 흔들며 지나갔다. 소름이 팔을 비롯해서 온몸으로 퍼져나갔다.

"그렇군…… 우리를 유인한 건가?"

내 중얼거림을 듣고 고토코는 말없이 고개를 끄덕였다.

찰싹.

바로 그때, 등 뒤의 강에서 물 튀기는 소리가 들렸다.

끼릭, 끼릭, 끼릭.

그 발소리다. 힘차게 뛰어 올라온다.

강물에 숨어 있었던 건가.

다음 순간, 무언가가 뒤쪽에서 내 옷깃을 잡고 강하게 끌어당겼다. 나는 어마어마한 힘에 의해 그대로 땅에 질질 끌려갔다. 맨

살이 드러난 등에 격렬한 통증이 내달려서 나도 모르게 비명을 질렀다.

"노자키 씨!" 고토코의 목소리가 발밑 쪽의 아득히 먼 곳에서 들렸다.

머리 위에서는 끼릭끼릭 하는 커다란 발소리가 울려 퍼졌다.

놈이 잡은 건 내 옷깃뿐이다. 그러니까 재킷을 벗으면 된다고 머리로는 생각했지만, 몸이 움직이지 않아서 계속 끌려가기만 했다. 땅에서 튀어나온 돌에 어깨를 세게 부딪히는 바람에 목이 터져라 비명을 질렀다.

그 순간, 한층 커다란 발소리가 들리고 잡아당기는 힘이 훨씬 강해졌다. 나는 순간적으로 두 손으로 옷깃을 잡아서 목 졸림을 막았다. 머리의 한편에서 안도한 것도 잠시, 몸이 허공으로 떠올랐다.

나뭇가지가 순식간에 눈앞으로 다가와 얼굴을 때렸다. 등을 고통스럽게 만들던 땅이 느껴지지 않았다. 멈칫멈칫 눈을 뜨자 밤하늘이 펼쳐져 있었다.

요괴는 나를 끌어당긴 채 공중으로 뛰어오르더니, 나무와 난간을 뛰어넘어 주택가로 향했다. 상상을 초월한 점프력에 입을 다물 수 없을 정도였다.

죽을힘을 다해 주변을 둘러보며 겨우 상황을 파악했을 때, 등에 충격이 내달렸다. 장기가 찢어지는 듯한 고통이 덮쳐와서 숨을 쉴 수 없었다.

요괴가 나를 도로에, 아스팔트에 내동댕이친 것이다.

의식이 희미해진다. 힘이 빠져나간다. 옷깃 잡은 손을 놓은 순간, 마치 허물이 벗겨지듯 스르륵 재킷이 벗겨졌다. 우선 목이, 다음은 팔이. 도로에 구르고 격통에 헐떡이면서 나는 이를 악물고 눈을 떴다.

몇 미터 앞에서 누더기가 된 재킷이 허공에 떠 있었다.

하늘하늘 흔들리다가 이윽고 실이 끊어진 것처럼 떨어졌다. 가로등이 스포트라이트처럼 아스팔트에 떨어진 재킷을 비추었다.

요괴가 재킷을 손에서 놓은 걸까?

끼릭, 끼릭.

또 발소리가 들렸다.

도망치려고 했지만 통증이 심해서 몸을 뒤척일 수도 없었다. 몸을 엎드려 상체를 약간 일으키고는 앞을 보면서 숨을 쉬는 게 고작이었다.

또 바닥에 질질 끌려가는 건가. 또 얻어맞는 건가. 어느 쪽이든 나는 보이지 않는 괴물에게 죽임을 당하리라. 아니, 분명히 죽임을 당한다. 고토코의 도움은 때가 늦을 것이다.

나는 죽음을 각오했다. 마코토를 떠올리면서 발소리가 다가오기를 기다렸다.

끼릭, 끼릭, 끼릭, 끼릭.
끼릭, 끼릭, 끼릭, 끼릭.

발소리가 바쁘게 재킷 주변을 돌아다녔다.

내 쪽으로 오는 듯한 기척은 느껴지지 않았다.

나를 가지고 노는 걸까. 공포에 떨게 하고 나서 죽이려는 걸까.

화는 나지만 저항할 힘은 남아 있지 않았다.

끼릭, 끼릭, 끼릭, 끼릭.

발소리가 천천히 주택가 쪽으로 향했다.

끼릭, 끼릭…….

그러더니…… 이윽고 들리지 않았다.

숨을 죽이고 귀를 기울였지만 요괴의 발소리 같은 소리는 들리지 않았다. 정적이 심장을 꽉 조였다. 움직이지 않는 경치가 공포를 부채질했다. 다음 순간에는 일격을 당한다, 다음 순간에는 죽는다…… 그런 예감이 머리에서 떠나지 않아 온몸에 식은땀이 솟구쳤다. 떨림이 멎지 않았다.

등 뒤에서 발소리가 다가왔다. 사람의 발소리. 뛰어오는 소리. 그렇다면.

"노자키 씨!"

고토코가 눈앞에 나타나서 내 어깨를 잡고 세차게 흔들었다.

나는 가까스로 대답했다. "의, 의식은 있어요. 괜찮지는, 않은 것, 같지만요."

고토코의 부루퉁한 얼굴에 한순간 안도의 표정이 깃들었다.

"요괴, 는요……?"

"사라졌어요."

"무슨 말이죠……?"

"말 그대로예요. 저 집 앞에서, 연기처럼요."

나는 고토코의 부축을 받고 인도에 앉았다.

그녀는 내 등을 확인하고는 감정 없이 말했다. "큰일이에요."

얼마나 끔찍한지 상상하지 않은 채 나는 집을 올려다보았다. 요괴가 사라졌으므로, 즉 순수하게 생각할 때 요괴와 어떤 관계가 있는 듯한 집을.

콘크리트를 덕지덕지 바른, 요새 같은 저택이었다.

차고 셔터의 폭으로 볼 때, 차는 몇 대나 있는 듯했다. 하지만 대문이 어디에 있는지는 금방 보이지 않았다. 차고 옆의 외벽에 인터폰과 카메라 같은 것이 나란히 있었다. 그 밑에 있는 것은 정사각형의 금속판이었다. 문패란 걸 안 것은 금속판의 오른쪽 밑에 글자가 작게 새겨져 있었기 때문이다.

몸의 통증이 절반쯤 사라졌을 무렵, 나는 일어서서 문패를 확인했다. 문패에는 '모로타'라고 새겨져 있었다.

인터폰을 몇 번이나 눌렀지만 답이 없었다. 나와 고토코는 오우메 가도로 와서 택시를 타고 집으로 돌아왔다. 등의 상처로 인해 뒷자리 시트에 기댈 수 없어서, 부자연스럽게 등줄기를 펴고 신음하면서 앉아야 했다. 이번 운전사도 놀란 표정을 지었지만 말을 걸어오지는 않았다.

예상한 대로 마코토는 자지 않고 기다리고 있었다.

눈물에 젖은 그녀의 눈을 마주했지만, 그 순간 나는 강렬한 잠에 사로잡혀 그대로 침대에 쓰러지듯 누웠다. 눈을 뜬 것은 아침 9시였다. 곧바로 병원에 갔지만 다행히 뼈와 장기는 괜찮아서 입원할 필요는 없었다. 등의 상처도 생각한 만큼 중상은 아니었다.

진찰한 의사는 내 등을 보자마자 즐겁게 말했다. "으아! 이거 굉장하군.”

대기실 TV에서는 눈에 익은 거리를 보여주면서, 젊은 커플의 의문사를 선정적으로 보도하고 있었다. 첫 만남은 길거리 헌팅. 교제 기간은 2년. 결혼식은 내년 6월 예정. 커플의 친구라는 사람이 카메라 앞에서 울먹이고, 스튜디오에서는 사회평론가란 사람이 심각한 얼굴로 현대 사회에 대한 우려를 표하고 있었다.

진찰을 기다리는 대부분의 사람들은 파고 들어갈 듯이 TV를 쳐다보았고, 그렇지 않은 사람은 “요즘 왜 이렇게 뒤숭숭해졌는지”, “옛날엔 참 좋았는데”라면서 사건에 관해서 이야기했다.

두 사람의 죽음을 애도하는 사이에 공포가 밀려들었다.

나도 운이 나빴으면 죽었을 것이다. 지금쯤 병원 대기실이 아니라 영안실에 있었을지도 모른다.

약국에서 약을 받고 집에 와서 별일 아니라고 말하자, 마코토는 “다행이야!”라고 말하며 베개를 안고 쓰러졌다.

고토코는 침대 구석에 걸터앉아 있었다. 하얀 블라우스에 짙은 감색 카디건과 면바지 차림이었다. 학생 같은 모습이지만 외출복임은 틀림없다. 그렇다. 지금은 편안히 쉴 틈이 없다. 또 새로운 희생자가 나올지도 모른다. 어쩌면 오늘 밤이라도.

무슨 말인가 하려는 마코토를 똑바로 쳐다보면서 고토코는 차갑게 말했다. “마코토, 넌 집에서 대기해.”

오후 1시. 길에서 간단한 회의를 마친 뒤, 나와 고토코는 모로타 저택의 인터폰을 눌렀다.

“네.” 인터폰 너머에서 남성의 나지막한 목소리가 들렸다.

“안녕하세요, 전 작가 노자키 곤이라고 합니다. 이 일대의 전설이나 기묘한 사건을 조사하고 있는데, 괜찮다면 시간 좀 내주실 수 있겠습니까?"

사실은 아니지만 거짓말도 아닌, 일종의 정공법이라고 할 수 있는 작전이다. 상대는 거절할까? 적어도 인터폰 너머로라도 대답하기를. 나는 마른침을 삼키며 상대의 반응을 기다렸다.

"노자키 씨라……." 약간 공백이 있고, 남성은 당황한 목소리로 말을 이었다. "《월간 불씨》을 비롯해 여기저기에 글을 쓰는 사람이군. 들어오시게."

현관에서 우리를 맞이한 사람은 탄탄한 얼굴과 실팍한 가슴을 가진 중년 남성이었다. 실크 잠옷에 가운을 걸치고 있었는데, 커다란 눈과 탄력 있는 턱에선 성공한 사람의 분위기가 물씬 풍겨 나왔다.

"어서 들어오시게."

남성은 우리를 보더니 고개를 갸웃거렸다.

그 모습을 보고 고토코가 물었다. "왜 그러세요?"

"참 이상한 일도 다 있군."

"무슨 말씀이신지……."

"아니…… 나중에 말하지. 난 모로타 도오루라고 하네."

그는 자신의 이름과 함께 대형 제약회사의 이름을 말했다. 그 회사의 사장이라고 한다. 나는 간단히 자기 소개를 하고, 고토코는 얌전한 얼굴로 고개를 숙였다.

"전 노자키 선생님의 조수인 스즈키예요."

응접실로 안내할 줄 알았는데, 그의 뒤를 따라가니 거실이 나왔다. 거실 하나가 우리 집 전체보다 크다. 벽 하나는 온통 유리로 되어 있고, 유리창 밖에서는 정원의 잔디가 눈부신 빛을 뿌렸다.

벽의 여기저기에는 그림이 걸리고, 장식장에는 전위적 무늬의 접시가 놓여 있었다. 안쪽 벽을 장식한 그림은 사카에 덴이 그린 도쿄타워였다.

"전설이나 기묘한 사건을 조사하고 있다고 했지?"

"네에."

"그런 일은 어젯밤에 있었지. 그때 찍은 거네."

갑작스러운 말을 듣고 깜짝 놀라자, 그는 벽의 인터폰 버튼을 눌렀다.

화면에 나온 것은 어둡고 조잡한, 화소 수가 적은 동영상이었다. 머리와 옷 여기저기에 낙엽이 붙은 빼빼 마른 사내가 카메라 앞에서 이리저리 흔들리고 있다. 그 뒤쪽에서는 몸집이 작은 포니테일의 여성이 옆을 쳐다보았다.

나와 고토코였다.

"당신들을 많이 닮았는데, 어떻게 생각하나?"

새벽에 인터폰을 눌렀을 때 녹화된 걸까? 낭패스러움이 얼굴에 드러나지 않도록 눈을 크게 뜨고 있자 모로타 도오루가 다시 말했다.

"어젯밤, 아니 오늘 새벽 2시쯤 여기에 왔었지? 우리 가족은 자고 있어서 몰랐나 보더군. 난 출장 갔다가 오늘 아침에 와서 영상을 확인하고는 고개를 갸웃거렸지. 그런데 지금 이 사람들과 똑같이 생긴 사람들…… 즉, 당신들이 찾아왔네. 이런 종류의 일에는 관심이 없지만, 이런 상황이라면 놀랄 수밖에 없겠지."

"그야…… 그렇겠죠."

"최근에 기묘한 사건이 계속 이어지고 있어. 어젯밤, 아니 오늘 새벽에는 살인 사건도 일어났더군. 그것에 대한 오컬트 작가의

견해를 듣고 싶은데, 이게 어떻게 된 일인가?"

나는 말문이 막혔다. 어떻게 빠져나가면 좋을까? 다친 탓인지 머리가 돌아가지 않았다. 한편, 눈앞의 남성도 기묘하게 여겨졌다. 우리를 수상쩍게 여기곤 있지만, 그런 것치고는 거부감 없이 차분하게 대하고 있다. 어떻게 된 거지?

"우연히 닮은 사람이 아닐까요? 생각해보세요. 이렇게 선명하지 않고 저화질의 영상으로는 사람을 알아볼 수 없잖아요? 물론 이 사람들은 저희가 아닙니다. 안 그래도 수상쩍게 여기는 사람이 많은 직업이죠, 이런 비상식적인 시각에 이렇게 수상한 모습으로 모르는 집에 찾아오다니, 어떻게 그런 일을 할 수 있겠어요? 안 그런가요, 노자키 선생님?" 고토코가 태연하게 말하고는 부자연스럽게 웃었다.

"그래, 당연하지." 나는 간담이 서늘해지면서 맞장구를 쳤다.

도오루의 입에서 나지막한 소리가 새어나왔다. "흠, 그건 그래. 영상이 상당히 조잡하군. 이런 시간에는 손님이 거의 오지 않아서, 야간 촬영의 정밀도엔 신경 쓰지 않은 탓도 있지만……."

"수상한 남녀라고 하면, 보이지 않는 괴물에게 살해된 두 사람과 관계가 있지 않을까요? 한마디로 말해서 귀신이에요. 살해된 것에 대한 원한으로 영혼이 이 세상에 머물면서 이 일대를 방황하고 있는 거죠."

"말도 안 되는 소리!"

"네, 말도 안 되는 헛소리예요. 단지 술에 취한 주정뱅이 커플이라고 생각하는 편이 더 현실적이죠. 물론 노자키 선생님도 저도, 영감(靈感)이니 영시(靈視)니, 있지도 않은 능력을 내세우며 이 영상을 해독하지는 않아요. 저희는 어디까지나 이성과 지성으로 세상의 신비한 현상과 마주하고 있으니까요."

"네, 그렇습니다. 그게 저희가 하는 일이죠."

"즉, 대답은 '모른다', 가장 가능성이 있는 건 '주정뱅이'. 결론을 낼 수 없는 경우엔 보류한다……. 오컬트뿐만 아니라 이 세상의 모든 현상에 대해 할 수 있는 말이죠."

고토코는 그럴듯한 말로 장황한 이야기를 마무리했다.

"그런가? 이거 실례했군. 괜히 의심해서 미안하네." 도오루는 어안이 벙벙한 얼굴로 내 쪽을 보더니, 이윽고 정신을 차리곤 기다란 소파를 가리키며 말을 이었다. "잠시 기다리지 않겠나? 잠깐 가족에게 확인하고 오겠네. 이런 종류의 이야기라면 나보다 더 적임자라고 할까, 그러니까……."

그의 말투가 갑자기 정중하게 바뀌었다.

"이렇게 만난 것도 특별한 인연인데, 지금부터 우리 가족……우리 형의 이야기 상대가 되어줄 수 있겠나?"

"무슨 말씀인가요?" 나는 솔직하게 물었다.

무슨 말인지 이해할 수 없었다.

"우리 형이 그런 이야기를 좋아하거든. 수집가이기도 하고. 집에서 나갈 수 없어서 인터넷에 푹 빠져 있는데, 그러다 보니 사람을 만나 직접 이야기하는 것에 굶주린 것 같더군. 나는 형을 통해서 조금 지식이 있는 정도일 뿐, 토론 같은 건 도저히."

설명을 들어도 이해가 되지 않았다.

다시 물으려고 했을 때, 대답한 사람은 고토코였다. "네, 그럴게요. 형님을 만나게 해주세요."

도오루가 거실에서 나가자, 나는 작은 목소리로 물었다. "이상하지 않나요? 처음 만난 우리에게 할 부탁이 아니잖습니까?"

"네. 하지만 모로타 씨는 아까 형이 '수집가이기도 하다'라고 했어요. 요괴와 관련이 있을지도 몰라요."

"하지만……."

고토코는 주변을 둘러보면서 말했다. "기척은 일절 느껴지지 않아요. 공격하려면 지금이 좋은 기회예요."

반론하고 싶은 마음을 억누르고 나는 일단 기다리기로 했다.

몇 분 후. 돌아온 도오루를 따라서 엘리베이터를 타고 2층으로 올라갔다. 맨 안쪽 방을 노크한 도오루가 문을 열어 주었다.

"들어가시게."

먼지 냄새가 코를 찔러서 한순간 숨을 멈추었다.

어두컴컴하고 넓은 방은 잡동사니로 넘치고 있었다.

오컬트 잡지가 여기저기에 산더미처럼 쌓여 있어서 발 디딜 곳은 거의 없었다. 벽의 선반에는 상자와 종이들이 아무렇게나 놓여 있었다.

지금까지 본 곳과 너무나 달라서 당황한 것도 잠시, 안쪽에서 무언가 움직이는 소리가 들리며 책 사이에서 빵처럼 부풀어 오른 얼굴이 고개를 내밀었다. 흑백이 뒤섞인 기다란 머리칼이, 또한 흑백이 뒤섞인 지저분한 수염이 자라난 뺨에 달라붙어 있었다.

"형님, 이쪽은 노자키 씨야. 여러모로……."

"됐어. 넌 가봐."

카랑카랑한 목소리가 파르스름한 입술 사이에서 새어나왔다. 도오루는 미안한 얼굴로 우리를 보더니, 작게 어깨를 들썩였다.

"선생님." 고토코가 생긋 웃으며 들어가라고 재촉했다.

나는 태연함을 가장하며 높다랗게 쌓인 책 사이로 발을 집어넣었다.

모로타 와타루는 동생인 도오루와는 하나도 닮지 않은 비만 체형의 남자였다. 처음에는 우물거리거나 툭툭 던지듯 말해서 알아듣기 힘들었지만, 점차 말수도 많아지고 또렷해졌다.

침대에서 한 번도 일어나지 않았는데, "몸이 좀 안 좋아서"라고 말했을 뿐 더는 설명하지 않았다. 먼지로 뒤덮인 방에 앉는 건 마음이 내키지 않아서, 나와 고토코는 그대로 선 채 이야기했다.

이야기를 시작하자마자 헛고생으로 끝날 것임을 알아차렸다.

그의 수집품은 요괴나 식품회사에서 덤으로 주는 미확인 동물의 장난감, 조악한 갓파와 미라 등, 돈만 있으면 누구나 손에 넣을 수 있는 물건들뿐이었다.

고토코는 슬며시 방의 여기저기를 둘러보았지만, 이윽고 작게 고개를 가로저었다. 그녀의 힘으로 감지할 수 있는 것도 없는 듯했다. 대화 자체는 마니아 토론 같아서 즐겁긴 했지만 나는 점차 조바심을 느꼈다.

이야기를 시작한 지 한 시간이 지났을 무렵, 와타루가 질문을 했다. "보이지 않는 괴물을 어떻게 생각하나? 결국 사람을 죽였다면서?"

"사건은 인간의 소행이라고 생각합니다. 보이지 않는다고 하는 건 단순한 소문이고요. 돌아가신 두 분의 명복을 빌고 있습니다."

사실대로 말할 수 없어서 나는 무난한 대답을 짜냈다.

"흥, 시시한 대답이군."

"사건이 일어난 지 겨우 열두 시간 정도밖에 안 됐으니까요. 지금 단계에서 이야기의 소재로 삼는 건 단순한 악취미이고 짐승 같은 사람이죠."

"착한 사람 흉내를 내는 건가?"

"당치도 않습니다. 기사로 쓸지 말지 구분하는 것뿐입니다."

"그럼 이번 이야기는 기사로 쓰지 않을 건가?"

"아마도요."

"내 동생과 관계가 있어도?"

와타루는 히쭉히쭉 웃으면서 나를 올려다보았다.

손에 있는 낡은 잡지를 바라보던 고토코가 얼굴을 들며 물었다. "……그게 무슨 뜻이죠?"

"눈에 보이지 않는 괴물이 나타났을 때, 도오루는 항상 집에 없었지. 지금까지 여덟 번 모두 그랬네. 녀석한테 물어보게. 뭐, 시치미를 떼겠지만." 와타루는 그렇게 말한 뒤, 키키키 하고 누런 이를 드러내며 웃었다. "그게 과연 우연일까? 녀석은 분명히 엄청난 힘을 가지고 있어. 초능력이나 주술이나. 어쩌면 사역마*일지도 모르지. 키키키."

어디까지 진심인지 짐작하기 힘들었지만 나는 일단 물어보았다. "왜 그렇게 생각하시나요? 동기 말입니다."

"척 보면 모르겠나? 나야, 나. 나 같은 짐 덩어리를 데리고 있는데 울화통이 터지지 않는 사람이 어디 있겠나?" 와타루는 토해내듯 말했다. "그 녀석은 말이야, 나 때문에 여편네와 자식새끼도 도망쳤어. 나처럼 일도 하지 않고 집에만 있는, 더러운 돼지 같은 놈과 같이 살 수 없다고 말이야. 이미 별거한 지 2년, 아니 3년, 아니 더 됐나? 어쨌든 나 때문에 자식도 만날 수 없게 됐지. 체면 때문에 내 존재가 알려지는 걸 원치 않는 주제에, 모질지 못해서 나를

---

* 전승이나 판타지에서 오직 마법사나 마녀가 사역하는 절대적인 주종 관계로 성립되는 마귀, 정령, 동물 등을 가리킨다.

내칠 수도 없어. 그래서 혼자 나를 돌보고 있는 거야."

"실례지만 어디가 아프신지⋯⋯."

말이 끝나기도 전에 와타루가 담요를 젖혔다. 먼지가 춤을 추는 가운데, 덩치에 어울리지 않는 가느다란 두 다리가 드러났다. 오른발은 무릎 밑에서부터 없고, 왼발은 엄지발가락이 없었다. 당뇨병인가.

"자네들을 여기로 데려왔다는 건 그 녀석도 이제 한계에 달했다는 거겠지. 뭐, 그래도 간병 도우미가 아니라 우연히 집에 온 오컬트 작가를 데려온 점은 최고야. 하하, 하. 어때, 이제 그 녀석이 무섭지? 한밤중에 사람을 덮칠 것 같지 않나?"

와타루의 눈에는 눈물이 고여 있었다.

"⋯⋯말씀해주셔서 감사합니다." 나는 그 말밖에 할 수 없었다.

자신의 불행한 처지와 친동생에 대한 복잡한 감정이 뒤얽힌 말을 듣고 정신이 아득해졌다. 그와 동시에 눈에 보이지 않는 괴물에 관해서 생각했다. 관계가 없다곤 생각할 수 없다. 아직 아무런 단서도 얻지 못했지만 그 괴물은 역시 이 집에 있음이 틀림없다.

고토코가 미간에 주름을 잡고 와타루를 바라보았다.

"내가 너무 말을 많이 했나 보군. 그 녀석한텐 말하지 말게나."

와타루는 스마트폰을 손에 들고 말했다. 눈이 나빠졌는지, 화면을 얼굴에 붙일 만큼 가까이 대고 들여다보았다.

마니아 토론은 끝난 건가?

나와 고토코는 인사를 하고 그의 방에서 나왔다. 거실로 돌아가자 도오루가 소파에서 일어났다.

"괜히 곤란하게 만들어서 미안하네."

"아뇨, 덕분에 뜻깊은 시간을 보냈습니다."

"보답이라고 하긴 좀 그렇지만 잠시 쉬었다 가지 않겠나? 차도 한잔하면서……."

나는 고토코에게 눈짓을 하고 대답했다. "차를 주신다면 감사히 먹겠습니다."

계속해서 이 집을 조사할 수 있는 좋은 기회다. 더구나 상처투성이의 몸이 고통을 호소하면서 휴식을 원하고 있다.

복도를 앞장서서 걸어가면서 도오루가 말했다. "폭음과 폭식으로 몸이 망가졌지. 경영자로서는 너무 섬세해서 그랬을 거야."

"그러셨군요."

"이야기는 기사가 될 것 같나?"

"글쎄요. 더 조사해보지 않으면 아직은 좀……."

"증언한 사람의 신원은 쓰지 않지? 이런 종류의 매체에선 주로 가명으로 쓰지 않나?"

말의 의미를 깨닫고 마음이 어두워졌다.

"쓰지 않습니다. 정보원을 파는 짓은 하지 않고요."

"그래? 고맙네." 도오루는 안도하는 표정을 지었다.

모퉁이를 돌아가자 툇마루가 나왔다. 왼쪽은 정원이고, 오른쪽은 장지문을 사이에 두고 넓은 다다미방이 있었다. 투명한 적갈색 좌탁 위에 다과가 준비되어 있었다.

"아내 취향에 따라서 기본적인 인테리어는 현대식으로 했지만, 1층 안쪽은 전부 다다미방으로 했네. 나는 이쪽이 더 편안해서 말이야. 올라오게."

도오루를 따라 다다미방으로 올라가 좌탁 앞에 앉으려고 몸을 숙인 순간, 고토코가 뒤에서 등을 찰싹 때렸다. 격통이 온몸을 뛰어다녀서 나도 모르게 등을 뒤로 젖혔다.

고토코가 눈을 살짝 치켜뜨고 맹장지를 가리켰다.

툇마루 안쪽에 낡은 맹장지 네 장이 나란히 있었다. 왼쪽 두 장에는 매화나무가 그려져 있었지만, 오른쪽 두 장에는 완전히 다른 그림이 그려져 있었다.

기이하게 생긴 짐승이었다.

오른쪽 두 장 중 왼쪽에는 상반신이, 오른쪽에는 하반신이 맹장지를 가득 메운 채, 지금이라도 달려들듯 몸을 도사리고 있었다. 곰처럼 다부진 체구, 갈색 체모. 앞발과 뒷발은 모두 굵직하고, 다섯 개의 갈고리발톱은 전부 길고 날카로웠다. 누리끼리한 눈과 희끄무레한 이빨을 드러낸 얼굴은 원숭이나 개처럼 보였지만, 그 어느 쪽도 아니었다. 호랑이 같은 수염, 길게 늘어뜨린 잿빛 혀. 그리고 뒤쪽으로 휘어진 굵은 뿔. 얼굴은 비스듬한 왼쪽을 향하고 있었다.

보라색 연기 속에서 떠오른 짐승과 똑같은 윤곽이었다.

고토코의 어깨에 힘이 들어간 걸 알 수 있었다. 그녀는 내 시선을 알아차리고 작게 고개를 끄덕였다.

이 녀석인가. 이것은 요괴를…… 눈에 보이지 않는 괴물을 그린 그림인가.

아니면…….

나는 도오루를 보면서 물었다. "이 맹장지 그림은 뭔가요?"

긴장으로 인해 목소리가 날카로워졌다.

도오루는 멋쩍은 얼굴로 말했다. "7년 전이었나, 이 집을 짓고 나서 경매 사이트에서 샀다네. 거기엔 뭐든지 있더군. 출품자의 설명에는 오래된 절을 해체하는 도중에 나온 겁니다, 라고 되어 있었지."

나는 등의 통증도 잊고 질문을 거듭했다. "그것도 흥미로운 일이지만 내력은 어떻게 되나요?"

"구루하타 가네쓰구가 만년에 그린 작품이라더군. 구루하타파라고 혹시 모르나? 고세파*와 쌍벽을 이루는 회불사(繪佛師)** 가문으로, 가네쓰구는 겐로쿠시대***에 활약한 회불사였지. 그쪽에서는 아주 유명하다네."

"고세파의 고세 가나오카라면 알고 있습니다. 헤이안시대의 궁정화가로, 일본화의 시조죠. 오사카에 그를 모시는 신사가 있을 겁니다. 그래요, 가나오카 신사입니다."

"구루하타파는 고세파에 비하면 마이너일지도 모르지. 쌍벽을 이룬다는 말은 좀 과장이었네." 표정은 딱딱하지만 처음보다 훨씬 온화하고 즐거운 말투로 바뀌었다. "하지만 이건 맹장지 그림에 붙어온 유래서에 쓰여 있던 이야기일 뿐, 정말로 가네쓰구의 작품인지는 확실하지 않다네. 애초에 진짜라면 여덟 장에 24만 엔은 너무 싸지 않나?"

"여덟 장이요?"

"저쪽 맹장지도 그렇다네."

도오루는 차 따르던 손길을 멈추고 도코노마****의 반대편을 가리켰다. 그쪽으로 시선을 향한 순간, 나는 숨을 들이마셨다.

맹장지 네 장 중에서 오른쪽 두 장에는 대나무숲이, 왼쪽 두 장

---

* 헤이안시대 초기에서 메이지시대(1867~1912)까지 이어지는 화가의 가문.

** 부처나 불교에 관련된 그림 그리는 일을 직업으로 하는 사람.

*** 1688~1704.

**** 일본식 방의 상좌에 바닥을 한층 높게 만든 곳.

에는 똑같은 요괴가 그려져 있었다. 자세는 조금 다르지만 구도도, 색깔도, 맹장지 사용 방법도, 매화나무 쪽의 요괴와 거의 똑같았다. 다만 대나무숲 쪽의 요괴는 혀를 늘어뜨리지도 않고 수염도 없었다. 뿔이 휘어진 방향도 미묘하게 달랐다.

고토코가 혼잣말처럼 중얼거렸다. "두 마리……. 이 괴물은 뭘까요?"

"그건 왜…… 아아! 자네들 분야이기도 하군. 이거 실례."

도오루는 쓴웃음을 지었다. 처음 보여주는 웃음이었다.

"나중에 유래서를 가져오겠지만 내가 기억하는 한…… 이 맹장지 그림은 원래 절의 의뢰를 받아서 그린 그림이라더군. 이 그림을 의뢰한 스님도 당연히 가네쓰구 본인에게 똑같은 질문을 했지. 이 짐승은 대체 뭐냐고. 그랬더니." 그는 좌탁 위에서 미끄러지듯 찻잔을 내밀며 말을 이었다. "잠시 생각하고 나서 대답했다네. 이건 두 마리를 합쳐서 '젠슈'와 '가슈소쿠세이'입니다, 라고. 무슨 뜻인지는 가르쳐주지 않았다더군. '변변치 않도다, 변변치 않도다'라고 말하면서 웃을 뿐이었지. 자, 식기 전에 들게."

젠슈. 가슈소쿠세이.

처음 들어보는 이름이었다. 한자에서 유래한 걸까? 그렇다면 적당한 한자가 떠오를 만도 한데, 곧바로 생각나지 않았다. 이름이 두 개인 것도, 두 마리를 합쳐서 이름이 하나인 것도 이해되지 않았다. 하지만 고개를 갸웃거린 것도 잠시, 이내 공포가 밀려들었다. 이 그림을 바라본 순간, 커다란 두려움이 밀려온 것이다. 왜냐하면…….

찻잔을 손에 든 채 그림을 응시하는 고토코를 곁눈질하면서 나는 도오루에게 물었다. "고세 가나오카의 전설을 아십니까?"

"아아, 그림말 이야기 말인가?" 도오루는 과자 포장지를 뜯으며 말했다.

그 옛날 가나오카는 나무판에 커다란 말 그림을 그려서 신사에 헌납했다. 그 직후부터 밤이면 밤마다 그 일대의 논밭이 황폐해졌다. 현장에 남은 것은 말발굽 자국뿐. 마을 사람이 혹시나 해서 그림을 확인했더니 말발굽에 흙이 묻어 있었다. 가나오카가 그린 말이 나무판에서 빠져나와 마구 날뛰며 농작물을 망친 것이다.

이 사실을 알게 된 가나오카는 말 그림에 땅에 박은 말뚝과 밧줄을 덧그려서, 말을 말뚝에 묶었다. 그 이후, 농작물이 엉망이 되는 일은 없어졌다…….

전국 방방곡곡에 그와 비슷한 이야기가 있었다. '말을 쫓아갔더니 신사 앞에서 사라졌다', '앞발 부분의 나무판을 잘라냈더니 괜찮아졌다' 등등, 미세한 차이는 있지만 핵심은 똑같았다.

훌륭한 화가가 그린 그림이 밤이면 밤마다 빠져나와 마을 사람들에게 피해를 끼친다.

화룡점정의 고사까지 예로 들지 않더라도, 훌륭한 그림이 실체가 된다는 전설은 고대 중국에도 있었다. 당연히 전통적인 비유나 과장이라고 여겼을 뿐, 현실에서 일어나리라곤 상상도 못했다.

보이지 않는 괴물의 정체는 이 젠슈 그림이다.

우리는 지금 그 요괴를 마주하고 있는 것이다. 전설을 믿는다면 낮에는 괜찮지만, 그렇다고 안심할 수는 없다.

두 마리의 시선이 느껴지는 듯했다. 숨 막히는 긴장감을 느끼면서 고토코에게 가나오카의 전설을 말해주자 도오루가 소리를 질렀다.

"뭐? 이것도 그림에서 빠져나가는 게 아니냐고?"

"그런 전설이 있으면 재미있을 것 같아서요."

"있네."

"네?"

내가 깜짝 놀라자 도오루는 벌떡 일어나서 툇마루 너머의 그림으로 다가갔다.

"각각 다른 회불사가 밤길에 넘어져서 다친 일이 몇 번 있었지. 무엇보다 가네쓰구 자신이 절에 가는 도중에 어두운 산길에서 누군가에게 얻어맞고 부상을 입은 채 그대로 사망했다…… 유래서에 그렇게 쓰여 있었네. 말발굽 이야기를 떠올린 스님은 이 젠슈를 범인이라고 여기고 그림을 훼손하기로 했지. 이쪽 그림은 눈을, 저쪽 그림은 발을. 그랬더니 다시는 그런 일이 일어나지 않고 다들 평화롭게 지냈다네. 자, 그림을 한번 확인해보게."

나와 고토코는 동시에 일어나서 두 마리의 그림을 확인했다. 고토코는 아무렇지도 않은 얼굴로 살펴보았지만 나는 공포로 인해 엉거주춤한 자세가 되고 말았다.

멈칫거리며 다가가서 시선을 고정한 순간, 내 입에서 중얼거림이 새어나왔다. "……분명히 그렇군요."

오른쪽에 그려진 젠슈의 두 눈동자에는 바늘로 찌른 듯한 구멍이 몇 개나 뚫려 있고, 왼쪽에 그려진 젠슈의 뒷발은 앞쪽 허벅지가 찢겨 있었다.

"네, 양쪽 모두 봉인되어 있어요." 고토코가 그림에 시선을 고정한 채 말했다.

"뭐, 중요한 건 그게 사실이냐 하는 거지. 움직일 수 없게 만들었다는 전설은 그림의 훼손을 감추기 위해 후세의 소유자가 날조

한 게 아닐까? '이건 우리가 훼손한 게 아닙니다, 스님이 봉인해
놓은 겁니다'라고 말이야."

"그렇군요." 나는 도오루의 말에 맞장구치는 척했다.

눈앞에 있는 두 마리의 짐승…… 젠슈의 그림이 요괴와 관련이
있음은 틀림없다. 하지만 젠슈의 그림은 양쪽 다 봉인되어 있다.

사실은 봉인되지 않은 걸까.

아니면 맹장지 그림과 관계가 있다는 전제가 틀린 걸까.

마음에 걸리는 부분은 그것 말고 또 있다. 도오루가 집을 비웠
을 때 그런 사건이 일어난다는 와타루의 말. 내 숨통을 끊지 않았
던, 이해할 수 없는 요괴의 움직임. 의미를 알 수 없는 이름.

"설마 내 취미에 관심을 보일 줄은 몰랐네. 오늘은 기묘한 일뿐
이군."

도오루가 절실하게 말하는 것이 멀리서 들렸다. 그가 왜 우리
와 와타루를 만나게 했는지. 왜 우리를 그냥 보내지 않고 차를 대
접했는지. 누가 누구에 대해서 알려주려고 하고, 누구의 이야기를
들려주려고 하는지. 모두 알아낸 듯한 느낌이 들었다.

"모로타 씨." 그림을 쳐다보며 잠시 생각에 잠겨 있던 고토코가
입을 열었다. "모로타 씨와 상관없는 일일지 모르겠지만, 보이지
않는 괴물 사건은 어떻게 생각하시나요?"

고토코의 말이 끝나기도 전에 그는 대답했다. "이 일대에서 일
어나는 사건 말인가? 그야 물론 해결되어야겠지. 평범한 시민의
한 사람으로서 더는 희생자가 나오지 않았으면 하니까. 그리고,
그러니까, 뭐라고 할까……?"

갑자기 머뭇거리는 그를 뚫어지게 쳐다보면서 고토코가 물었
다. "모로타 씨가 집을 비웠을 때 사건이 일어난다…… 그 점이

마음에 걸리시나요?"

미소가 감돌던 도오루의 표정이 한순간 굳어졌다. 그는 벌레라도 씹은 듯한 얼굴로 고토코를 쳐다보았다.

"그걸 어떻게?"

"형님도 그 점이 마음에 걸리시는 것 같더라고요. 그 사실을 조금 비틀어서 비약하시긴 했지만, 단적으로 말하면 스스로를 책망하고 계셨어요."

"미안하지만 무슨 뜻인지 모르겠군."

"그러세요? 그렇다면……." 고토코는 젠슈의 그림을 힐끔 쳐다보고 나서 물었다. "다음 출장은 언제 가시나요?"

3

새벽 2시가 지났다.

모로타 저택은 쥐 죽은 듯 고요했다. 모든 불이 꺼지고 모든 방이 어두웠다. 방 하나를 제외하고는.

모로타 도오루는 집에 없었다.

와타루는 밤 12시에 자기 방의 불을 껐다. 낮과 밤이 뒤바뀐 시기가 길었지만 지금은 한 바퀴를 돌아 아침에 일어나고 밤에 자고 있다.

소리도 없이 와타루의 방문이 열렸다. 안에서 와타루가 천천히 기어 나왔다. 기다란 복도에 배를 대고는 가끔 두 손으로 상체를 일으켰다. 또 어느 때는 긴 발의 무릎을 바닥에 대기도 했다.

엎드린 채 계단을 내려온다. 몇 번이나 밑으로 굴러떨어질 뻔했지만, 그때마다 발판에 달라붙어 자세를 바로잡았다. 그는 오랜 시간에 걸쳐서 민달팽이처럼 천천히 조금씩 내려왔다.

1층에 도착해 복도 안쪽으로 향했다. 얼굴에는 아무런 표정도 없고, 눈은 살짝 벌어져 있었다. 도중에 배를 바닥에 대고는 잠시 쉰 다음, 다시 앞으로 나아갔다.

모퉁이를 돌아 툇마루로 가더니, 오른쪽 장지문을 활짝 열고는 다다미방에 머리를 집어넣었다. 방에는 불이 켜져 있었다.

"형님……."

그렇게 중얼거린 사람은 운전석에 있던 도오루였다. 그는 대시 보드에 있는 노트북 컴퓨터의 화면을 곤혹스러운 표정으로 들여 다보았다.

"예상한 대로예요."

정장 차림의 고토코가 도오루의 옆에서 대답하며 보라색 연기를 내뿜었다. 조수석 창문은 절반이 열려 있었다.

뒷자리에 있던 나는 몸을 돌려 뒷유리창 너머에 있는 모로타 저택을 응시했다. 아직 달라진 점은 아무것도 없고, 단지 네모난 호화 저택의 그림자가 어둠 속에 우뚝 솟아 있을 따름이었다.

나와 고토코, 도오루 세 명은 모로타 저택에서 조금 떨어진 곳에 있었다.

노상 주차한 모로타의 차 안에서 노트북 컴퓨터를 들여다보았다. 화면에 나오는 것은 사전에 모로타 저택 여기저기에 설치해 둔 CCTV 영상이었다. 지금은 다다미방이 크게 나오고 있었다.

"출장이야. 오늘은 집에 안 와."

도오루는 와타루에게 거짓말을 하고는 어제 아침 일찍 차를 가지고 집을 나왔다. 그러곤 날짜가 바뀌기 조금 전에 여기로 돌아와 나와 고토코와 합류한 뒤, 차 안에서 CCTV 영상을 보면서 지금에 이르렀다.

모두 고토코가 세운 계획이었다.

툇마루를 통해 다다미방으로 들어간 와타루는 바닥을 기어서, 매화나무 맹장지 그림으로 서서히 다가갔다. 주르륵, 주르륵. 들릴 리 없는 다다미 스치는 소리가 들린 듯한 느낌이 들었다.

와타루는 왼쪽에서 두 번째에 있는, 매화나무가 그려진 맹장지의 가장자리를 잡았다. 그러곤 그대로 무릎으로 서서 맹장지를 뒤흔들고 몸을 뒤로 젖혔다.

맹장지가 빠졌다. 균형을 잃은 와타루는 맹장지와 함께 방바닥에 쓰러졌다. 빠진 맹장지 밑에 깔려서 한동안 움직이지 않았다. 나는 숨을 죽인 채 정지한 듯한 화면을 바라보았다.

와타루는 일절 움직이지 않았다. 불안이 목구멍까지 솟구쳤다.

"괜찮겠나?" 꺼져 들어갈 듯한 목소리로 도오루가 물었다. 그러곤 운전석 창문을 반쯤 열고 연기를 내뿜었다. "형님은 평소에 거의 침대에서 나오지 않네. 고작해야 자기 방에서 움직일 뿐인데, 이, 이렇게 먼 거리를……."

고토코가 대답했다. "저도 걱정돼요. 하지만 제 짐작이 맞는다면 이것도 이번으로 끝이에요."

"짐작? 끝? 미안하지만 이제 설명해주지 않겠나?"

"훼손되어서 움직임이 봉인된 젠슈 두 마리는 오랫동안 단순한 맹장지 그림에 불과했어요. 세상에도 알려지지 않았죠. 유래서 말고는 어디에도 기록이 남아 있지 않았으니까요."

"아니아니." 도오루는 쓴웃음을 지으며 말했다. "그렇다면 유래서가 가짜라고 생각해야겠지. 나도 그림이 마음에 들고 가격이 적당해서 샀을 뿐, 100퍼센트 진짜라고 생각하진 않네."

"하지만 역사적 사실과 일치하는 점이 있어요." 고토코는 휴대용 재떨이에 담배를 비벼 끄고 말했다. "구루하타 가네쓰구는 어두운 밤길에서 넘어져 큰 부상을 입고, 그로 인해 사망했어요. 그렇죠, 노자키 선생님?"

"네에."

조금 조사했을 뿐인데 그런 기록이 몇 개나 있었다. 일본화의 역사에서는 사실로 간주하는 듯했다.

고토코는 열어놓은 조수석 창문 너머로 젠푸쿠지 강을 바라보았다.

"젠슈는 봉인된 채 깊은 잠에 빠졌어요. 그러는 사이에 절은 오랫동안 방치되어 해체되었고, 맹장지 그림은 경매 사이트에서 싼값에 팔렸죠. 그러곤 당신이 사들여서 이 집…… 모로타 저택으로 온 거예요." 그녀는 곧바로 다시 담배에 불을 붙였다. "여기서 젠슈는 절호의 재료를 발견했어요. 친동생에게 복잡한 감정을 품고 있지만, 병에 걸려 꼼짝도 못 한 채 울분이 쌓여 있는 사람을. 자기들과 비슷한 감정을 가지고 있는 모로타 와타루라는 사람을."

"형님이…… 비슷한 감정……."

"젠슈는 아마 형제나 자매일 거예요. 형제에게 복잡한 감정을 가지고 있고, 그와 동시에 갇혀 있음으로써 뒤틀린 울분이 쌓여 있는……. 한마디로 말해 와타루 씨와 젠슈는 우연히 파장이 맞았어요. 요즘은 '싱크로한다'고 하지만요."

그때 화면 안에서 뭔가가 움직였다.

와타루가 맹장지를 떼어내고는 몸을 일으켰다. 그러곤 떼어낸 맹장지 옆…… 즉, 매화나무 밑동이 그려진 왼쪽 맹장지에 손을 내밀었다.

나는 여기에 오기 전에 집에서 있었던 일들을 떠올렸다.

*

"……그래서 젠슈는 눈에 보이지 않는 괴물이 된 거야." 고토코 가 환기팬 앞에서 자신의 추리를 마무리했다. "검증은 오늘 밤에 하기로 했어. 도오루 씨가 얘기가 통하는 사람이라서 다행이었 지. 속단은 금물이지만 아마 내가 추리한 게 맞을 거야."

마코토는 침대 끝에 걸터앉아 팔짱을 꼈다. 발은 처음보다 많 이 좋아졌지만 멀쩡하다고 말하기는 힘들다. 손에도 아직 붕대가 감겨 있었다.

마코토는 잠시 입을 다물었다가 담배를 피우는 고토코에게 말 을 걸었다. "언니가 말한 대로 되면 어떻게 할 거야?"

"잇큐 스님*과 반대로 해볼 거야. 젠슈를 맹장지로 되돌리는 거지."

"그게 가능해?"

"물론이야. 맹장지로 돌아가고 나면 맹장지와 함께 그대로 불 태울 거니까."

마코토는 눈을 크게 뜨며 말했다. "그럴 수가……."

---

* 무로마치시대(1336~1573)의 선승. 영주가 잇큐를 놀리기 위해 병풍에 그려진 호랑이를 잡아달라고 하자, 잇큐는 자신이 호랑이를 잡을 테니까 병풍에서 쫓아내 달라고 한다. 영주가 깜짝 놀라며 병풍에 있는 호랑이는 내보낼 수 없다고 하자 잇 큐는 그림에서 나오지 않는 호랑이를 잡을 방법은 없다고 대답했다고 한다.

"어려운 일은 아니야. 지난번엔 상대가 무엇인지 몰랐으니까 숨통을 끊지 못했지만, 이번에는 괜찮아."

"하지만."

"의뢰를 가로채서 미안해, 마코토."

사과할 마음은 털끝만큼도 없는 말투였다. 사실은 안심하고 있다는 걸 손에 잡힐 듯이 알 수 있었다. 다치게 해서 미안하다는 핑계로 자신이 괴이와 대치해서, 마코토가 무모한 짓을 하지 않아도 되었다. 그래서 안도하고 있는 것이다.

나도 똑같은 심정이다. 마코토에게 들어온 의뢰에 몇 번 협조하긴 했지만, 그녀가 다친다고 생각하면 앞이 캄캄해진다.

"노자키는 그래도 좋아?" 마코토가 별안간 화살을 나에게 돌리며 물었다.

"검증에는 좋은 것도 나쁜 것도 없어. 추리가 옳다는 게 밝혀지면 올바르게 대처해야겠지. 그건 당연한 일이잖아?"

"그런 절차 이야기를 하는 게 아니잖아."

"미안하지만 무슨 뜻으로 묻는 건지 잘 모르겠어."

"원인이라든지, 그런 거 말이야."

"원인?"

고토코가 어이없는 얼굴로 말했다. "마코토는 그런 걸 정말 좋아하는구나. 사람의 슬픔이나 갈등, 빈틈 같은 거. 아까 설명했잖아. 와타루 씨의 가슴속에 억눌려 있던 감정이 젠슈의 의지와 싱크로한 거야."

"응, 그건 알고 있어."

"모로타 형제의 빈틈은 하루나 이틀로는 막을 수 없어. 그래서 맹장지 그림을 불태울 수밖에 없지. 그게 뭐가 이상해?"

"그건 이상하지 않아."

"그럼 뭐가 불만이야?"

마코토는 대답하지 않았다.

저녁 식사 때도, 그 이외의 순간에도 계속 말없이 생각에 잠겼다. 겨우 입을 연 것은 우리가 집에서 나오기 직전에 고토코가 물어봤을 때였다.

"마코토, 다친 덴 어때?"

"그럭저럭 괜찮아. 내일은 알바하러 갈 수 있을 것 같아."

"그래? 마침 잘됐다."

"뭐?"

"그럼 난 오늘 일을 마치고 그대로 갈게. 내일 일은 도저히 뺄수 없거든."

"그런 말은 처음 들었어."

"내가 말을 안 했으니까."

고토코는 신발을 신은 뒤, 현관 구석에 있는 캐리어 가방의 손잡이를 잡았다. 마코토는 느릿느릿 그 뒤를 따라갔다.

"노자키 씨를 힘들게 하지 마."

"응, 알았어……."

"그럼 갈게."

고토코는 뒤도 돌아보지 않고 집에서 나갔다. 마코토는 벽에 기댄 채 계속 생각에 잠긴 표정을 지었다. 시선은 현관문 외시경 주변에 꽂혀 있었다.

"마코토, 왜 그래?"

"……아무것도 아니야."

"제대로 인사하지 않아도 돼?"

"으음." 마코토는 천장을 올려다보더니 방으로 돌아가며 말했다. "괜찮아, 괜찮을 거야. 조심해."

*

와타루는 왼쪽 맹장지도 쓰러뜨렸다.

이어서 팔꿈치를 이용해 기어가더니 오른쪽 젠슈 그림…… 상반신이 그려진 맹장지를 잡았다. 눈에 구멍이 뚫려 있는 그림이다. 상반신의 맹장지도 쓰러뜨리자 하반신의 맹장지를 힘껏 왼쪽으로 밀쳤다. 그러곤 방바닥을 데굴데굴 굴러서 또 한 마리인 대나무숲의 젠슈 쪽으로 향했다.

"와타루 씨의 건강 상태론 이런 움직임은 굉장히 힘들어요. 젠슈도 제대로 조종할 수 없는 것 같고요. 그래서 일련의 동작이 무슨 뜻인지 알기 힘들죠. 어수선하다는 생각도 들고요. 하지만." 고토코는 화면을 보면서 덧붙였다. "실은 아주 간단한 퍼즐을 푸는 것뿐이에요."

"퍼즐?"

고토코는 담배를 피우면서 말했다. "네. 이제 곧 아실 거예요."

나는 다시 몸을 내밀어 노트북 컴퓨터에 시선을 고정했다.

와타루는 또 다른 젠슈의 상반신이 그려진 맹장지를 떼어냈다. 그러곤 맹장지를 껴안고 똑바로 누운 채, 등을 방바닥에 문지르며 기어서 전진했다.

고토코가 말했다. "봉인을 푸는 방법은 매우 단순해요."

와타루가 도착한 곳은 조금 전까지 매화나무 맹장지 그림이 끼워져 있던 문턱이었다. 그는 몸을 비틀어 방바닥에 앉더니, 손에

든 맹장지를 새로 끼웠다.

"매화나무 젠슈는 눈은 없지만 하반신은 멀쩡하죠. 대나무숲 젠슈는 발은 찢겼지만 상반신은 멀쩡하고요. 그렇다면……."

와타루가 움직임을 멈추었다. 맹장지를 잡은 채 잠시 쉬는 것이다.

"……훼손되지 않은 쪽, 즉 대나무숲 상반신과 매화나무 하반신의 맹장지 그림을 나란히 붙이면 봉인되지 않은 젠슈가 완성되는 거예요."

맹장지 두 장이 부딪쳤다.

끼리릭.

소리가 귀에 닿은 순간, 심장이 쿵쾅거렸다.
작고 희미한 소리였다. 그래도 분명히 창밖에서 들렸다.

끼릭, 끼릭.

우리는 약속이라도 한 것처럼 동시에 소리가 난 쪽…… 모로타 저택 쪽을 쳐다보았다. 아무것도 보이지 않았다. 도오루도 고개를 갸웃거렸다.

"빙고네요." 고토코가 만족스러운 목소리로 중얼거렸다.

눈에 보이는 것인가. 시선 끝에 있는 것인가.

젠슈가 맹장지 그림을 빠져나와 순식간에 밖으로 나온 것인가.

컴퓨터 화면으로 시선을 돌린 순간, 나는 숨을 집어삼켰다. 도오루가 작은 비명을 질렀다.

맹장지에서 젠슈가 사라졌다.

아무 그림도 없는, 낡은 맹장지가 두 장 있을 뿐이었다. 와타루는 방바닥에 큰대자로 누워 있었다. 부풀어 오른 가슴과 배가 희미하게 위아래로 움직였다.

"우리가 있는 걸 알아차리지 못했어요." 고토코는 신중하게 문을 열면서 말했다.

그러더니 담배를 입에 물고 엉거주춤한 자세로 밖으로 나갔다.

담배 끝이 창백하게 빛났다. 이 세상의 불이 아닌 불이 타오르고 있었다.

추리가 맞는다는 걸 알면 곧바로 대처해야 한다. 맹장지로 돌려보내야 한다. 그렇지 않으면 젠슈는 또 사람을 덮치리라. 젠슈의 눈에 띄면 우리도 위험하다.

옷의 아래쪽이 땀에 젖었다.

"두 분은 여기에 계세요. 저 혼자 해도 돼요."

고토코는 허리를 낮춘 채 걷기 시작했다.

도오루는 화면과 고토코의 등을 몇 번이나 번갈아 보면서 중얼거렸다. "이럴 수가……. 믿을 수 없어…… 보이지 않는 괴물이 지금 밖에 있단 말인가?"

"네, 그녀의 눈에는 보이는 겁니다."

"그 맹장지 그림인가? 그걸 형님이 해방했다는 말인가? 형님이…… 형님이 나를 증오해서."

"증오하지는 않습니다. 오히려 도오루 씨를 가장 신경 쓰고 가슴 아파하고 있지요. 도오루 씨에게 자신은 무거운 짐이다…… 그렇게 생각하시는 게 아닐까요?"

"형님……."

차에서 나가려고 하는 도오루를 붙잡고 나는 고토코의 모습을 살펴보았다. 고토코는 담배를 손에 들고 걷고 있다.

끼릭, 끼릭, 끼릭…….

발소리는 모로타 저택의 앞길에서 들리더니, 북쪽을 향해 천천히 멀어졌다. 이대로 아사가야 방면으로 가는가. 아니면 오늘은 고엔지인가. 그 어느 쪽이든 여기서 붙잡아야 한다. 그런데 그걸 고토코 한 사람에게 맡겨도 되는 건가?

몸에서 힘을 짜내려고 한 순간, 등의 상처가 떠올랐다. 그 녀석에게 질질 끌려갔을 때의 고통과 공포도.

마구 날뛰는 감정을 억눌렀을 때, 시야의 구석에서 무언가가 움직였다. 밖이다.

누군가가 오고 있다. 북쪽에서 이쪽으로, 모로타 저택 쪽으로 다가오고 있다. 조금 떨어진 가로등 밑에 도착했을 때, 불빛이 그 사람의 모습을 비추었다.

고토코가 걸음을 멈추었다.

상하 모두 검은색 나일론 저지를 입고 기다란 밤색 머리칼을 하나로 묶은 채 천으로 된 토트백을 들고 있는 여성. 오른손에는 붕대가 감겨 있고, 왼발을 약간 끌고 있다.

마코토다.

어떻게 여기에……. 그렇게 생각한 순간.

끼리릭.

발소리가 뛰기 시작했다.

그 직후에 고토코도 달리기 시작했다. 나도 무의식중에 문을 열고, 구르듯 밖으로 뛰쳐나왔다.

"마코토!"

모로타 저택을 지나친 곳에서 나는 목청껏 소리쳤다.

발소리는 이미 들리지 않았다. 내 쪽에서 멀어져 마코토에게 다가가고 있는 것이다. 가로등 밑에 우두커니 서 있던 마코토가 갑자기 토트백을 껴안고 주저앉았다.

쿠웅.

어설픈 종소리 같은 소리와 함께 가로등의 기둥이 꺾였다.

"흐아아아아!"

얼빠진 비명이 들려서 한순간 내 귀를 의심했다.

마코토의 몇 미터 뒤쪽에서 누군가가 엉덩방아를 찧는 것이 보였다. 민속의상 같은 옷과 누더기 같은 배낭, 초록색 머리가 어둠 속에서 희미하게 보였다.

덴 청년이었다.

"마코토 씨! 이건 너무 위험해요!"

"괜찮으니까 떨어져! 떨어져서 따라와!" 마코토가 벌떡 일어나며 말했다.

그러곤 발을 질질 끌며 이쪽을 향해 뛰더니, 금세 내 앞을 달려간 고토코와 마주쳤다.

"마코토, 뭐하러 왔어!"

"비켜! 나한테서 떨어져!"

"잠깐! 어떤……."

"언니 방법으론 부족해!"

두 사람의 목소리가 강가에 있는 캄캄한 주택가에 울려 퍼졌다. 고토코가 걸음을 멈춘 채, 옆을 지나치는 마코토의 뒷모습을 아연한 얼굴로 쳐다보았다.

무슨 일이 일어나고 있다. 덴 청년은 왜 여기에 있는가. 마코토는 무엇을 하러 왔지? 부족하다는 건 무슨 뜻이지? 덴 청년에게 한 말도 이해할 수 없었다.

마코토가 눈앞으로 다가왔다. 말을 걸려고 한 순간.

"위험하다니까!"

마코토는 몸을 날려서 나를 길 끝으로 밀어냈다. 불의의 일격을 당한 나는 어이없이 길바닥에 굴러서 아스팔트에 등을 세게 찧었다.

날카로운 통증으로 인해 몸을 비튼 순간. 끼리릭 하고 눈앞의 아스팔트에서 소리가 들리는가 싶더니 눈 깜짝할 사이에 멀어졌다. 젠슈다. 마코토의 뒤를 쫓아가고 있다.

마코토의 이름을 외치려고 했지만 입에서 나온 것은 아무런 의미도 없는 신음뿐이었다. 통증을 참고 일어나서 지금 온 쪽으로 달려갔다.

마코토는 모로타 저택 앞에 있었다.

차고의 바로 앞에서 다시 땅에 배를 대고 엎드렸다.

천둥 같은 소리와 함께 셔터가 찌부러졌다. 귀를 찢는 굉음에 무심코 귀를 막았다.

어느새 내 옆으로 돌아온 고토코가 소리쳤다. "마코토!"

"절대로 가까이 오지 마!" 마코토가 곧바로 말을 이었다. "덴은 어서 이리 오고!"

"네에에? 난 왜……?" 뒤쪽에서 숨을 헐떡이며 다가온 덴 청년이 멍한 얼굴로 중얼거렸다.

마코토가 아스팔트를 굴러서 길의 한가운데에 토트백을 놓았다. 그러곤 다시 굴러서 모로타 저택의 맞은편인 강과 길의 경계에 있는 펜스에 부딪혔다. 그대로 움직이지 않는다. 간신히 상체를 일으켰지만 일어서지 못하고 있다. 괴로운 표정을 짓고 있다는 것을 이 어둠 속에서도, 이 거리에서도 알 수 있었다.

보이지 않는 괴물이 마코토의 바로 앞에 있는 듯했다.

굵은 팔을 치켜드는 것이 보이는 듯했다.

기다란 발톱을 내려치는 것이 느껴지는 듯했다.

세차게 날아가는 마코토. 아스팔트에 내동댕이쳐지는 마코토. 날카로운 발톱에 찢겨서 피투성이가 되는 마코토. 생각하고 싶지 않은 마코토의 모습이 잇따라 머리에 떠올랐다.

움직일 수 없다. 어떻게든 움직여야 하는데, 온몸이 얼어붙은 것처럼 움직이지 않는다.

다음 순간 마코토에게 일어날 일을 상상하면서, 나는 멍하니 눈앞의 광경을 지켜보고 있었다.

……끼릭, 끼릭.

발소리가 났다. 소름은 끼치지만 안정되어 있었다.

마코토에게는 변화가 없다. 그녀도 다만 앞쪽을…… 길에 놓아둔 토트백을 응시하고 있다. 발소리는 토트백 주변에서 들렸다.

여기에 처음 왔을 때의 일이 떠올랐다. 요괴에게 질질 끌려가다가 여기에 떨어져서 죽음을 각오했던 일, 무슨 이유인지 더는 공격하지 않아서 겨우 목숨을 구했던 일.

그때와 똑같은 일이 일어나고 있다.

마코토가 이쪽을 향해 손짓을 하며 입을 뻐끔거렸다. 표정은 조금 전보다 안정되었다.

고토코가 작은 목소리로 속삭이듯 말했다. "덴 씨, 당신을 부르고 있어요."

"저 말인가요?"

"그래요. 가주세요. 나도 부탁할게요."

"아니, 도대체 왜 이러는지……."

"빨리!" 고토코가 예리한 눈길로 덴 청년을 노려보았다.

"네에에……."

덴 청년은 절망적인 목소리로 대답한 뒤, 기묘한 걸음걸이로 한 발짝, 한 발짝 마코토 쪽으로 다가갔다. 마코토가 토트백을 가리켰다. 덴 청년은 "네?", "진짜로요?"라고 작은 목소리로 몇 번이나 확인하고는 엉거주춤한 자세로 토트백 쪽으로 걸어갔다.

나는 고토코에게 물었다. "어떻게 된 거죠?"

"저도 모르겠어요." 고토코는 거의 재로 변한 담배를 손에 들고 말했다. "하지만…… 저 녀석은 공격을 멈추었어요. 마치 마코토와 덴 씨가 있다는 걸 모르는 것처럼 가방 주변을 얼쩡거리고 있어요."

"저 가방은……."

"글쎄요, 짐작도 안 돼요."

고토코는 담배가 재로 변했음을 알아차리고 땅으로 내던져서 발로 짓밟았다.

덴 청년이 천천히 토트백을 들어 올렸다.

끼리릭.

발톱 소리가 한층 크게 울려 퍼지고 "히익!" 하며 덴 청년이 움츠러들었다.

"나, 나더러 어쩌란 거예요……."

마코토가 한탄하는 덴 청년의 어깨를 가볍게 두드리면서 무슨 말인가 했다. 덴 청년은 울먹이는 얼굴로 모로타 저택 쪽을 향해 한 걸음 내디뎠다. 한 걸음. 또 한 걸음. 그의 어깨에 손을 얹은 채, 마코토도 같이 앞으로 나아갔다.

요괴의 발소리가 끊어졌다.

나는 다만 지켜볼 수밖에 없었다. 고토코가 지금이라도 튀어나갈 듯한 자세로 허공을 노려보았다.

"아……."

덴 청년이 걸음을 멈추었다. 굳어진 얼굴은 공포로 인해 더욱 일그러졌다.

여기에서도 보일 만큼 손발이 떨렸다. 토트백도 격렬하게 흔들리고 있다. 눈은 비스듬한 위쪽을 올려다보고 있다. 저 시선. 저 겁먹은 모습. 들리지 않는 발소리. 설마…….

지금 덴 청년의 눈에는 젠슈의 모습이 보이는 것인가.

또한 젠슈는 덴 청년을 내려다보고 있는 것인가.

마코토는 말없이 눈을 감고 있었다.

잠시 아무도 움직이지 않았다. 한밤중의 차가운 정적 속에서 덴 청년의 거친 숨소리만이 주위를 가득 메웠다.

식은땀이 턱을 타고 떨어진 그때.

스윽…… 스윽…….

움직였다.

지금까지와는 분명히 다르다. 젠슈가 소리를 내지 않고 조용히 걷고 있다.

그때 숨을 집어삼키는 소리가 들렸다. 고토코였다.

스윽…… 스윽…… 스윽…… 스윽…….

소리는 모로타 저택 쪽을 향해서 점점 작아지다가 이윽고 사라졌다.

하아악. 덴 청년이 숨을 내쉬더니 그 자리에 무릎을 꿇었다. 떨어지는 토트백을 마코토가 땅에 닿기 직전에 잡았다.

"사라졌어." 당황스러움을 감추지 못한 얼굴로 고토코가 조용히 말했다.

몸을 휘감았던 긴장이 풀린 순간, 나는 마코토에게 뛰어갔다.

"마코토, 괜찮아?"

"노자키." 마코토는 힘없이 미소를 지었다.

"설명해줘. 무슨 일이 일어난 거지?"

"요구사항을 들어준 것뿐이야. 아직 도중이지만."

"요구사항? 도중?"

"마코토, 그건 설명이라고 할 수 없어." 고토코가 한발 늦게 다가와서 말했다. 그러곤 주저앉아 있는 덴 청년을 힐끔 쳐다보고 목소리를 높였다. "관계없는 사람을 위험에 처하게 하다니, 지금 생각이 있어?"

"관계없지 않아." 마코토가 단호하게 말했다.

표정은 더할 수 없이 진지했다. 강한 의지가 깃든 눈으로 고토코를 똑바로 쳐다보더니 나에게 토트백을 넘겨주었다.

나는 토트백 안에 든 내용물을 확인하자마자 반사적으로 소리쳤다. "이건 또 뭐야?"

토트백 안에서 나온 것은 덴 청년이 그린 웰컴보드였다. 나와 마코토가 과장스러운 얼굴로 서로 어깨를 기댄 채 앞을 쳐다보고 있었다.

마코토는 나와 고토코를 번갈아 쳐다보면서 말했다. "설명할게. 이 집의 다다미방에서. 모로타 도오루 씨 집이었던가?"

모로타 와타루는 주위가 떠나가라 코를 골면서 자고 있었다. 도오루가 뺨을 때려도 눈을 뜨지 않았지만 안색도 좋고 표정도 평온했다.

깨우기를 포기한 도오루는 형에게 이불을 덮어주고 나서 고토코를 향해 물었다. "아직 이해가 안 되지만, 맹장지로 돌아갔다는 건가?"

"네에."

툇마루 근처에 서 있던 고토코는 맹장지를 바라보았다.

컴퓨터 화면으로 보았을 때는 공백이었던 맹장지 두 장에 젠슈 한 마리가 그려져 있었다. 대나무숲의 상반신, 매화나무의 하반신. 단순하기 짝이 없는 퍼즐에 의해 훼손의 봉인을 풀고, 밤이면 밤마다 밖으로 나간 기이하게 생긴 요괴.

"평소에는 밖에서 난동을 부린 후에 여기로 돌아와 와타루 씨를 조종해 맹장지를 원래대로 끼웠겠죠. 하지만 지금은 그렇게 하지 않았어요. 마코토, 이것도 설명할 수 있어?"

"응." 우두커니 선 채 도코노마 기둥에 기대어 있던 마코토가 대답했다.

얼굴은 창백하고 눈 밑에는 진한 다크서클이 생겼지만 어딘지 모르게 후련한 표정을 짓고 있었다. 좌탁에서는 덴 청년이 창백한 얼굴로 차를 마시고 있었다.

"마코토, 앉는 편이 좋지 않을까?"

"괜찮아."

"사양할 필요 없네. 저기…… 노자키 씨 부인이지?"

"마코토예요."

마코토는 머리 끈을 풀고는, 살짝 삐친 머리칼을 마구 쥐어뜯었다.

"이상하다고 생각하면 말씀해주세요. 전 머리가 나빠서 제대로 설명을 못할지도 모르니까요." 그렇게 운을 떼고 나서 마코토는 설명하기 시작했다. "지금은 얌전하게 있지만 이 요괴, 즉 젠슈는 와타루 씨를 조종해 이런 식으로 봉인을 풀었어요. 그러곤 도오루 씨가 없는 밤에 몰래 빠져나갔죠."

"그래. 그건 검증이 끝났어." 고토코는 팔짱을 끼고 마코토를 바라보았다.

"사건이 일어난 건 올해 4월. 그런데, 이 그림이 여기에 온 건 7년 전이었죠. 그렇죠, 도오루 씨?"

"그래. 7년 전 지금쯤이었지."

"그러니까 젠슈는 지난 6년 반 동안 아무 짓도 하지 않았어요. 왜 그랬을까요?"

대답하는 사람은 아무도 없었다.

"다음." 마코토는 기둥에서 등을 떼고 말을 이었다. "언니와 둘이 추격했는데, 젠슈는 왜 노자키만을 덮쳤을까, 왜 덮쳐놓고 숨통을 끊지 않았을까. 저도 마찬가지였어요. 왜 저만 쫓아왔을까. 그리고 왜 도중에 공격을 그만두었을까. 어디 보자…… 이걸로 전부인 건가?"

"덴 씨가 빠졌어."

"그건 됐어. 덴은 별개니까."

마코토의 이해할 수 없는 대답을 듣고 고토코는 한쪽 눈썹을 치켜올렸다.

"노자키, 그 이유를 알아?"

"아니……." 나는 잠시 생각에 잠겼다가 망설이면서 대답했다. "웰컴보드, 라고밖에 생각할 수 없어."

"정답이야."

"……뭐?"

마코토는 젠슈의 맹장지 그림을 보면서 말했다. "이 요괴는 말이지, 덴이 그린 그림을 들고 어두운 곳에 있는 사람만 노렸어. 아마 그런 사람밖에 보이지 않거나, 센서에 걸리지 않는 것 같아. 그림 자체엔 반응하지 않아. 그림에서 떨어진 사람에게도 반응하지 않고." 그녀는 가볍게 헛기침을 하고 덧붙였다. "덴이 고엔지에 살기 시작한 건 작년부터지만, 그림엽서를 팔기 시작한 건 올해 4월부터야. 사건이 시작된 시기와 정확히 일치하지. 전원에게 확인한 건 아니지만, 젠슈의 공격을 받은 사람은 모두 덴의 그림엽서를 사고 집에 가는 길이었을 거야. 손에 들든지 가방에 넣든지 주머니에 넣든지 하고."

나는 후자였다. 고토코도 그렇다.

공원에서 죽임을 당한 젊은 커플도 덴 청년에게서 그림엽서를 구입했다.

모두의 시선이 덴 청년에게 쏟아졌다. 가뜩이나 창백한 얼굴이 더욱 창백해지더니, 그는 덜덜 떨었다.

매달리는 눈길로 그 자리에 있는 사람들을 둘러보며 눈물에 젖은 목소리로 물었다. "어, 어…… 어떻게 된 거예요? 제 그림이, 사람을, 그것도 많은 사람을, 요, 요괴라고 할까, 그 녀석의……?"

"마코토, 생각이 있어, 없어?" 고토코가 예리한 목소리로 야단치듯 말했다. "지금의 추리는 이해할 수 있어. 하지만 그걸 덴 씨 앞에서 말하면 어쩌자는 거야? 범인 취급하는 거나 마찬가지잖아? 네가 그림을 그려서 판 탓이라고 말이야."

"아니야. 덴의 그림은 어디까지나 계기에 불과해. 사람을 다치게 한 건 이 그림에 있는 요괴야. 머리가 별로 좋지 않아서, 아니 솔직히 말하면 머리가 너무 나빠서, 자기가 난폭하게 굴면 사람이 다친다는 것도 모르는 것 같아." 마코토는 덴 청년을 보면서 말을 이었다. "더구나 덴이 없어도 똑같은 일이 일어났을지 몰라. 젠슈가 좋아하는…… 즉, 젠슈와 싱크로하는 그림을 그리는 사람이 이 주변에 살기 시작하면."

"무슨 말이야?"

"젠슈는 사람을 덮친 것도 아니고 상처 입히려고 한 것도 아니야. 자신을 완성해주기를 바랐던 것뿐이야." 마코토의 목소리가 조금 높아졌다. "그러기 위해 멋진 그림을 들고 있는 사람을 닥치는 대로 질질 끌기도 하고 던지기도 하면서 여기까지 데려오려고 했어. 덴이 왔을 때 그런 바람이 이루어졌고, 그래서 지금은 얌전히 맹장지 안으로 들어갔지. 자신의 모습을 끝까지 그려주기를 기다리고 있어." 그녀는 맹장지 그림을 가리키면서 말했다.

　그 순간, 젠슈의 눈이 이쪽을 본 것 같은 느낌이 들었다.

　"노자키, 혹시 지난번에 히노 시의 절에 관해서 말해준 거 기억 나? 일 때문에 조사하다가 알게 됐다면서 말해줬잖아. 뭐였더라, 곤고지……."

　"다카하타후도손 곤고지 말이야?"

　"그래, 그거. 그곳 법당 천장에 용 그림이 있잖아? 그 그림에 있는 용이 천장에서 몇 번이나 빠져나왔다는 옛날이야기가 있다고 했지? 이 젠슈도 마찬가지야."

　"글쎄, 그랬던가? 그 무렵엔 원고 때문에 정신이 없어서……."

　"잘 생각해봐." 마코토가 답답한 얼굴로 다그쳤다. "그 용 주변에 구름만 그리면 되는데 별안간 이런저런 문제가 발생해서 그리는 걸 중단했다면서? 다시 말해, 미완성이라서 빠져나왔다는 기묘한 이야기였잖아? 무슨 사자성어와 정반대라서 재미있다고 말한 거, 기억 안 나?"

　"화룡점정?"

　"그래, 그거!"

　마코토의 목소리를 듣고 기억이 되살아났다. 곤고지를 취재한 것은 결혼식 당일 점심때였다. 용의 천장화에 관해서는 기사도 썼고 사진도 찍었다. 그런데 지금까지 까맣게 잊고 있었다.

　내가 이렇게 멍청했다니. 아니, 설령 기억하고 있었더라도 이번 사건과 연결하지는 않았으리라. 이 요괴는 단순히 난동을 부리는 것뿐이고, 이유 같은 건 없다고.

　"그리다 말았다고?" 도오루가 목소리를 높이며 끼어들었다. "미안하지만 이 그림에는 안 그린 부분이 없는 것 같은데? 용 그림 이야기는 재미있지만, 이 젠슈 그림은 완성되어 있네."

"완성되지 않았어요." 마코토는 도오루의 말을 정면으로 부정하더니 시선을 노자키 쪽으로 향했다. "노자키, 미안하지만 그 맹장지를 세워주지 않겠어?"

"어떤 거?"

"거기…… 거기에 쓰러져 있는 상반신이 그려진 거."

매화나무 쪽…… 눈에 구멍이 뚫려 있는 그림이다.

나는 맹장지를 들어 올려 대나무숲에 있는 상반신의 왼쪽에 붙였다. 맹장지 두 개에 있는 상반신의 모습을, 코를 골며 잠든 와타루 이외의 전원이 비교해 보았다.

"혹시…… 이것 말이야?" 고토코가 조금 전까지 빠져나왔었던 대나무숲 쪽의 맹장지를 가리키면서 물었다.

마코토는 고개를 한 번 크게 끄덕이면서 대답했다. "그래, 이쪽 젠슈에게는 수염이 없어."

으으음, 하고 나도 모르게 중얼거렸다. 수염의 유무는 처음 봤을 때 알아차렸지만, 근거로는 너무 약하다. 도오루도, 덴 청년도 고개를 갸웃거렸다.

고토코가 모두를 대표해 작게 한숨을 쉬며 말했다. "그건 단순한 구분 아니야? 어쩌면 하나는 암컷이고 하나는 수컷일지도 몰라. 오빠와 여동생이든지, 누나와 남동생이든지. 그쪽이 더 가능성이 있어."

"언니, 그렇지 않아. 이 용에는 수염이 있어야 해."

"말도 안 돼. 이런 요괴 그림에 맞고 틀리는 게 있단 말이야?"

"있어. 그린 사람이 그렇게 말했어."

"그렇게 말했다고?"

"그래." 마코토는 주머니에서 휴대폰을 꺼내더니, 액정 화면을 몇 번 터치해 우리 쪽으로 내밀면서 말했다. "이것 봐."

우리는 동시에 액정 화면을 들여다보았다.

"이건……!" 맨 먼저 소리를 지른 사람은 나였다.

젠슈(全鬚)

가슈소쿠세이(畵鬚則成)

젠슈, 수염을 다하다. 즉, 수염을 마지막까지 그리다.

가슈소쿠세이, 수염을 그리면 곧 된다. 즉…… 수염을 그리면 완성된다.

한문으로서 올바르게 쓰였는지는 모른다. 젠슈란 말이 좀 이상하긴 하지만. 그래서 구루하타 가네쓰구는 "변변치 않도다, 변변치 않도다"라고 말하면서 웃었던 게 아닐까. 변변치 않도다, 라는 말은 미숙하다는 뜻이다. 그는 재치 있는 이름이나 제대로 된 이름을 생각해내지 못한 걸 부끄러워했던 게 아닐까. 아니, 어쩌면 이상적인 수염을 그리지 못한 걸 부끄러워했을지도 모른다.

들어본 적이 없었던 이름인 것은 당연하다. 가네쓰구가 그 자리에서 적당히 만들어낸 이름이고, 엄밀하게 말하면 이름이 아니라 그림의 설명이자 주석이었으니까.

"이거…… 네가 조사했어?"

"응. 열심히 사전을 찾아보고 머리를 쥐어짜며 생각했어. 아마 내 인생에서 가장 머리를 많이 썼을 거야." 마코토는 가볍게 웃더니 곧장 진지한 얼굴로 돌아갔다. "그러니까 덴, 이 요괴한테 수염을 그려줘. 지금 수염을 그릴 수 있는 사람은 덴뿐이니까."

덴 청년은 대답하지 않았다. 안색은 조금 전보다 좋아졌지만 공포와 당황스러움이 사라지지 않았는지, 눈은 허공을 맴돌고 입 주변에는 경련이 일었다.

"……그건 안 돼요." 그는 고개를 숙인 채 힘없이 말했다. "이 그림은 움직이지 않아도 위험해요. 나 같은 사람이 손을 댄다면 무서운 일이 일어날 거예요."

"그렇지 않아." 마코토는 머리를 좌우로 흔들었다. "덴이 그려주기를 젠슈가 원하고 있어. 그래서 한밤중에 밖으로 나간 거야."

"합격이란 건가요? 후후후." 덴 청년이 스스로를 비웃듯 코웃음을 쳤다. 그러곤 잠시 그림을 바라보더니 이윽고 가볍게 혀를 찼다. "그런데 이 녀석, 막상 그려줬는데 마음에 들지 않는다고 하면 어떡하죠? 불합격이라면서 또 난동을 부리는 거 아닌가요?"

"그런 일……."

"없다곤 할 수 없잖아요? 더구나 이건 이 그림의 작가와 실력을 겨루라는 거 아닌가요? 지지 않도록 열심히 하라고 말이죠."

"덴……."

"그건 안 돼요. 아무리 마코토 씨 부탁이라도. 주변의 사정으로 시험당하는 건 이제 지긋지긋해요. 그냥 불태우거나 찢어버리면 되잖아요?" 덴 청년은 자포자기하듯 말하곤 그림에게서 등을 돌렸다.

해줄 말이 생각나지 않았다. 논리로는 설득할 수 없다. 의리로도 부탁할 수 없다. 이 자리에서 까마득한 선배의 그림에 손을 더하라…… 그렇게 요구하는 것 자체가 그의 상처를 들쑤시는 것이다. 지금은 그가 말한 것처럼 그림을 훼손하는 수밖에 없는가?

어떻게 해야 할지 몰라서 난감해하고 있자 고토코가 덴 청년을 불렀다. "덴 씨."

"네?"

"수염을 그려주세요. 마코토가 시키는 대로 그림 재료를 가져왔죠?"

"뭐, 집에 있는 걸 이것저것 가져오긴 했어요. 하지만……."

"이건 마코토가 알아낸 진실이에요. 내 동생이 온 힘을 다해 머리를 쥐어짜서 이끌어낸 해결책이죠. 언니와 남편은 죽자 살자 뛰어다니는데, 자기는 집에서 편히 누워 있다고 생각하면서요."

"잠깐만……."

"하지만 나도 이게 최선이라고 생각해요. 난 여기까지 알아낼 수 없었을 거예요. 마음씨 착한 마코토니까 할 수 있었죠." 고토코는 덴 청년을 똑바로 쳐다보며 말했다. "덴 씨, 부디 마코토의 부탁을 들어주실 수 없을까요?"

부탁해요, 라고 말하며 정중하게 머리를 숙였다.

"이걸 어쩌지……?" 덴 청년은 자신의 뺨을 박박 문지르면서 말했다.

마코토는 믿을 수 없다는 얼굴로 언니를 바라보았다.

도오루가 쭈뼛쭈뼛하면서 끼어들었다. "나도 불태우는 건 좀 쓸쓸하군. 차원이 다른 얘기라서 미안하지만 이건 내 맹장지 그림이니까……."

"덴 씨, 나도 이렇게 부탁할게. 마코토의 말은 아마, 아니…… 분명히 맞을 거야." 나도 덴 청년을 보면서 부탁했다.

"덴 씨." 고토코가 조용히 덴 청년의 이름을 불렀다.

덴 청년은 험악한 표정으로 생각에 잠겼다가, 이윽고 맹장지 그림을 뚫어지게 쳐다보았다. 그러곤 발소리를 울리며 맹장지 앞에 우뚝 서서 배낭 안을 들여다보았다.

"마코토 씨, 아교나 염료 같은 건 안 가져왔는데 괜찮을까요?"

"엽서를 그린 거라면 괜찮지 않을까? 아니면 웰컴보드를 그린 거나."

"마커와 색연필이에요. 뭐, 그걸로 좋다면."

덴 청년은 일어나서 자신의 두 뺨을 힘차게 때렸다.

짝! 다다미방에 맑은 소리가 울려 퍼졌다.

4

두 달이 지났다.

밤의 고엔지에 사람들이 돌아와서, 역 앞은 한밤중에도 나이도 알 수 없고 직업도 알 수 없는 사람들로 북적였다. 예전과 똑같이 되었다곤 할 수 없지만 머지않아 그렇게 될 것이다. 설날쯤이나, 아니면 춘분쯤이나.

보이지 않는 괴물은 이제 나타나지 않았다.

발소리도 들리지 않았다.

도오루의 출장 중에 와타루가 맹장지에 손을 대는 일도 없어졌다. CCTV로 몇 번이나 확인했다고 한다.

마코토의 추리는 정확했다. 대책도 성공했다.

덴 청년이 수염을 그려줌으로써 젠슈는 단순한 맹장지 그림이 되었다. 에도시대의 회불사와 현대의 백수 화가가 합작해서 모로타 도오루가 소유한, 단지 기이하게 생긴 요괴 그림이 된 것이다.
이젠 젠슈라는 이름도 가슈소쿠세이라는 이름도 어울리지 않는다.

사건은 해결되었다.

나는 속으로 말하고 작업용 책상에서 원고를 두들기던 손을 멈추었다. 굳어진 목을 돌리자 우두둑우두둑 소리가 났다. 물론 모든 일이 원만히 수습된 것은 아니다. 하지만 현재 수습되고 있고, 모두 수습되는 쪽으로 나아가고 있었다.

그 이후, 모로타 형제는 마음을 터놓고 대화를 나누었다. 와타루는 휠체어를 타고 밖을 산책하게 되었다고 한다. 도오루는 아내와도 대화해서, 토요일과 일요일에는 밖에서 만난다고 한다.

덴 청년은 지금도 낮에는 사이제리야란 이탈리안 레스토랑에서 아르바이트를 하고, 밤에는 길거리에서 그림엽서를 팔고 있다. 최근에는 그 자리에서 캐리커처를 그리기도 한다. 몇 번 그림엽서를 샀지만, 그의 표정은 예전보다 훨씬 밝아졌다. 며칠 전에는 오랜만에 형과 연락을 했다고 한다.

모로타 형제, 덴 형제, 고토코의 추측이 맞는다면 젠슈까지. 형제 세 쌍이 좋은 방향으로 나아간 것이다.

그리고 또 한 쌍도.

*

덴 청년이 수염을 그린 뒤, 잠시 상황을 지켜보면서 아무 일도 없다는 걸 확인하고 해산한 다음의 일이다.

고엔지 역 북쪽 출구 로터리의 흡연 공간에서 나와 고토코는 담배를 피웠다. 마코토는 피곤에 찌든 얼굴로 눈을 반쯤 감은 채 캔 커피를 마셨다. 밤이 희뿌옇게 밝기 시작했다.

고토코가 담뱃불을 끄고는 재떨이에 꽁초를 넣었다. "명탐정이었어, 마코토. 우리는 조수였고."

"……미안해. 지금은 뭐라고 말해야 좋을지 모르겠어. 머리가 전혀 돌아가지 않아."

"그래." 고토코는 폐에 남은 연기를 전부 토해내고 말했다. "잘할 수 있을 줄 알았는데, 오히려 도움을 받았네."

"언니를 도와준 게 아니라니까."

"그래. 네 말이 맞아."

어색한 대화를 원만하게 이끌고 싶었지만, 나도 머리가 돌아가지 않았다.

"그 그림은 그 방법으로 괜찮았던 걸까?" 마코토가 혼잣말처럼 중얼거렸다. "내 방법이 틀려서 또 누군가를 덮치면 어떡하지? 누군가가 다치거나 죽게 된다면……."

"고민은 다시 사건이 일어났을 때 해도 돼." 고토코가 냉정한 목소리로 대답했다. "더구나 이제 너 혼자 고민할 필요도 없잖아? 가장 믿을 수 있는 파트너가 있으니까."

"……하긴."

"그래."

나는 그 말밖에 할 수 없었다.

"마코토, 다친 덴 어때?"

"일단 걸을 수는 있어. 손은 쑤시지만."

"나 때문에 생긴 부상만이 아니라 아까 도망쳤을 때 생긴 건?"

"그쪽은 아무렇지도 않아. 상처도 없어."

"일은 할 수 있을 것 같아?"

"아이참, 걱정할 거 없다니까."

고토코는 조바심을 드러낸 마코토를 서늘한 표정으로 바라본 뒤, 캐리어 가방의 손잡이를 잡았다.

"슬슬 첫 열차가 올 때가 됐군. 여기서 헤어지자. 그럼 갈게."

"응."

"그동안 고마웠습니다."

"저야말로 고마웠어요. 마코토를 잘 부탁해요."

고토코는 우리에게 등을 돌린 채 걸음을 내디뎠다. 덜컹덜컹. 캐리어 가방 소리가 새벽 공기를 뒤흔들었다.

캔 커피를 다 마시고 나서 마코토가 불쑥 입을 열었다.

"언니."

고토코가 걸음을 멈추고 뒤를 돌아봤다.

"저기, 그러니까……."

"왜?"

"……또 와줘. 우연히 근처에 들렀을 때, 그리고 시간이 비었을 때." 마코토는 주머니에 손을 쑤셔 넣더니 추운 듯 몸을 떨었다. "호텔 대신 사용해도 좋아. 공짜야. 언니는 공짜 좋아하잖아. 저기 있는 메츠보다 싸."

"너희 집은 역에서 10분이나 걸어야 하잖아. 메츠는 0분이고."

"그 정도는 참아." 마코토는 졸린 눈으로 멍하니 고토코를 바라보았다.

"그래……." 고토코는 잠시 생각에 잠긴 표정을 짓더니, 희미하게 미소를 지으며 말했다. "그럼 다음에 봐."

고토코의 뒷모습이 보이지 않아도 마코토는 한동안 역의 개찰구를 바라보았다.

원고를 쓰고 있는데, 거실에서 불쾌한 목소리가 들렸다.

"네, 여보세요."

마코토다.

시각은 오후 3시. 오늘 아침에 술이 떡이 되어 들어왔으니까 지금도 숙취의 한복판에 있을 것이다.

"네, 네…… 뭐?"

목소리가 작아졌다. 귀를 기울여도 들리지 않아서 포기하고는 정신을 원고에 집중했다.

잠시 후, 타닥타닥 다급한 발소리가 다가왔다.

"망했어." 은발을 짧게 자른 마코토가 방으로 들어오며 말했다.

"왜?"

그녀는 불쾌한 얼굴로 입술을 삐죽거렸다. "언니가 온대."

"잘됐네."

"잘되긴 뭐가 잘돼? 오늘 온대. 더구나 재워달래잖아. 난 다른 일이 있다고."

"있어?"

"있어. 오늘은 오프라서 하루 종일 자려고 했단 말이야." 마코토는 안절부절못한 모습으로 방을 이리저리 돌아다니며 말했다. "아아, 역시 그 사람은 이상해. 또 오라고 하긴 했지만, 그런 건 단순한 인사말이잖아? 그렇게 말해도 보통은 오지 않아. 노자키도 일이 쌓여 있는데."

망했어, 진짜 망했다고, 라고 마코토는 계속 중얼거렸다.

나는 원고로 시선을 떨구었다. 마코토는 언니에 대한 불만을 연신 토로하면서 방에서 나갔다.

거실에서 청소기 돌리는 소리가 들리기 시작했다.

호러의 재미를 가르쳐주는 작가,
사와무라 이치

끼릭, 끼릭, 끼릭, 끼릭.

끼릭, 끼릭, 끼릭, 끼릭.

놈의 발소리다. 놈이 가까이에 있다는 증거다.

위험하다. 나도 이제 곧 놈에게 질질 끌려다니거나 내동댕이쳐져서 목숨을 잃을지도 모른다…….

노자키와 마코토의 결혼식에 고토코가 나타나 두툼한 축의금 봉투를 내민다. 봉투에는 핏자국이 묻어 있다. 요괴를 물리치는 과정에서 다친 걸까. 마코토는 고토코의 상처를 보려고 하다가 넘어지는 바람에 손과 발을 다치게 된다. 책임감을 느낀 고토코는 마코토 대신 바에서 일하거나, 마코토가 의뢰받은 '눈에 보이지 않는 괴물 사건'을 조사하다 어마어마한 요괴와 마주하게 되는데…….

이 작품에는 표제작인 「젠슈의 발소리」를 비롯해 다섯 편의 중단편이 실려 있다.

「거울」

다하라 히데키는 요즘 행복을 만끽하고 있다. 사랑하는 아이가 이제 곧 세상에 나올 날을 기다리고 있다. 딸이라고 한다. 얼마나 귀엽고 사랑스러울까? 오늘은 거래처 높은 분의 아들 결혼식에 참석해야 한다. 많은 월급쟁이들이 그러하듯 신랑의 얼굴은 한 번도 본 적 없지만 높은 분에게 눈도장을 찍어 어떻게든 일로 연결하기 위해서다. 하지만 결혼식의 꽃인 신부를 보고 깜짝 놀라고 만다. 잘생기고 당당한 모습의 신랑과 달리 새하얀 달걀귀신처럼 생긴 여자가 뒤뚱뒤뚱 걷는 게 아닌가. 세상 사람들에게 비웃음을 당하고, 우스꽝스러운 역할을 떠맡지 않으면 사회의 일원이 될 수 없는 여자다. 저런 여자의 아버지는 도대체 어떤 사람일까?

「우리 마을의 레이코 씨」

고등학생인 아스카에게는 한 가지 고민이 있다. 최근 들어 남자친구인 다쿠미가 스킨십을 원하는 것이다. 그녀는 아직 그의 얼굴을 보기만 해도 좋고, 그와 이야기를 나누기만 해도 좋은데. 한편, 그녀의 고등학교에서는 여장 남자를 봤다는 사람이 늘고 있다. 남자친구인 다쿠미까지 여장 남자가 어슬렁거리는 것을 봤다고 한다. 오컬트 잡지에서 편집 일을 하는 이모에게 그 이야기를 했더니, 이모는 20년 전에 초등학교 5학년 남학생이 납치되었다가 중요한 부분을 잘린 사건에 관해서 말해준다.

「요괴는 요괴를 낳는다」

기요코가 남편과 결혼한 건 10년 전. 처음에는 남들처럼 그럭저럭 행복하게 사는 평범한 부부였다. 그런데 2년 전에 시어머니가 쓰러진 뒤, 시어머니의 간병을 위해 시가에서 함께 살게 되면서 그녀의 불행은 시작되었다. 침대에만 누워 있던 시어머니는 언젠가부터 치매 증상을 보이고, 회사에서 잘린 남편은 집에서 빈둥빈둥 놀기만 한다. 즉, 먹고살기 위한 돈벌이에 빨래를 비롯한 온갖 집안일, 시어머니의 간병까지 그녀의 몫이 된 것이다. 처음에는 이를 악물고 버텨냈지만, 어느새 체력이 한계에 이른다. 그러던 어느 날, 약 30년 전에 산속에서 실종된 남편의 쌍둥이 형이 나타나는데…….

「빨간 학생복의 소녀」

교통사고로 인해 병원에 입원한 슌스케. 뇌 안의 출혈로 인해 머리를 수술했지만, 다행히 그곳 말고는 크게 다친 곳이 없다. 그런데 그가 있는 307호 병실에서 한 명씩 사망하는 사건이 발생한다. 빨간 학생복의 소녀를 만나러 간 사람들이다. 슌스케는 빨간 학생복의 소녀가 누구인지 짐작이 되었다. 이윽고 슌스케도 그녀를 만나러 가기로 결심한다, 홀로 외로움에 떨고 있을 그녀를.

솔직히 고백하자면, 예전에는 호러나 괴담 종류를 별로 좋아하지 않았다. 이유는 단 하나, 내가 지독한 겁쟁이이기 때문이다. 그래도 스즈키 고지를 비롯해, 교고쿠 나쓰히코, 미쓰다 신조 등의 작품은 빼놓지 않고 읽었지만, 호러 영화는 지금도 거의 보지 못한다. 호러보다는 수수께끼 풀이에 중점을 둔 미스터리를 더 좋아했던 것이다.

그런 나에게 호러 작품의 재미를 가르쳐준 사람이 있다. 『검은 집』의 기시 유스케와 『보기왕이 온다』의 사와무라 이치다. 아마 호러에 미스터리를 절묘하게 접목한 데다 단순한 공포를 뛰어넘어 애절함의 눈물을 흘리게 만들기 때문이 아닐까? 두 사람의 작품을 읽은 다음부터는 호러 작품을 일부러 찾아보고, 최근에는 하드고어물에까지 손을 대고 있다.

특히 사와무라 이치의 호러에는 한 번도 실망한 적이 없다. 어렸을 때부터 호러를 닥치는 대로 읽었다는 그는 나 같은 사람을 위해 호러의 적정선을 잘 지키고 있다. 너무 감질나지도 않고 너무 지나치지도 않으며, 미스터리 기법을 이용하여 끊임없이 궁금증을 유발시키는 것이다. 그래서 최근에는 사와무라 이치의 신작을 손꼽아 기다리게 되었다.

「젠슈의 발소리」는 많은 사람들의 응원을 받고 있는 마코토와 노자키 커플의 결혼식으로 이야기를 시작한다. 마음에 상처가 있는 두 사람이 자신을 가장 잘 이해해주는 사람을 만나 하나가 되는 과정을 지켜보면서 안도의 한숨을 내쉰 것도 잠시, 앞으로 또 어떤 괴이나 요괴를 만날까 하는 조마조마함이 온몸을 가득 메운다.

더구나 사와무라 이치의 팬들에게 가장 아픈 손가락이라고 할 수 있는 미하루를 그런 식으로 등장시키다니! 이런 작가를 어찌 사랑하지 않을 수 있겠는가!

『젠슈의 발소리』에 들어 있는 다섯 편의 이야기에는 사와무라 이치의 호러의 특징들이 곳곳에 배어 있다. 「거울」과 「요괴는 요괴를 낳는다」에는 사회적인 이슈와 함께 안타까움이, 「우리 마을의 레이코 씨」와 「빨간 학생복의 소녀」에는 흥미로운 괴담과 함께 애절함이, 「젠슈의 발소리」에는 그 모든 것을 잘 녹여서 가족

과의 아름다운 화해로 연결했다.

이것은 약자에 대한 배려가 넘치는 사와무라 이치만이 쓸 수 있는 작품이 아닐까.

P.S. 「우리 마을의 레이코 씨」에는 히가 자매도, 노자키도 나오지 않는다. 이 작품에 나오는 등장인물은 히가 자매와 어떤 관계가 있을까?

2023년 9월

이선희

젠슈의 발소리

1판 1쇄 인쇄 2023년 8월 30일
1판 1쇄 발행 2023년 9월 11일

지은이 사와무라 이치 **옮긴이** 이선희
펴낸이 김영곤 **펴낸곳** (주)북이십일 아르테

책임편집 원보람 **일러스트** 산호
디자인 표지 데시그 **본문** 최원석
문학팀장 김지연
해외기획실장 최연순
출판마케팅영업본부장 한충희
마케팅 나은경 정유진 박보미 백다희 이민재
영업 최명열 김다운 김도연
제작 이영민 권경민

출판등록 2000년 5월 6일 제406-2003-061호
주소 (우 10881) 경기도 파주시 회동길 201(문발동)
대표전화 031-955-2100 **팩스** 031-955-2151

ISBN 979-11-7117-062-3 03830

아르테는 (주)북이십일의 문학 브랜드입니다.

(주)북이십일 경계를 허무는 콘텐츠 리더

북이십일 채널에서 도서 정보와 다양한 영상자료, 이벤트를 만나세요!
인스타그램 instagram.com/21_arte **페이스북** facebook.com/21arte
홈페이지 arte.book21.com **포스트** post.naver.com/staubin